O SEGREDO DO RIBBY

Cathy McGough

Stratford Living Publishing

O QUE DIZEM OS LEITORES

"Uau! Que viagem foi esta! A forma como esta história é contada vai deixar-te a pensar no que te aconteceu."

"Esta é uma história de terror de mulheres psicopatas, contada com um humor seco.

REINO UNIDO:

"Ribby guarda tantos segredos. Uma história adorável mas triste".

"O Segredo de Ribby é uma história interessante e agradável, mas perturbadora a vários níveis e vale bem a pena lê-la."

"Bem escrito, com personagens convincentes e uma viagem intrigante.

Índice

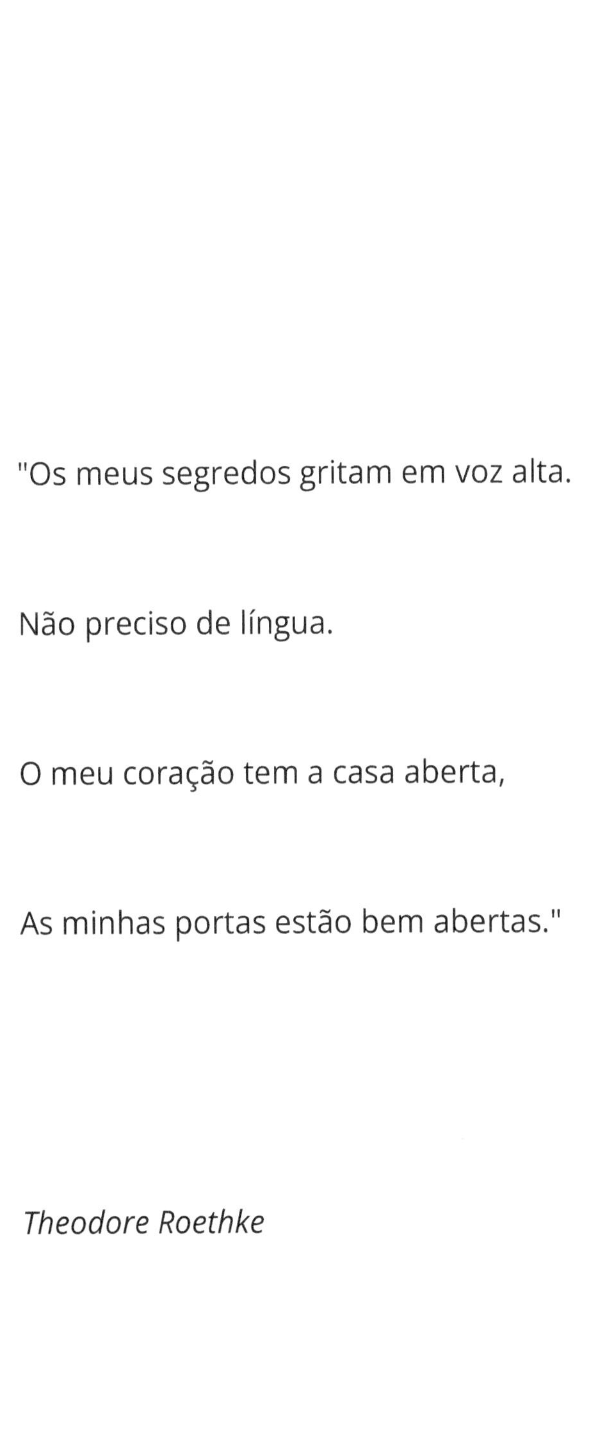

"Os meus segredos gritam em voz alta.

Não preciso de língua.

O meu coração tem a casa aberta,

As minhas portas estão bem abertas."

Theodore Roethke

Para os teus amigos imaginários e para aqueles que precisam deles

POEMA: À SUPERFÍCIE

Espelho,
Tu refletes
Eu com o despedimento
Escreve tudo
sobre mim
Tens a incerteza
e a tua incerteza.
Espelho,
tu zombas
a tua perfeição
Com este teu reflexo
reflexo
E o resultado
E o resultado é sempre o mesmo
No teu
quadro: Eu permaneço inalterado.
Escreve

entre as tuas linhas
Disfarçado
poeticamente
Inevitável
características
Flui
desarmoniosamente.
Espelha-te: I
adiro ao que vejo
Porque eu sou
tu, de uma ponta à outra
Mas às vezes
reflecte
Desejo que
me assemelhasse a ti.

PRÓLOGO

Quando ele se atirou a ela, a chave que ela tinha na mão acertou-lhe em cheio na órbita ocular. Ele gritou e depois chorou quando a virilha dele bateu no joelho dela. Ela encolheu-se com o som esmagador quando tirou a chave do olho dele. Enquanto o sangue lhe escorria pela cara, ele soluçava e rebolava, segurando a zona das virilhas. Ela espetou a chave no lado do pescoço dele, conectando com uma artéria. O sangue jorrou como água de uma mangueira de bombeiro.

Afastou-se alguns passos do corpo e mergulhou os dedos dos pés na água. Olha para ele de vez em quando. Até que ele deixou de se mexer. Volta para trás e ouve para ver se ele está morto: está. Finalmente. Rola-o, como um saco de batatas, cada vez mais para dentro de água. A cada empurrão, o cadáver parecia cada vez mais leve.

Arquimedes tinha razão.

Quando ele estava tão longe quanto ela conseguia, nadou de volta para a margem, pegou nas suas roupas e vestiu-se.

Deixa as coisas dele onde ele as tinha deixado.

Quando o sol do novo dia tornou o céu num vermelho ardente, regressou à água.

Percorre a costa e não vê sinal dele. Mergulha a chave na água para lavar o sangue e depois salta para casa. Depois de um longo duche, dormiu como um bebé.

CAPÍTULO 1

ESTA É A HISTÓRIA de uma mulher que era demasiado simpática para o seu próprio bem: até que deixou de o ser.

O dia de Ribby Balustrade começava sempre da mesma maneira, com a mãe a ameaçar dar o pequeno-almoço ao cão de caça Scamp se ela não se despachasse.

Ribby, cujo guarda-roupa se limitava às peças que a mãe lhe tinha dado, enfiava o muumuu florido na cabeça, calçava as sandálias Jesus e escovava o cabelo, o que não demorava muito. Mesmo assim, raramente conseguia descer a tempo.

Martha Balustrade não era o tipo de mãe que se prendia a um horário específico. Preparava o pequeno-almoço. O quê e quando, era decidido no dia.

O vencedor deste interminável desastre na cozinha era Scamp.

"Não faz mal, também não tenho fome", mentiu Ribby, enquanto dava uma palmadinha na testa do cão e saía de casa.

Ribby não ficou a pensar nestes acontecimentos, o seu próprio Dia da Marmota. Em vez disso, apressa-se a atravessar o parque até à rua principal.

O abrigo do autocarro tresandava a urina e a café. Num dia como o de hoje, estava contente por não ter tomado o pequeno-almoço, pois mesmo agora o cheiro fazia-a vomitar. Mal podia esperar para começar a trabalhar na biblioteca.

Quando o autocarro chegou, mostrou o seu cartão Presto e dirigiu-se para o seu lugar habitual, no fundo. O estômago roncava, enquanto o autocarro avançava, parando de vez em quando para receber novos passageiros. Ao chegar ao centro de Toronto, sai do autocarro e vai a correr para a loja da esquina comprar uma barra de chocolate e depois para a biblioteca.

Ribby orgulhava-se de nunca se atrasar. Não podias chegar atrasada se trabalhasses numa biblioteca. Se te atrasasses, terias hordas de clientes impacientes a entupir a entrada. E assim foi, quando entrou e viu a fila excecionalmente longa com o Sr. Filchard a liderar o grupo.

"Bom dia, Sr. Filchard. Em que posso ajudar-te?"

"Bom dia, querido Ribby. Oh, o que é que eu faria sem ti? Todos os outros estão sempre tão ocupados, ocupados, ocupados - mas tu, minha querida, arranjas sempre tempo para ajudar um velhote."

"Só estou a fazer o meu trabalho", disse Ribby. "Agora, o que é que procuras hoje?"

"Podes aproximar-te, por favor? É um livro bastante rude: Trópico de Câncer. Conheces?"

"Sim, Sr. Filchard. É um clássico."

"É mesmo? Ouvi dizer que tem, oh, esquece; se é um clássico então não preciso de sussurrar mais, pois não?"

"Não, há livros muito mais controversos", sorriu ela, lembrando-se do burburinho sobre Cinquenta Tons de Tolice.

"O problema, minha querida, é que não faço ideia de quem o escreveu. Tu conheces-me, sou da idade das trevas e não sei usar essas malditas coisas dos computadores." Ele riu-se. "Podes ser um amor e procurar por mim?"

"É escrito por Henry Miller", disse ela enquanto clicava na base de dados. "Sim, está disponível no andar de cima, no corredor da ficção."

"Vou dar uma vista de olhos primeiro. Henry Miller, dizes tu. Nunca ouvi falar dele!"

"Para te dizer a verdade, não fiquei muito impressionado quando o li. Os críticos e revisores acharam-no brilhante para o seu tempo. Há algumas partes rudes."

"Obrigado, Ribby. Passa um bom dia."

"Não tens de quê", disse ela enquanto ele se afastava.

Trata sozinha dos outros clientes que esperam. Quando acaba de atender o último, arruma o balcão.

Agora que as coisas estavam calmas, Ribby preparou uma chávena de café e voltou para a sua secretária. No caminho de volta, pára por um momento para ouvir o barulho da água. O arquiteto da biblioteca, ao utilizar a fonte para disfarçar os ruídos exteriores, tinha sido incitativo. Algumas cidades estavam a fechar as suas bibliotecas, mas Toronto era diferente. O edifício em si era um sobrevivente. Mesmo os saques após a Guerra de 1812 não lhe quebraram o espírito.

Bebeu um gole de café e ficou de pé por um momento, olhando para as escadas. Pareciam fixes, com pessoas a subir e a descer, mas o elevador dava jeito quando era necessário.

Na escadaria acima, repara que o Sr. Filchard está a descer. Quase a chegar ao fim, tinha uma mão no livro e a outra no cartão da biblioteca. Pára e espera por ele. Pára e espera por ele. Ele está um pouco sem fôlego.

"Para a próxima, vou mesmo apanhar o elevador", disse o Sr. Filchard.

Dirigiram-se ao balcão de atendimento, onde Ribby carimbou o seu cartão.

"Velho sujo!" sussurrou Amanda, uma colega de trabalho, quando ele saiu do edifício. "Dá-me arrepios."

Ribby ignorou os seus comentários. Pega numa braçada de livros, coloca-os num carrinho, empurra-o para o elevador e sobe ao terceiro andar. Passa de prateleira em prateleira e vai arquivando os livros. Quando volta a arrumar um livro perto da janela, um clarão do outro lado da rua chama a sua atenção. Um jovem de vinte e poucos anos, vestido de ganga da cabeça aos pés, caminha na sua direção. A luz do sol brilhava nas argolas do nariz e nas correntes que as prendiam às orelhas.

Ribby continuou a observá-lo enquanto ele subia as escadas. Curiosa, desce rapidamente para o andar principal.

Só de pensar em servi-lo, o seu coração acelerava. Nunca tinha estado tão perto de um tipo que tivesse tantos buracos na cabeça. Ribby tinha a certeza de que outros tinham buracos disfarçados - feridas emocionais escondidas no fundo. Como Vincent Van Gogh, que usava a sua dor para expressar emoções. O conceito de usar o teu corpo como arte tanto a assustava como a intrigava.

Voltou à secretária, observando-o. Fica parado na entrada como um rapazinho perdido. Como será que é a voz dele, pergunta-se ela?

Posiciona-se atrás da Secção de Aquisições, onde faz a arrumação. Ele não se mexeu um centímetro. Tossiu, depois parou por baixo da placa de Ajuda/Informação. Os seus olhos cruzaram-se.

"Posso ajudar-te?" perguntou Ribby, com as faces coradas e as palmas das mãos suadas.

"Sim, bem, espero que sim", disse ele em voz alta.

"Por favor, fala mais baixo", disse ela.

"Oh, está bem. Desculpa. Estou à procura de um livro, mas não sei o seu nome.

"Sabes quem o escreveu?"

"Não."

"Podes dizer-me sobre o que é o livro?"

"Sim, sim, isso eu sei, isso eu sei com certeza. É sobre o futuro. Bem, quando o tipo o escreveu, era o seu futuro. Para nós, é o nosso passado. Tem o Big Brother nele. Não é o programa de televisão, mas outro tipo de Big Brother". Ri-se da forma inteligente como ligou o passado e o presente. Ribby riu-se também.

"Estás a falar de 1984, de George Orwell?

"Sim, parece-me correto. Orwell. És excelente. Já o tens?

"Um momento, por favor", disse Ribby enquanto escrevia no computador. Já estava, e Ribby foi procurá-lo. O jovem seguiu atrás dela.

Quando ela tinha o livro na mão, voltaram à receção. Ribby confirmou que ele tinha a identificação necessária e emitiu um cartão da biblioteca.

Terminada a transação, meteu o cartão na sua carteira. Agradeceu a Ribby e dirigiu-se para a saída. As suas calças de ganga rasgadas estavam caídas - tal como o estado de espírito de Ribby.

Q UANDO O TURNO ACABOU, Ribby saiu a correr do edifício. Todas as segundas-feiras, Ribby fazia voluntariado no hospital pediátrico. Dançava e cantava. Faz tudo o que pode para animar as crianças. Adorava as crianças, e elas pareciam retribuir o sentimento. Todas as semanas, escolhe uma criança para ser o centro das atenções. Hoje, era a vez de Mikey Landers e ela não podia atrasar-se.

Na sua mão esquerda, Ribby trazia a sua mala mágica. As crianças ficavam sempre entusiasmadas quando ela as deixava meter a mão lá dentro. Os artigos lá dentro incluíam: fatos, instrumentos musicais, pintura facial, balões, bugigangas e maquilhagem.

Quando finalmente chegou à ala das crianças, entrou de rompante no quarto do Mikey. Os pais dele estavam sentados, um de cada lado da cama, agarrando as mãos do filho num amontoado de dedos e palmas. Limpavam as lágrimas com as mãos livres. Mikey estava a dormir, por isso ela saiu calmamente.

Ribby tentou não pensar na tristeza que pairava no ar do quarto de Mikey. Mikey e a sua família tinham passado por tanta coisa.

Afasta-a, para o fundo da sua mente. O papel do Ribby era animar as crianças e as suas famílias. Eles estariam à espera dela. Põe a sua cara mais feliz.

Billy e Janie Freeman deram um grito quando viram Ribby a chegar ao fundo do corredor. "Olha que ela está aqui! Está aqui!", gritaram. Uma onda de alegria encheu o corredor. As crianças e as suas famílias formaram um círculo à volta dela na Sala Comum.

Ribby cantou um número composto por ela própria chamado "Jump Like A Caribou" e tocou kazoo nos momentos apropriados:

SALTA, SALTA, SALTA!

COMO UM CARIBU!

O Ribby pôs um comboio a andar e as crianças que conseguiam andar foram atrás dele.

SALTA, SALTA, SALTA

COMO UM CARIBU

O velho comboio acabou e o António formou uma fila com as crianças que andavam de cadeira de rodas ou de muletas. As crianças cantavam, acenavam ou batiam os pés. Qualquer ação que pudessem fazer para entrar na canção e fazer barulho.

SALTA, SALTA, SALTA

COMO UM CARIBU!

Quando a canção terminou, gritaram: "Outra vez! Repete!"

A canção era familiar para as crianças, porque o António a cantava muitas vezes usando animais diferentes, como o canguru, a catatua, o cockapoo, e até tinha uma versão que incluía uma visita ao jardim zoológico.

Ribby fez uma vénia e começou logo a cantar uma música diferente. Ela gostava de misturar as coisas. Mantinha-os a adivinhar. Quando a energia na sala diminuiu, mudou de rumo, pedindo pedidos de formas de balões. Canta enquanto puxa e torce os balões em forma de animais. O pedido mais popular foi o de uma mãe caribu e a sua cria, o que a manteve ocupada, pois era uma tarefa difícil.

As crianças que queriam balões receberam-nos e chegou a altura de a Ribby se ir embora. Começa a arrumar a mala, precisamente quando Mikey Landers entra a dedilhar as rodas da sua cadeira. A mãe seguia atrás dele, com dificuldade em apanhá-lo. Mikey estava zangado, ela apercebeu-se disso imediatamente. Dirigiu-se a ele, oferecendo-lhe um balão de animal com a mão estendida.

"Quase que não te via, Ribby! Devias ter-me acordado. Prometeste fazer o teu número no meu quarto esta semana! Devias ter-me acordado! As lágrimas caíam-lhe pelas faces, enquanto ele cruzava os braços e recusava a sua oferta de paz.

Baixando a mão, ela ajoelhou-se ao nível dele e disse: "Desculpa, rapaz. Estou tão feliz por te ver de pé agora," - olhou para os pais dele - "mas estavas a dormir quando passei por ti, miúdo. Eu sei o quanto precisas do teu sono de beleza! Estás no topo da lista para a próxima semana, está bem?"

"Prometes?" Descruza os braços.

"Faz figas ao meu coração e espera morrer." Ribby desejou poder voltar atrás e engolir aquelas palavras. Se fosse possível trocar a sua vida pela dele, tê-lo-ia feito ali mesmo, sem hesitar.

Mikey não se apercebeu do seu passo em falso e acabou por estender a mão e aceitar o presente.

Depois de lha entregar, Ribby despediu-se. Quando ia a sair da sala, disse: "Vejo-te na próxima semana, Rugrats!"

A Rita conteve as lágrimas até sair do edifício. Como não tinha lenços de papel, usa a manga. Quando chegou à paragem do autocarro, já tinha conseguido acalmar-se.

Todas as semanas, promete a si própria que não vai chorar. As crianças deviam estar a brincar, a divertir-se. Não deviam ter de se preocupar em ficar doentes ou morrer. Se ela pudesse tirar essa dor... Mesmo que por um curto período de tempo, então valia a pena dar uma volta na montanha-russa emocional.

✳ ✳ ✳

O AUTOCARRO SÓ CHEGA daqui a quinze minutos. Corre para a loja da esquina em resposta ao seu estômago que ronca. Salgado ou doce? pensa. Atrás do balcão, vê uma variedade de cigarros. Curiosa, pede um maço.

"De que tipo, senhora?"

Olha para os nomes. "Fixes", diz.

"Já tens um isqueiro?", pergunta o vendedor. Sem esperar por uma resposta, coloca um maço de fósforos em cima dos Cools. "Os fósforos são por conta da casa", disse enquanto Ribby entregava o dinheiro. Devolve o troco.

O súbito sorriso do empregado, que mais parecia uma careta, perturbou-a. Saiu dali a correr. De volta à paragem de autocarro, rasgou o maço de cigarros e acendeu um. Inspira profundamente, como uma atriz a representar um papel. Parecia tão fácil nos filmes. Na realidade, era difícil não vomitar. Depois da primeira tragada, sopra o fumo e o relaxamento toma conta dela.

Quando o autocarro chegou, meteu o maço na mala e sentou-se no seu lugar habitual, no fundo. Pensa em como seria maroto fumar um cigarro no autocarro do Stan, o Homem.

Stan, o Homem, era um pouco nazi e um rufia de renome. Ela própria já o tinha visto. Gritava com os miúdos por porem os pés nos bancos. Atirava-os para fora do autocarro ao frio, como se tivessem cometido um homicídio ou assim.

Uma vez, uma velhinha tinha as malas a ocupar o lugar ao lado dela. Exigiu que ela as tirasse, apesar de ninguém precisar do lugar. Quando ela não obedeceu, ele atirou-a para fora do autocarro.

Ribby ainda se lembra da cara dela, que parecia uma ameixa, a olhar para cima quando o autocarro começou a afastar-se. A mulher tinha levantado o dedo médio o mais alto que o seu pequeno corpo conseguia pôr e gritou: "Vai-te foder!"

Ribby tinha ficado tão chocada com o incidente que, a partir desse dia, sentava-se sempre na parte de trás do autocarro. Aí podia ser invisível. Podia observar como uma mosca na parede sem chamar a atenção para si. Não queria fazer nada que irritasse Stan, o Homem.

Mas, por outro lado, Stan não podia ver tudo. Como o homem que tirava o nariz e o limpava no assento. Ela viu, mas o Stan não. Ribby riu-se. Stan, o Homem, olhou para ela pelo espelho retrovisor. Ela parou de rir. Quão segura era a capacidade de condução do Stan? Obcecado com os seus passageiros, é de admirar que não se tenha despistado.

Ribby meteu a mão na mala. Pensou em tirar um cigarro. Será que o Stan ia reparar? Será que a expulsaria do autocarro? Estava escuro e a casa era demasiado longe para ir a pé. Fecha a mala de mão. Concentra-se nas estrelas pela janela.

Em casa, abre a porta e, de imediato, ouvem-se risos vindos da cozinha. A mãe costumava receber cavalheiros em casa. Esta noite não foi diferente.

Tom Mitchell sentou-se em frente à mesa da mãe. Ribby acenou com a cabeça na direção de Tom. Ela sentiu os olhos de Tom a despirem-na. Ele olhava sempre para ela daquela maneira. A mãe não parecia importar-se.

"Olá, Ribby", disse o Tomás. "É bom voltar a ver-te."

Ribby fechou a torneira, respirou fundo e virou-se para a mesa.

A mãe ficou à espera de uma resposta.

E o Tomás também.

"Bem, então", disse Tomás ao levantar-se. "É melhor ir-me embora, Martha. Foi muito bom ver-te, como sempre." Empurrou a cadeira para trás e inclinou o boné de basebol na direção dela.

Tomás deu um passo em direção a Ribby. "E tu também, Ribby - apesar de te achares demasiado importante para cumprimentar o namorado da tua mãe, continuo a gostar muito de ti."

A mãe do Ribby riu-se, uma gargalhada alta e baixa. "Oh Tomás, a nossa Costelinha tem medo da sua própria sombra. Não te preocupes. Tenho a certeza que ela também gosta de ti". Vira-se para a filha. "Não é verdade, Ribby? Tu gostas sempre dos meus rapazes".

Ribby engoliu o copo de água. Mete a mão na mala e toca no maço de cigarros. Saber um segredo dá-lhe uma sensação de poder. Vai para a sala de estar.

Tom e Martha sussurram na entrada enquanto ela folheia uma revista. Cansada dos títulos escandalosos, pega no comando da televisão e percorre os canais. A porta da frente bateu.

"Quem me dera que fosses mais simpática para os meus amigos", disse Martha enquanto se sentava no sofá. "Afinal, precisamos de amigos nesta vida, e o Tomás sempre foi bom para nós.

"O que é que tens para o jantar, mãe?"

"Tens companhia a tarde toda. Não tens tempo para fazer o jantar, filha, e eu estou esfomeada," Martha lambeu os lábios. "Absolutamente, totalmente e completamente cheia de fome."

"Então vamos encomendar", disse Ribby. "Podemos pedir um arroz frito especial, uns rolos de ovo e frango com limão para partilhar."

"Sim, por mim tudo bem", disse Martha, tirando a televisão da mão de Ribby. Aponta e clica, rápida e furiosamente.

"Vou a casa da Sra. Engle e telefono."

"Faz isso, filha, faz isso", disse Martha enquanto se servia de um copo de uísque. Deita-lhe um pouco de soda. Vai até ao mini-frigorífico e tira o tabuleiro dos cubos de gelo. Coloca dois cubos, bebe um gole e suspira.

Quando o Ribby voltou, a Martha disse-lhe. "És uma boa filha, na maior parte das vezes". Martha bebeu mais um gole. "Ficaríamos sem casa sem o teu salário para pagar a hipoteca e pôr comida na mesa." Martha mexeu a bebida com o dedo. Os cubos de gelo chocaram contra o copo.

Ribby inquietou-se um pouco. Esta conversa fazia-a sempre sentir-se desconfortável.

Quando os anúncios começaram, Martha perguntou: "Já tens algum sinal da comida? O uísque está a roer-me a barriga."

"Ele disse trinta minutos, mãe."

"Trinta minutos, bem, por Deus, trinta minutos é demasiado tempo para esperares por um pouco de arroz!" Martha bateu com o punho esquerdo no braço da cadeira. O braço direito manteve-se erguido para preservar a santidade do seu copo de uísque.

"Não posso cancelar agora. Fica quieto e vê o teu programa, que ele estará aqui antes de dares por isso."

Martha ocupou-se no bar a adicionar mais whisky e gelo. De volta ao sofá, resignou-se a esperar pelo jantar.

Pelo menos não tinha de cantar para o fazer, pensou Ribby com um sorriso irónico.

A MARTHA PASSOU OS canais. Ribby espera pelo entregador na entrada.

Mete a mão na mala e tira um cigarro. Coloca-o apagado entre os lábios e olha para o seu reflexo no espelho. Se o seu cabelo não fosse tão neutro e a sua tez tão desbotada, tinha potencial para parecer sofisticada. Talvez.

Assustada quando a campainha da porta tocou, quase deixou cair o cigarro.

A Martha gritou: "Apanha isso, Ribby!"

Enfia o cigarro na mala de mão.

Bing-bong outra vez.

"Filha? Filha! Estás aí? Estás aí?"

"Sim, mãe, vou buscar o dinheiro." Abre a porta.

"Boa noite", diz o estafeta.

Ele não a reconheceu, mas ela conhecia-o. O tipo da biblioteca com piercings e tatuagens.

"São 32,50 dólares", disse ele.

Ribby entregou-lhe 35,00 dólares. Parecia diferente quando estava no alpendre dela. "Fica com o troco", disse ela enquanto fechava a porta, ainda a pensar nele.

"Deves estar a ficar com frio, Rib!" disse Martha, arrancando-lhe a mala da mão e dirigindo-se para a cozinha.

Ribby voltou a colocar a mala no gancho, fazendo uma anotação mental para a levar para cima quando fosse para a cama. Não era bom que a Martha encontrasse os cigarros.

De volta à sala de estar, comeram o jantar em tabuleiros de televisão. Começa o programa favorito Jeopardy!

O Ribby e a Martha tinham uma rivalidade sempre que viam o programa. Quem soubesse a resposta primeiro, gritava-a.

"O que é Nova Iorque?", gritava o Ribby.

"O que é L.A.?" gritava a Martha. Ela estava enganada.

"Eu disse-te", disse o Ribby. "Toda a gente sabe isso, mãe."

A Martha estendeu a mão para o outro lado da mesa e deu uma palmada na cara da filha. O golpe foi tão forte que o tabuleiro da televisão e o seu conteúdo voaram. A cadeira de Ribby tombou para trás e a sua cabeça bateu na mesa de café com um baque. Depois bateu no chão com um baque.

"Isso vai ensinar-te", disse Martha, "por mostrares desrespeito. Esta é a minha casa. Quem és tu para me dizer se estou certa ou errada!"

"Mas mãe," sussurrou o Ribby. "Ele disse..."

"Estou-me nas tintas para o que ele disse. Agora, vou para a cama. Faz-me uma chávena de chá - o meu costume - e traz cá para cima."

"Está bem, mãe", disse Ribby.

Ribby foi para a zona do bar. Pegou na garrafa, foi para a cozinha e pôs a chaleira a ferver. Coloca um saquinho de chá numa chávena e deita a água quente até um quarto do caminho. Depois de o chá estar em infusão, adiciona meia chávena de Bourbon, seguida de duas colheres de chá de açúcar.

Quando estava a subir as escadas, decidiu fazer uma coisa muito pouco parecida com a de Ribby.

Mexeu a língua dentro da boca, juntando saliva e deixando-a salpicar nas bochechas. Quando já tinha o suficiente, cuspiu na chávena da mãe.

Observou-a na superfície, depois mexeu-a um pouco antes de a pousar na mesa de cabeceira. Sorri enquanto puxa para baixo o lençol de cima e depois os cobertores, como fazia todas as noites.

Martha saiu da casa de banho. "Às vezes és uma boa filha."

Ribby não disse nada. Ajuda a mãe a tirar a roupa e a vestir a camisa de dormir. Os pés da mãe estavam frios. Ribby massajou-os com um pouco de óleo antes de calçar os chinelos na sua carne envelhecida.

Quando ia a sair, Ribby olhou para trás por cima do ombro. Martha bebeu um gole de chá adulterado e depois suspirou.

Ribby conteve o riso até estar no seu quarto.

Depois riu-se tanto que teve de abafar o som com a almofada.

CAPÍTULO 2

Q UANDO ACORDOU, RIBBY SENTOU-SE e pensou na noite anterior. Ri-se, ouvindo a mãe a andar de um lado para o outro, como era seu hábito.

"O pequeno-almoço estará pronto dentro de dez minutos", disse Martha.

Ribby conseguiu bloquear a maior parte da conversa. O mesmo de sempre. O mesmo de sempre.

"Não tenho fome, mãe", gritou Ribby, escovando o cabelo. "Além disso, hoje tenho de ir trabalhar cedo."

Ribby ouve a mãe a amaldiçoá-la. Passa a escova pelo cabelo, parando de repente quando uma gargalhada soa lá em baixo. Este riso era perturbador. A Martha raramente se ria de manhã, a não ser que um dos seus noivos estivesse cá em casa.

"Vejo-te, mãe!" disse Ribby ao contornar a cozinha e dirigir-se diretamente para a porta. Uma vez lá fora, repara numa carrinha com um homem lá dentro, sentado e à espera. Na parte lateral da carrinha estava escrito o nome da empresa: Sótãos-R-Us.

A palavra sótão despertou-lhe a memória da última vez que lá tinha ido. Só de pensar nisso, ela estremecia e tremia. Neutralizou a memória, fechando-a com uma chave na biblioteca da sua imaginação.

Apontou na direção da paragem do autocarro. Chegou mesmo a tempo. Subiu a bordo e ficou a olhar pela janela enquanto o mundo passava por ela num borrão. O teu estômago ronca. Fica cada vez com mais fome. Ignora as dores, querendo poupar cada cêntimo para a ida ao centro comercial. Hoje era o dia em que se ia mimar.

Abre a mala de mão. Só de sentir o cheiro do tabaco, a tua barriga não se mexe.

No trabalho, pendura o casaco e guarda a mala.

Embora os colegas de trabalho estivessem nos seus postos, ninguém estava a ajudar a fila de clientes à espera.

Ribby era a assistente de bibliotecário mais graduada e, no entanto, não tinha autoridade.

Mais uma vez, Ribby atendeu sozinha os utentes em fila de espera. A bibliotecária-chefe, Sra. P. Wilkinson, parece não ter reparado.

Durante a pausa para o almoço, Ribby perguntou aos seus colegas de trabalho onde compravam as suas roupas. A maioria recomendou a loja de departamentos do centro comercial para marcas de qualidade a preços acessíveis.

Ribby ficou cada vez mais entusiasmada, agora que sabia onde ia fazer as compras. Mal podia esperar para fazer algo que nunca tinha feito antes.

Ribby Balustrade vai comprar um vestido novo para si.

N*A LOJA DE DEPARTAMENTOS, Ribby ficou um momento à porta e espreitou pelas janelas. O barulho dos carros, dos autocarros e dos eléctricos ecoava nos edifícios. Um artista de rua, perto da entrada, começou a tocar e a cantar. Uma multidão começou a juntar-se, empurrando-se e empurrando, alguns carregando bebidas quentes e fumando cigarros. Era tão barulhento e tão cheio que tudo o que ela queria era entrar. Para dentro, para o silêncio.*

Entra nas portas giratórias e, por um segundo, faz-se silêncio. Depois, o compartimento abriu-se e ela entrou num caos diferente. Clientes com sacos na mão, a entrar e a sair. E era grande, com muitos andares. Várias pessoas enchiam as escadas rolantes para cima e para baixo. Cheiros de comida frita, pipocas e donuts adoçavam o ar, causando uma sobrecarga sensorial.

"Posso ajudar-te?", perguntou uma senhora no balcão de informações.

"Sim, roupa de mulher, por favor."

"Terceiro andar", disse ela.

A escada rolante estava silenciosa. Os viajantes olhavam para os seus telemóveis. Agarra-se ao corrimão.

Quando chegou ao terceiro andar, viu-o - o vestido dos seus sonhos. Um pequeno número preto, como lhe chamavam as revistas da biblioteca, perfeito para cocktails noturnos e eventos especiais. Olhou para ele, pensando nas palavras de um filme relacionado com basebol. Sorriu, mudando as palavras para: "Se o comprares, as ocasiões para o usares virão."

"Posso ajudar-te?", perguntou uma mulher com um fato elegante.

"Sim, podes. Estou à procura de um mimo para mim. Pensei que um vestido preto, algo fácil de usar e de cuidar, seria o ideal. Adoro aquele que está no manequim ali em cima. Se o tiveres no meu tamanho, gostava de o experimentar".

"Excelente escolha", disse a mulher. "Agora, deixa-me ver, qual é o teu tamanho? Doze? Catorze?"

"Eu, eu não sei."

"Tu és um doze. Normalmente sou bastante bom a adivinhar, mas, no caso, leva um dez, um doze e um catorze", sugere o empregado. "Ah, e vais precisar de um par de sapatos pretos, para terminar o look. Calças o tamanho sete?

Surpreendido, Ribby respondeu: "Estes sapatos são tamanho sete."

"Então, estás perfeito. Não tenhas medo de aparecer quando estiveres pronta. Eu sei como pode ser difícil fazer compras sozinho".

"Eu, eu vou, obrigada", disse Ribby enquanto fechava a porta do quarto de vestir.

Rodeada de espelhos, Ribby viu-se a si própria de todos os ângulos pela primeira vez, enquanto o vestido de Martha caía no chão.

Ribby experimentou o vestido tamanho 12. Com o seu decote e as pregas nas ancas e na cintura, acentuava muito a sua figura. Já sabia que o queria comprar, mas queria ter uma segunda opinião. Sai do vestiário.

"Uau!", exclama a empregada. "Estás fantástica! Mas deixa-me fazer uma coisa".

A empregada desapareceu ao virar da esquina, mas voltou em segundos. "Deixa-me pôr isto no teu cabelo, e estas pérolas falsas à volta do teu pescoço. Juro, vais parecer um milhão de dólares!"

"Estou tão glamorosa!" A Ribby mal se reconheceu a si própria.

"Estás mesmo sensacional!"

"Gostava de experimentar mais algumas roupas." Dirigiu-se a uma prateleira e escolheu um fato vermelho de duas peças, uma blusa e um par de calças. Volta para o vestiário. O fato estava maravilhoso, com o seu casaco bem cortado e a saia a condizer, e os sapatos que experimentou com o vestido combinavam perfeitamente com ele. A blusa ficava-lhe melhor fora do que vestida e as calças chamavam demasiado a atenção para o rabo.

"Fico com o fato, o vestido, os sapatos e as pérolas", disse Ribby. "Quanto é que custas? Esqueci-me de ver."

O empregado somou tudo. "O custo total sem impostos é de $760.00. Vais pagar em dinheiro ou a crédito?"

"Oh, é mais do que eu esperava", confessou Ribby.

"Não te preocupes, porque não levas o vestido hoje e voltas mais tarde para comprar os sapatos e os acessórios. Ou podes pedir um crédito na loja. Eu verifico se tens direito a ele e depois podes obter crédito imediato."

"Achas que posso?" perguntou Ribby. "Isso seria muito útil!"

O funcionário fez algumas perguntas a Ribby e ela qualificou-se para um cartão de crédito. Compra o lote. O empregado ensacou tudo.

"Muito obrigada. Foste maravilhosa!"

"Não tens de quê."

Ribby festeja com uma chávena de café e, como já estava a escurecer, dirige-se à paragem do autocarro. No caminho, fuma um cigarro.

A carrinha da Attics-R-Us ainda estava estacionada à porta de casa quando ela dobrou a esquina.

Uma vez lá dentro, Ribby foi para a cozinha. Por detrás da porta fechada, ouviu os sons familiares de uma relação amorosa. Não era a primeira vez que voltava a casa e encontrava a mãe com um dos seus noivos. O tipo do Attics-R-Us esteve aqui o dia todo? Ewwww. Ribby retirou-se para cima.

No seu quarto, Ribby compartimentou o incidente do andar de baixo. Não deixaria que isso lhe estragasse o dia.

Põe o vestido novo, os sapatos e o colar de pérolas. Mete a mão na mala e tira um cigarro. Com ele na mão, *fica com um ar ainda mais sofisticado. Brinca com o seu cabelo. Testa o seu aspeto para cima e para baixo.*

Lá fora, a porta de um veículo abre-se e fecha-se. Ribby espreitou pela janela e viu a carrinha da Attics-R-Us afastar-se.

Momentos depois, os passos da mãe soaram e, no outro quarto, o chuveiro começou a funcionar.

Ribby voltou a vestir as suas roupas velhas. Enquanto se despia, tirava da cabeça os pensamentos da mãe e do namorado. Quando ficou pronta, desceu as escadas em silêncio, saiu pela porta e voltou a entrar. Esta ação reforçou a sua compartimentação para este incidente e ajudá-la-ia no futuro, quando ocorresse um incidente semelhante. Com o leque de cavalheiros que Martha tinha, esta ação era uma tática de auto-preservação.

Serviu-se de uma chávena de chá quente e deu uma mexida no guisado que estava na panela, antes de ir para a sala ver um pouco de televisão.

A Martha desceu as escadas pouco depois e jantaram. Quando a mãe adormeceu no sofá, Ribby subiu para o seu quarto.

Depois de ler durante algum tempo, fecha os olhos e dá largas à sua imaginação. Imagina a sua própria casa, à beira-mar. Imagina a sala de estar com uma poltrona confortável e cadeiras crocantes a condizer. Na parede, atrás delas, gravuras de Van Gogh e Monet. Flores em vasos. Imagina-se a chegar a casa depois do trabalho, a pôr os pés para cima. Ter o controlo da televisão.

A bolha rebentou e a realidade entrou.

Martha nunca o permitiria.

Mas o que ela não sabia, não a podia magoar.

Para além do cartão de crédito recém-adquirido, Ribby participava no Programa de Poupança dos Funcionários da Biblioteca Provincial, pelo que tinha algumas poupanças secretas, mas não lhes tinha tocado até hoje.

Pensa num artigo que tinha lido no jornal. Era a história verídica de um homem que tinha duas vidas diferentes com duas mulheres diferentes. Perguntava-se se poderia pegar na ideia e torná-la sua. Conseguiria criar uma nova vida para si própria?

O sono veio, mas Ribby não sonhou. Em vez disso, decide.

Amanhã, vai dar à luz uma nova versão de si própria. Um amigo imaginário. Um alter-ego.

Uma parte de si mesma, que faria coisas que ela tinha demasiado medo de fazer.

Uma amiga com um nome bonito: Ângela.

CAPÍTULO 3

Sábado de manhã. Ribby saltou da cama entusiasmada com o dia que tinha pela frente. Dobra o seu vestido preto e uns collants e mete-os na mala. Os saltos altos não lhe serviam. Um par de sandálias teria de servir.

Martha sentou-se à mesa da cozinha com a cabeça entre as mãos. Está em modo de ressaca. A cafeteira fazia barulho e assobiava atrás dela. Quando viu o Ribby, gemeu. Ribby já tinha visto muitas vezes os sinais de excesso de uísque na sua mãe. Serviu-se de uma chávena de café e voltou a encher a chávena da mãe. As mãos de Martha tremeram quando ela bebeu um gole.

Ribby continuou pelo corredor e saiu para o alpendre da frente, onde foi buscar o jornal. Regressou à cozinha e bebeu o seu café, agora frio, enquanto lia. O jornal não foi uma barreira para os gemidos de Martha.

Ribby passou para a coluna dos apartamentos para alugar. Passa o dedo pela lista e vê que havia muitos por onde escolher na zona à beira-mar onde ela esperava viver. Fecha o jornal e limpa a chávena.

"Tenho de ir, mãe. Vejo-te mais tarde."

Martha bateu com os punhos na mesa. "Então não voltes, se não consegues ter um pingo de simpatia pela tua pobre mãe."

"Toma dois Tylenols e vais ficar bem," disse Ribby enquanto abria a porta da frente e a batia atrás de si. Quando se afastou, reparou que a mãe tinha fechado as persianas da frente. Hoje não tens visitas de cavalheiros.

Ribby apanhou o autocarro e, depois de chegar à zona nobre de aluguer, comprou outro jornal. Circunda algumas possibilidades e decide ir a algumas visitas a casas abertas. Uma delas ficava numa zona esplêndida, não muito longe da praia, e estava em primeiro lugar na sua lista de prioridades.

Antes de poder ver as propriedades, precisava de vestir uma roupa adequada. Uma casa de banho pública serve. Vestida com o seu novo equipamento, explora a zona, demorando-se a olhar para o lago Ontário. Ouve as ondas suaves a baterem nas margens. Acima de si, as gaivotas gritavam por atenção. Atrás dela, os carros buzinavam enquanto os passageiros esperavam que os semáforos mudassem. O som de um AC-DC com graves fortes soou e ela virou-se para ver que o culpado era um carro preto com a capota aberta. Continua a percorrer o passeio. Fica com água na boca quando se depara com uma barraca de cachorros-quentes com cebolas a fritar ao lado. Vê as horas na montra de uma loja e apercebe-se que tem de se apressar para ver a primeira casa.

Do lado de fora, o edifício parece convidativo. Não é um arranha-céus como alguns dos outros. É de tamanho médio, com varandas privadas. Varandas adornadas com objectos pessoais, como bicicletas e plantas. Varandas onde os inquilinos criavam o seu próprio pedaço de céu. Onde se orgulhavam das suas propriedades.

Vê uma placa de "Aluga-se" por cima de si. Como prometido no anúncio, tem vista para a água. Mal podia esperar para chegar lá acima e ver mais de perto.

Uma vez lá dentro, passeia pelo átrio para sentir o lugar. Na zona do correio, lê os nomes que adornam as caixas, quase como se esperasse reconhecer alguém. Não reconhece. Carrega no botão do elevador e sobe.

Foi fácil encontrar o apartamento com a sinalização a indicar o caminho. A porta estava aberta. Bateu à mesma e entrou. Outras pessoas estavam a circular. À primeira impressão, soube que tinha de ficar com o apartamento. Estava destinado a ela.

O agente que estava na cozinha falou com um jovem casal. Para ela, disse: "Já vou ter contigo. Estás à vontade para dar uma vista de olhos".

O interior era de um tom suave de magnólia. A cozinha estava bem equipada com electrodomésticos de aço inoxidável, incluindo uma máquina de lavar louça. A sala de estar principal era em plano aberto. É perfeito. Imagina-se ali sentada, a olhar para a fantástica vista das ondas. Escuta as ondas. Abre as portas da varanda e sai. As crianças brincavam não muito longe. Volta para dentro e vê o quarto. Era maior do que o seu quarto em casa, tinha uma casa de banho e um closet mais do que amplo. Teria de comprar muitos sapatos e roupas novas para encher aquele espaço. Era maravilhoso. Tudo. Desejava-o tanto que até o conseguia saborear.

"A vista é de cortar a respiração", disse Ribby quando o agente ficou livre. "É exatamente o que eu procurava."

"É muito procurado. Se a quiseres", disse o agente. "Tens de preencher uma candidatura hoje. Já alguma vez alugaste?"

"Não, tenho vivido em casa."

Mexe em alguns papéis. "Vais viver sozinho? Trabalhas a tempo inteiro?"

"Sim, e sim. Trabalho na Biblioteca. Sou bibliotecária assistente e trabalho lá há sete anos."

"O proprietário prefere alugar a uma pessoa solteira ou a um casal jovem... se tudo estiver em ordem com a papelada.

Os olhos de Ribby iluminaram-se quando ela aceitou o pedido. O agente ofereceu-lhe uma caneta. Enquanto ela preenchia o formulário, ele conversava.

"Assim que a tua candidatura for aceite, precisamos de um cheque para cobrir o primeiro e o último mês de renda."

"Não tens de quê. Termina o formulário com uma assinatura. "Quando é que vou saber se a minha candidatura foi aceite?

"Eu telefono-te. Deves saber na terça-feira.

"Eu, nós não temos telefone. Se me deres o teu cartão de visita, eu ligo-te. Podes ser na terça-feira de manhã?"

"Perfeito", olhou para a aplicação. Sra. Balustrade, falamos consigo nessa altura, e boa sorte", disse o agente enquanto retirava a placa de "Casa Aberta". Acompanha-a até ao elevador e sai do edifício. Quando chegaram à rua, perguntou: "Posso dar-te boleia para algum lado?"

"Não, obrigado, vou dar um passeio à beira-mar e depois apanho um autocarro para casa."

Ribby correu para a praia. Descalça as sandálias e deixa a areia escorrer por entre os dedos dos pés. Depois mergulha-as na água. Apanha algumas conchas, senta-se e ouve os sons da cidade e do lago Ontário.

Uma gaivota pousa perto de ti. Depois outra.

"O que achas?", pergunta aos pássaros. "Achas que este é o lugar certo para mim e para a Angela?"

As gaivotas olharam para ela, mas a única resposta foi um grasnar.

AINDA ERA CEDO - demasiado cedo para ires para casa. Ribby decidiu ir ver alguns móveis. No showroom, havia uma boa seleção de artigos. Mas era tudo muito caro, porque ela precisava de tudo.

Uma voz na sua cabeça dizia: "Em segunda mão. Elegância. Sofisticação. Chique e gasto.

Ribby olhou em volta. Será que alguém falou com ela? Estás sozinha. Passa os dedos ao longo das costas de um sofá e pensa: "Shabby chic, não é? Perfeito.

A voz disse: Não te esqueças - um apartamento novo requer um guarda-roupa novo.

Ribby fez uma pausa. Estaria a ficar louca? Estava a ter uma conversa com ela própria, mas a voz era diferente. A voz era a Angela. A Angela tinha nascido.

Não podes esperar que eu nasça nesta vida com os trapos velhos da Martha.

Ribby sorriu. Concordas. Mas começa pelo princípio. Apartamento. Mobília. Precisas de coisas bonitas. Tu precisas de coisas bonitas. Nós precisamos de coisas bonitas. Temos de nos certificar que a tua mãe nunca descobre. Ela teria uma vaca.

Ela é uma vaca.

A Ribby riu-se até quase molhar as calças.

Como é que eu conseguia viver sem ti?

Nunca saberás. Ei, alguma vez vais acender um cigarro? Os meus pulmões estão a pedir por um!

Ribby meteu a mão na mala e tirou um cigarro. Passou-o entre os lábios, acendeu a ponta e deu uma passa.

Ahhhhh, suspirou a Ângela, estava a precisar disso. Ribby, agora, precisamos de um plano.

Eu sei. Se conseguirmos este apartamento, como é que o vamos esconder da mãe? Como é que eu vou continuar a pagar-lhe e a pagar a casa nova, e ainda arranjar tudo o resto? Já sei, vou pedir-te um aumento.

Não peças um aumento, exige-o. E faz com que a velha mala te reduza a renda!

Já estou atrasado para um aumento. Tens razão quanto a isso. Mas, quanto à mãe, ela nunca vai concordar, mesmo sabendo que perderia a casa sem mim.

Isso é um problema dela, não teu, Rib. Ela é uma mulher adulta e, se tu não estiveres por perto, ela pode alugar o teu quarto, certo?

Ribby sentiu-se estranha por ter alguém do seu lado, por uma vez.

Não tenciono ficar no apartamento a tempo inteiro. Isso nunca aconteceria. Ela arranjaria maneira de estragar tudo. Não, vou viver em casa durante a semana e no apartamento aos fins-de-semana.

Mas ela vai ver a tua caderneta bancária, outra vez, Rib, e vai ver o saldo a descer, a descer e vai ficar furiosa. Tu sabes como ela é.

O Ribby olhou duas vezes para ti. Como é que a Angela sabia disso?

Tens razão; tenho de ter cuidado com o sítio onde deixo a minha mala. Com os cigarros lá dentro, tenho-a levado diretamente para o meu quarto. Vou continuar a fazê-lo, e ela não vai perceber nada.

E se ela te pedir dinheiro, o que vais fazer?

Vou dizer-lhe que não.

Lembras-te daquela vez em que te ofereceste para dar cada cêntimo que ganhasses? Tudo o que ela tinha de fazer era deixar de aceitar cavalheiros?

E como é que ela sabe disso? É como se ela tivesse estado sempre comigo.

Sim, como é que me podia esquecer? A mãe riu-se tanto que pensei que se estava a engasgar. Tentei ajudá-la a apanhar ar, batendo-lhe nas costas, e em troca ela bateu-me com tanta força que me caiu um dente.

A vaca velha vai sentir a tua falta, Ribby, mas tu mereces uma vida, e eu estou aqui para te ajudar. Para que tenhas uma. Agora, é melhor voltarmos antes que a velha égua mande a cavalaria!

A felicidade estava à vista, mas às vezes tinhas de estender a mão e agarrá-la.

CAPÍTULO 4

N A SEGUNDA-FEIRA DE MANHÃ, Ribby levantou-se e saiu muito cedo. Não queria ver a Martha. Para o trabalho, veste uma especialidade de Martha-muumuu em que os seus seios lutam com folhos frontais. Este traje estava de acordo com a política de vestuário da biblioteca. Apressa-se a apanhar o autocarro e chega mais cedo do que o habitual.

"Bom dia, Ribby", disse a Sra. Pigeon, uma frequentadora habitual da biblioteca. "Se estás à procura de algo excelente para ler, recomendo-te este. Estende o livro e Ribby pega nele.

"A minha vida num prato", lê Ribby. "É sobre comida?"

"Não, de maneira nenhuma!" disse a Sra. Pombo a rir-se. "É sobre a vida, risos e lágrimas." Faz uma pausa. "Pára com isso, Billy! Jason, volta para aqui." As crianças voltaram para o balcão. "Desculpa o atraso na devolução do livro."

"Já me convenceste a comprá-lo. Obrigado, Sra. Pigeon." Ela sorriu enquanto carimbava o livro devolvido.

"Não tens de quê, querida. Da próxima vez que eu for aí, podes dizer-me o que achaste da Clare Hutt. Diz adeus ao Ribby agora, rapazes. Jason, pára de cuspir no teu irmão. Vais ter muitos problemas quando chegares a casa!" A Sra. Pombo sorriu, enquanto levava o Jason pela orelha e o Billy pela mão. O trio saiu pelas portas giratórias.

O Ribby estava demasiado excitado para ler. Além disso, era outra vez segunda-feira e ela tinha de ir para o hospital.

Às cinco da tarde, Ribby pegou nas suas coisas do cacifo e apanhou o autocarro. Durante o trajeto, sentiu-se tentada a fumar, mas não queria que as crianças sentissem o cheiro a cigarro nela.

Vai à loja de recordações onde pediu balões cheios de hélio para todas as crianças da ala. A ideia era maravilhosa, mas transportá-los era outra questão.

Como prometido, Ribby foi ao quarto de Mikey Landers. Ele não estava lá. Prossegue pelo corredor, entrando nos quartos pelo caminho. Atrás dela seguiam outros, formando um desfile de cantores. Cadeiras de rodas, muletas, todos eram bem-vindos. Até a enfermeira-chefe Alice se juntou a eles.

Ribby olhou na direção dela e os seus olhos encontraram-se. Algo estava errado, mas podia esperar. Continua com a atuação.

Ribby dirige-se para o centro. Olha para as crianças. Lucy May Monroe precisava de uma fita para o cabelo, que Ribby tirou do seu saco mágico. É uma fita roxa, a cor preferida de Lucy May. A criança gritou de alegria. A mãe de Lucy enrolou-a à volta do seu rabo-de-cavalo atarracado.

Na última visita, Benjamin Fish tinha pedido um peluche de dragão, que Ribby tinha agora escondido no seu saco mágico. Deixa que o Benjamim o tire, e ele tira-o de lá. Põe-no no colo - à procura dos pais, mas eles não estavam por perto. Não querendo abri-lo sem eles, embala o presente no seu colo de cadeira de rodas.

Havia várias outras crianças à espera. Uma a uma, Ribby realizou os seus desejos. Volta a cantar. Desta vez, dança e interpreta a sua versão de Crocodile Rock, de Elton John. Distribui o resto dos balões. Só ficou o balão do Mikey Landers.

Ribby despede-se das crianças. Carrega o balão vermelho do Mikey e caminha pelo corredor. A enfermeira Alice está à espera.

"Ribby, espera, tenho uma coisa para te dizer."

Ribby não quer ouvir a notícia. Continua a andar. Se não soubesses, então não seria verdade.

A enfermeira Alice agarra o braço de Ribby. "Ribby, o Mikey estava a sofrer muito e agora está em paz."

Ribby teve vontade de gritar. Continua a andar e sai do edifício. Uma vez lá fora, solta o balão e fica a olhar até não o ver mais.

Não chora.

CAPÍTULO 5

A RIBBY FICOU TÃO entusiasmada quando ligou para o agente imobiliário de uma cabine telefónica e descobriu que o apartamento era dela. Dentro de pouco mais de uma semana, mudar-se-ia para lá. Tinha muito tempo para comprar algumas coisas necessárias e para pensar como é que ia ficar longe da Martha.

Porque não me usas a mim? Afinal de contas, somos amigas, não somos?

O que é que queres dizer com isso?

Às vezes és tão grosso como um tijolo. Diz ao velho machado de guerra que vais visitar uma amiga que vive na cidade e que se chama Angela.

E se ela quiser conhecer-te? Além disso, não posso mentir, a minha pele denunciava-me.

Não estás a mentir. Vais passar o tempo comigo. Tens o álibi perfeito - eu!

Nessa noite, ao jantar, o Ribby abordou o assunto. "Gostava de sair na sexta-feira à noite com a minha amiga Angela."

"Diz lá?!" disse Martha com espanto na voz. "Tens uma amiga?"

"Nós lemos os mesmos livros e damo-nos bem."

"Filha, tem cuidado com esta nova amiga. Vê se ela não se aproveita, porque tu és muito ingénua em relação às coisas do mundo."

"Eu fico bem, mãe. Vamos ver um filme e tomar um café."

Os dias passavam mais depressa, agora que a sua vida tinha saído da rotina habitual, e em breve era sexta-feira.

"É melhor ir andando. Encontramo-nos à porta do cinema."

"Antes de ires, podes dar à tua pobre mãe uns dólares para substituir a garrafa de Jack Daniels?"

Ribby hesitou. Se não desse dinheiro à mãe, talvez não conseguisse sair de casa. Tinha de dar o dinheiro, e assim fez.

"Vou chegar tarde, mãe; não faz sentido esperares por mim."

"Diverte-te", disse Martha enfiando o dinheiro no sutiã.

Ao longo do caminho, Ribby respirou fundo várias vezes. Não podia acreditar. Sexta-feira à noite e ela ia sair para ir ao cinema.

Não te esqueças de mim.

Não te esqueças de mim. Sem ti, ainda estaria ali na sala da frente!

Fizeste bem, Ribby, em dar-lhe o dinheiro esta noite. Mas não dês mais. Vais precisar de todos os Loonie!

Durante o filme, a Angela estava sempre a rir-se das partes amorosas.

Isto é tão aborrecido! Fala de irrealismo. Vamos embora daqui.

É romântico. Dá-lhe uma oportunidade.

A Ribby enfiou um pedaço de chocolate na boca.

Quem me dera que pudéssemos fumar aqui.

Não te preocupes.

Depois do filme, Ribby sentiu-se demasiado aborrecido para tomar um café e foi para casa.

O que vais dizer quando voltarmos, se tu sabes quem está acordado?

Ela não vai estar acordada. Depois do Jack Daniels, vai ficar inconsciente.

De manhã, podes dizer-lhe que vais ficar em casa da tua nova amiga Angela no sábado à noite. Voltas no domingo à noite. Percebeste?

Ela saberia que eu estava a mentir. Sabe sempre.

Talvez saiba, mas isso foi antes de teres a tua própria casa. Tinhas uma vida dupla. Antes de me teres. Além disso, é um pormenor técnico. Estás a ficar em minha casa e eu sou tua amiga. Então... estás mesmo a dizer a verdade.

Quando pões as coisas dessa maneira, soa muito bem.

Sim, agora acende um cigarro e vamos fazer o nosso caminho de volta.

CAPÍTULO 6

Era o dia da mudança e a Ribby estava pronta para partir. Desce as escadas em bicos de pés, na esperança de passar despercebida. Não demorou muito, pois Martha estava à sua espera na cozinha.

"Queres uma chávena de café?"

"Obrigada, mãe", disse Ribby, sentando-se e olhando para o relógio.

Os únicos sons que se ouviram foram os de Martha a engolir um gole e o zumbido do frigorífico.

"A Angela e eu divertimo-nos imenso na sexta-feira à noite, mãe, e ela convidou-me para passar o fim de semana em casa dela. Eu gostava de ir."

Martha meteu o nariz na chávena. Dedilha a toalha de mesa com uma mão enquanto acaricia Scamp debaixo da mesa com a outra.

O silêncio da tua mãe era perturbador. Raramente tinha estado tão calada. Ribby sentiu-se culpada e as suas mãos tremiam enquanto bebia a sua bebida. Perguntava-se se a mãe saberia.

Pensa em dizer alguma coisa, o silêncio era horrível, mas tem medo de o fazer. Acaba o café, levanta-se e lava a chávena. Coloca-a na prateleira para secar.

"Ainda bem que tens um amigo e espero que te divirtas."

"Obrigada, mãe", disse Ribby, enquanto subia as escadas a correr para ir buscar a mala e saía. Apanhou o autocarro e atravessou a cidade antes dos estafetas.

"Sobe!", disse ela, falando para o intercomunicador. Os homens carregaram os móveis modestos e outros objectos que ela tinha acumulado durante as horas de almoço. Depois de se irem embora, sente-se em casa, a ouvir as ondas na varanda.

Ao meio-dia, Ribby dá um passeio à beira-mar. Repara em vários bares e discotecas ao longo do caminho. Nunca tinha ido a nenhum porque ir sozinha não lhe parecia interessante, mas agora era diferente. Volta mais tarde.

Com Ângela no mundo, já não se sente tão só.

MAIS TARDE NESSA NOITE, Ribby esperou no passeio em frente ao clube noturno.

Pára de andar, Ribby. Vou contar até dez e depois vamos entrar. Muito bem, vamos lá! Preparados ou não, aqui vamos nós!

Estou com medo.

É canja, Ribby, é canja! Segue-me.

Como se eu tivesse alguma escolha no assunto.

As escadas eram estreitas e mal iluminadas. Os tornozelos de Ribby balançavam nos seus novos sapatos de salto alto enquanto ela descia. Quando virou a esquina para a zona do bar, as luzes estroboscópicas piscavam e pulsavam em sintonia com a música.

Pára de te preocupares com os sapatos. O paraíso espera-te! Anda cá. Vou sentar-me neste banco - para poder ver a ação. Já para não falar que eles podem ver-nos a nós!

Não sei. Não te parece desesperado? Não vais parecer desesperado?

Não desesperados. Estás disponível. Olha para este lugar, Rib. Está cheio de risos, música; vamos divertir-nos imenso. Agora, porque não nos pagas uma bebida?

O que queres que peça? Nunca pedi uma bebida antes.

Deixa ver, a Ângela viu o menu de bebidas. Uma destas seria boa. Sim, pede uma Vodka e Tónica - pede uma grande!

Ribby limpou a garganta, na esperança de atrair a atenção do empregado do bar. Ele estava a conversar com um homem do outro lado da rua. Ela tossiu, mas com a música alta e as luzes a piscar, achava que nunca seria notada.

Tens de fazer tudo? Angela gemeu. "Com licença, Sr. Barman; podes trazer-me um V&T grande quando tiveres um segundo, por favor?"

O barman olhou para Ribby e sorriu. "Claro que sim".

Percorre o bar, olhando de relance na direção de Ribby enquanto prepara a bebida. "Não me pareces familiar. És de cá?

"Mudei-me para cá este fim de semana. Pensei em vir ver a ação", diz Angela.

"Sê bem-vindo ao bairro. E isto é por conta da casa. Eu sou o comité de boas-vindas", disse o barman com um piscar de olhos.

A Ângela bateu-lhe com as pálpebras no Ribby. Inclina-se, como se quisesse sussurrar-lhe alguma coisa ao ouvido. Os seus seios caíam para a frente no vestido, dando ao barman uma visão completa do decote de Ribby. "Muito obrigada", disse Angela. "Sempre quis conhecer o comité de boas-vindas."

"Agora já conheces, em carne e osso. O meu nome é Jake, qual é o teu?"

"Eu sou a Angela, prazer em conhecer-te."

"Se precisares de mais alguma coisa, assobia. Sabes assobiar, não sabes?"

"Como disse uma vez a grande atriz Lauren Bacall, é só juntar os lábios e soprar." Jake riu-se e Angela soltou um assobio fraco.

Este comentário surpreendeu Ribby, pois ela nunca tinha dominado a arte de assobiar. Já para não falar que nunca tinha visto nenhum dos filmes de Lauren Bacall.

Jake avançou ao longo do balcão e serviu outro cliente que tinha estado a observar a troca de palavras.

"Jake, velhote," disse o homem aproximando-se mais. "Que tal uma cerveja aqui?"

"Nigel. Não te vejo há semanas. Não te vejo há semanas. Como é que estás? Pensei que te tinhas mudado?"

"Eu? Mudar-me? Para onde te poderias mudar depois de viveres perto da praia a maior parte da tua vida? Não há nada que se compare! Eles teriam que me levar numa caixa de madeira," disse Nigel, rindo enquanto Jake servia a cerveja.

"O que tens andado a fazer?"

"Trabalho, trabalho, trabalho, já disse o suficiente," disse Nigel. Chamando Jake para mais perto, ele sussurrou, "Quem é a miúda? Vais sair com ela ou posso tentar?"

"Ela é nova. Mudou-se para cá hoje. Chama-se Angela. Tem um belo par de mamas e não tem mau sentido de humor."

Vês, ele gosta de nós!

Nem sequer nos conhece.

Mas quer conhecer.

"Desculpa-me, Jake," disse a Angela. "Gostava de pedir um Martini grande, batido e não mexido. Faz um duplo."

"Um Martini duplo, a sair", disse o Jake.

"Então, és fã do James Bond, não és?" perguntou Jake enquanto colocava o Martini à frente dela.

Angela brincou com a azeitona, rodando-a no copo, e depois deitou tudo abaixo.

Ribby estremeceu. Tal como antes, nunca tinha visto um único filme de James Bond, nem tinha lido nenhum dos romances de Ian Fleming. Perguntava-se como é que Angela podia saber coisas que ela não sabia.

Ângela estava a falar. "A interpretação de Sean Connery era o meu Bond preferido. Deviam ter deixado de fazer os filmes depois de ele se ter despedido." Empurra o copo para o outro lado do bar, "Outro Martini duplo para mim, por favor, Jake."

"Uau, isso é muito forte", Jake fez uma pausa. "Tens a certeza que queres outro duplo, tão cedo?"

"Eu sou o cliente, não sou, e tu és o comité de boas-vindas, por isso faz-me sentir bem-vindo. Prometo que me vou portar bem," disse Angela.

Jake olhou para o bar e viu Nigel sentado sozinho. Dez tipos desceram as escadas, a olhar para o Ribby. "Gostava de te apresentar um amigo meu. Nigel, esta é a Angela. Talvez ela goste de um pouco de companhia. O Nigel conhece bem a zona e é um bom tipo. Eu posso garantir-te."

"Muito prazer em conhecer-te," disse Nigel, enquanto estendia a mão.

"Prazer em conhecer-te, também," disse Angela, enquanto se movia para evitar o rabo dormente. Ela rodou a azeitona no Martini fresco e espetou-a. Mete-a na boca e deita a segunda bebida pela goela abaixo.

"Ouvi dizer que és novo na zona?" disse Nigel, enquanto via um pouco de Martini a escorrer pelo canto da boca de Angela.

Ribby pegou num guardanapo e afastou o líquido. Continua a saber mal. Como ela imaginava que o removedor de verniz das unhas saberia. Como é que a Angela podia gostar de uma coisa que ela própria não gostava?

"Sim, alugámos um apartamento. É lindo aqui", disse Ângela.

"Alugámos?"

Ribby encolheu-se.

Ângela riu-se. "Nós no sentido real. Eu vivo sozinha.

"Queres dançar?" perguntou Nigel.

Ribby nunca tinha dançado na sua vida.

A Ângela tenta descer do banco. Perde o equilíbrio e tropeça.

O Nigel agarrou-lhe o braço. "Whoa, estás bem?"

"Eu estou bem," disse Angela. "Ou vou estar quando for ao quarto da menina. Fazes ideia de onde é?"

"Fica mesmo ali, ao fundo do bar."

"Okie dokie," disse Angela. Agarrou o Nigel pelo colarinho e olhou para os seus profundos olhos azuis. "Não te mexas. Volto dentro de alguns segundos e vou aceitar a tua oferta para uma dança."

Ribby respirou fundo e Nigel acenou com a cabeça e afastou-se.

A Ângela dá uma palmadinha no vestido.

Uma vez na casa de banho, Ribby encosta-se à porta metálica, que lhe fica fresca nas costas. Rasgou resmas de papel higiénico e cobriu o assento antes de se sentar.

O quarto estava a girar.

Acho que vou vomitar.

Não, não vais ficar doente, Rib. Vamos ficar aqui sentados mais um ou dois segundos. Depois vamos até ao lavatório e pingamos um pouco de água na cara. Vais ficar bem. Prometo-te.

Alguns momentos depois, a Ângela aproximou-se do Nigel. Ele parecia preocupado. Não era bem-parecido, mas também não era feio. Tinha um aspeto normal. Usava calças de ganga pretas, uma t-shirt azul clara e botas pretas. Ela gostava da sua pequena barba.

"Anda lá, então," disse a Ângela, pegando na mão do Nigel e levando-o para a pista de dança.

Era uma música lenta.

O Ribby nem sequer sabia como ser abraçado. As palmas das tuas mãos pingavam de suor.

O Nigel segurava-a à distância de um braço.

"Aproxima-te mais", sussurrou Angela, puxando-o para dentro de si, tocando-lhe nas nádegas.

Enquanto Chris de Burgh cantava Lady in Red, Angela deitou a cabeça no ombro de Nigel e relaxou. Ribby relaxou também. Ela podia sentir o coração dele a bater contra o seu. Sentia a respiração dele no seu pescoço.

Angela queria levá-lo para casa.

Ribby não queria.

D EPOIS DA DANÇA, A Angela agarrou na mão do Nigel e puxou-o para o bar. Sentaram-se nos bancos, com os joelhos a tocarem-se. Nigel mostrou dois dedos na direção do barman e disse, "Tequila".

A Angela pôs o cabelo atrás da orelha e aproximou-se: "Estás a tentar embebedar-me?"

"Uh, não. Não é o meu estilo."

Angela tocou-lhe no joelho quando as bebidas chegaram.

Nigel atirou para trás o seu shot. "Uh, então, o que é que tu fazes? Quero dizer, para viveres. Quero dizer, acho que estamos a avançar um pouco depressa aqui."

Concordo contigo!

Shhh Ribby. Volta a dormir. Depois para o Nigel, "Um pouco disto e um pouco daquilo." Atira para trás o shot de tequila e coloca a lima entre os dentes.

"Ah, uma mulher misteriosa, não achas?" Ele riu-se. "Bem, eu estou em Relações Públicas."

"Que excitante! Trabalhaste sempre para a mesma empresa?

"Sim. Uma das dez maiores empresas recrutou-me diretamente da Universidade. Quando começas a trabalhar para os melhores, o único caminho a seguir é para baixo."

"Estou a ouvir-te. Então, o que é que gostas de fazer? Isto é, para além de R.P. e de ires a bares."

"Não costumo ir a bares."

"Claro, claro", disse Angela.

"Sinceramente", disse Nigel, roçando o joelho dela com a mão.

Ribby sentiu-se ansioso. Ele estava a ficar demasiado familiar. Ela queria ir-se embora.

Angela gostou.

Nigel continuou, "Eu conheço o Jake. Conhecemo-nos há anos, por isso venho aqui ao Cat's Eye de vez em quando, para sair. Não podes ficar no teu apartamento a ver Netflix ou a jogar Xbox o tempo todo. É melhor saíres. Para conheceres pessoas, e esta zona é um sítio tão animado!"

"É, mas agora gostava de tomar um café. Queres ir a outro sítio, menos barulhento, e pagar um café a uma rapariga? Eu convidava-te para ires para a minha casa, mas está uma confusão total desde que me mudei hoje", diz Ribby.

Eu disse-te para deixares isto comigo. Põe-te a andar.

"Há um pequeno café não muito longe daqui, e depois acompanho-te a casa. Se estiver bem para ti, Angela?"

Uma chávena de café, por mim tudo bem.

Toma um comprimido para acalmar.

Ribby e Nigel caminharam de braço dado até ao Night Owl Café, onde pediram cappuccinos. Conversaram informalmente até à uma da manhã, quando Ribby disse que queria ir para casa.

"És um cavalheiro por me teres pedido para me acompanhar a casa. Ainda bem que o Jake nos apresentou."

Quando chegaram a casa de Ribby, Nigel perguntou: "Podes dar-me o teu número de telefone? Gostava de te ver outra vez."

"Ainda não tenho telefone," disse Angela enquanto procurava as chaves na sua mala. Quando voltou a olhar para cima, Nigel atirou-se a ti para um beijo. Quando os seus lábios encontraram os de Ângela, ela beijou-o de volta. As mãos dela percorreram os ombros e o peito dele. As suas, por sua vez, exploraram-no.

Quando os joelhos de Ribby começaram a dobrar-se, ela assumiu o controlo. Demasiado sem fôlego para falar, ela afastou-se. "É melhor eu entrar." Toca nos lábios. Ainda estavam a formigar.

"Espero não ter sido demasiado atrevida. Parecias gostar."

"Pareceu-me", disse Angela.

"Tenho de ir", disse Ribby. "Foi um dia longo, com as mudanças e tudo." Abre a porta e entra.

Nigel seguiu-a até ao elevador aberto. "Quando é que te volto a ver?"

Quando o elevador começou a fechar, Angela assumiu o comando. "No próximo sábado, à mesma hora do morcego, no mesmo canal do morcego."

Quando as portas se fecharam, Ribby tocou-lhe novamente nos lábios. Tinha sido o seu primeiro beijo e ela tinha gostado muito.

Angela queria mais. O beijo dele deixou-a quente, febril.

Abre as portas da varanda. Nigel estava lá em baixo, a olhar para cima. Acena-lhe.

"Boa noite, Nigel", diz Ribby.

"Boa noite, Angela", disse o Nigel.

Podíamos tê-lo convidado a subir, sabes?

Sabes, eu acabei de o conhecer e não sei nada sobre ele. Além disso, a minha cabeça e o meu estômago estão esquisitos.

Ele é perfeitamente inofensivo.

Se isso é verdade, então ele vai voltar.

Ribby voltou para dentro. Fecha e tranca as portas da varanda. Vai para a casa de banho e fica a olhar-se ao espelho durante algum tempo, esperando ver a Ângela. Não encontra qualquer vestígio dela.

Depois de um duche quente, deita-se na cama. Fecha a porta do quarto, como se estivesse em casa. Depois apercebe-se de que já não precisa de fazer isso. Levanta-se, abre a porta e volta a deitar-se na cama. Veste a camisa de dormir de flanela, porque o ar da noite a tinha arrepiado. Quando volta a cair na almofada, o quarto começa a girar. O teto era o chão, e o chão era o teto. Quando fecha os olhos, o estômago sobe-lhe até à garganta. Agarrou-se às bordas da cama como se estivesse à deriva num barco salva-vidas, até não aguentar mais as voltas. Correu para a casa de banho e vomitou. Ribby fez amizade com aquela peça de porcelana, ajoelhando-se perante ela como se fosse um deus.

Quando o seu estômago ficou vazio, voltou para a cama e tentou dormir. O quarto já não estava a girar. Não se sentia confortável com a voz dentro da sua cabeça. A Ângela parecia saber coisas. Ter vivido coisas. Diferentes das que ela própria tinha vivido. Como é que isso era possível? Porque é que ela tinha pedido todos aqueles Martinis?

A ideia de beber Martinis e Tequila fez o estômago de Ribby dar um salto. Desta vez, foi o enfarte; não tinha mais nada para oferecer ao deus de porcelana.

Dorme aos pés do deus, encostando a testa à porcelana fria.

CAPÍTULO 7

RIBBY ABRIU OS OLHOS. Estava na casa de banho, no chão. Levanta-se, usando a sanita como âncora. Insegura, baixou a tampa e sentou-se nela. Abre a torneira do lavatório ao seu lado, deixa correr a água durante alguns segundos, enche um copo e bebe um gole. As suas mãos tremiam, enquanto a água escorria para o seu estômago.

Quando Ribby se conseguiu levantar, agarrou-se ao lava-loiça, olhou para o seu reflexo no espelho e jurou nunca mais beber álcool.

Que peso leve.

Ribby tomou banho, vestiu-se e saiu para dar um passeio para desanuviar a cabeça. Parou num café e pediu uma chávena de café forte. Enquanto se sentava a bebericar, decidiu que estava pronta para ir para casa e foi apanhar o autocarro.

Isto é, para a casa da Martha.

Ontem aconteceu mesmo? Parecia um sonho.

A parte do vómito foi mais como um pesadelo!

O beijo do Nigel foi de sonho.

O meu primeiro beijo foi melhor do que panquecas com manteiga e xarope.

Shh, estás a dar-me fome.

Quando vira a esquina, lá está a Martha, em camisa de noite, às quatro da tarde, a bebericar uma garrafa de cerveja.

"Como é que está a minha filha?" pergunta a Martha.

"Divertimo-nos muito, mãe. A Angela é muito divertida. Convida-me para ficar de novo no próximo fim de semana."

"Ainda bem. Toda a gente diz que és demasiado séria. Precisas de uma amiga da tua idade para te divertires."

"Quem é toda a gente, mãe?"

Martha levantou-se. Tropeça um pouco, enquanto Ribby se afasta. O cheiro da cerveja combinado com o corpo sujo levou-a a respirar fundo.

"Não interessa. Acho que também precisas da companhia de um homem".

"Conheci um ontem à noite, chamado Nigel. Acompanhou-me até à casa da Angela e..."

"Estás fora de casa uma noite, e arranjas um homem para te acompanhar a casa! Parece que és mais minha rapariga do que eu pensava!"

"Não aconteceu nada."

"Desta vez não, filha, mas é o meu sangue que corre nas tuas veias, e o tempo vai provar que o que eu digo é verdade. Quando pões as mãos num homem, quando ele começa a tocar-te em sítios, oh os sítios, então ganhas vida. Ele vai levar-te onde nunca imaginaste que o teu corpo pudesse ir. Qualquer homem pode fazer isso por ti, filha, quer o ames ou não. Qualquer homem pode. Qualquer homem que saiba pode ensinar-te."

"Não quero ouvir isto", disse Ribby, subindo as escadas a correr para o seu quarto. Bateu com a porta e trancou-a. Pôs a banheira a correr, pôs bastante espuma e escolheu um livro da mesinha de cabeceira. Fica de molho durante horas, tentando não pensar no que Nigel poderia ensinar-lhe.

CAPÍTULO 8

Segunda-feira de manhã, de volta ao trabalho. A fila habitual de clientes. Ribby serve-os, o bibliotecário-chefe não repara. Mais tarde, Ribby estava no segundo andar a devolver livros às prateleiras. Olha pela janela para ver se está a acontecer alguma coisa interessante, mas não está. Até que aconteceu. Uma limusina extensa do outro lado da rua. Um motorista de boné saiu e abriu a porta. Ribby viu sair um par de pernas compridas, com saltos extraordinariamente altos, ligadas a uma mulher loura. O motorista fechou a porta e a mulher afastou-se na direção oposta à da biblioteca.

Gostava de parecer diferente.

Eu também. O que é que tens em mente?

Podíamos mudar o nosso cabelo. Pinta-o. As loiras divertem-se mais.

Talvez uma peruca em vez disso? Menos permanente.

Parece-me um plano. Mal posso esperar!

Quando os livros voltaram aos seus lugares, Ribby regressou à sua secretária. Procura uma loja de perucas por perto. A Wigs-R-Us ficava a vários quarteirões de distância. Olha para o relógio e vê que está quase na hora do almoço. Consegue ir e voltar facilmente. À porta da loja, olha para as perucas expostas na montra.

Gosto daquela. E daquela.

Queres mesmo? Gostavas de ficar assim tão curta?

Sim, definitivamente mais curto.

A campainha tocou quando ela entrou na loja. Estava visivelmente silenciosa, mais silenciosa do que a biblioteca.

"Estás aí?" disse Ribby.

Uma mulher apareceu de trás do balcão com a mão estendida: "Sê bem-vindo à minha loja. Em que te posso ajudar hoje?" Mesmo de pé, era muito mais baixa do que Ribby.

Ribby abriu a boca para falar, mas antes de dizer alguma coisa a mulher voltou a falar.

"Se quiseres sentar-te aqui, posso trazer-te as perucas. Basta apontares para as que queres experimentar. Eu ajusto-te a peruca e, depois, voilá, podes olhar para o teu novo eu ao espelho."

A mulher pôs a mão nas costas de Ribby e levou-a até à cadeira. Ribby sentou-se enquanto a mulher baixava cada vez mais a cadeira. Ribby baixou-se ainda mais para se acomodar.

"O que é que tu fazes?", perguntou a mulher enquanto passava os dedos pelo cabelo de Ribby. "Quero dizer, como é que ganhas a vida? Queres mesmo uma peruca que se adapte ao teu estilo de vida. Já agora, o teu cabelo é lindo.

"Uh, obrigada. Eu trabalho na biblioteca. Gostava de uma peruca loira. Curta, como a que está na montra. Toma."

"Oh, meu Deus, essa é uma escolha interessante. É a nossa peruca loira mais popular. Conheces o ditado, as louras divertem-se mais."

A mulher tinha uma caixa atrás do balcão cheia de perucas exatamente como a da montra. Traz a caixa e começa a atar o cabelo verdadeiro do Ribby.

"Mudei de ideias", disse Angela. Aponta para cima: "Gostava de experimentar aquela."

O que estás a fazer? O que é que estás a fazer?

O que estás a fazer? O outro é vulgar. Eu quero algo especial.

É justo.

A peruca tinha uma franja que atravessava a testa e era virada para baixo atrás. Estava à altura dos ombros e parecia bastante rígida.

Definitivamente, não a tens.

Concordas.

E esta?

Era visivelmente curta, com uma parte do lado esquerdo, mas era escalonada. A franja era emplumada, o penteado era todo em camadas e o cabelo acabava mesmo por baixo dos lóbulos das orelhas. Assim que a mulher o pôs, tanto Ribby como Angela adoraram-no. Era um contraste total com o visual quotidiano do Ribby.

Não posso acreditar, estou linda.

Claro que estás, Ângela.

"Estás perfeita! Embrulha-o!" Disse o Ribby. "Tenho de voltar ao trabalho."

Agora só precisas de roupa nova!

A Ribby passou a tarde a trabalhar no computador. Manda um e-mail aos primeiros clientes que se atrasam na devolução dos livros. Os reincidentes precisavam de um telefonema.

Depois do trabalho, foram ao centro comercial e compraram algumas coisas. Como já era tarde, Ribby teve de apanhar um Uber para chegar a tempo ao hospital.

Atira-se a entreter as crianças. A ausência de Mikey ainda pairava no ar, mas, apesar disso, as crianças conseguiam sorrir e até rir um pouco.

A caminho de casa, no autocarro, o vento apanhou o casaco de Ribby e empurrou-a.

Porque é que não vamos para a nossa casa verdadeira?

É só segunda-feira, não queremos que a mãe desconfie.

Está bem. Eu alinho nesta charada.

Não te preocupes.

Ribby rodou a maçaneta e abriu a porta da frente da casa de Martha.

A voz de um homem começou a rir.

Ribby ficou à escuta durante alguns momentos e ouviu os talheres a baterem nos pratos. O teu estômago roncou. Não tinha comido nada durante todo o dia.

Na cozinha, John MacGraw molhava o pão na sua tigela meio vazia. Martha deitou o guisado na tigela de Scamp e ele bebeu-o.

Quando ela entrou na cozinha, Ribby olhou para Marta, que sorria. Quando o João estava por perto, às vezes a Marta parecia uma pessoa diferente. De todos os namorados que a tua mãe trazia para casa, o João era o mais decente. Faz sobressair o melhor da mãe, que parecia querer que ele pensasse que eram íntimos.

"Olá, mãe. Olá para ti também, João."

"Junta-te a nós", disse a Martha, dando uma palmadinha no assento da cadeira mais próxima dela. Antes que o Ribby se pudesse sentar, a Martha levantou-se. "Espera! Tenho uma coisa para te mostrar primeiro. É uma prenda do João".

"Pode esperar até depois do jantar", disse John, encorajando-os a sentarem-se com uma voz firme.

"Cheira mesmo bem," disse Ribby enquanto a Marta lhe pegava na mão e a puxava para fora da cozinha.

"Ta-dah!" disse a Martha. disse Martha. Era um telefone portátil novo com uma extensão muito longa.

"Uau, é espetacular."

"É mesmo, agora vamos voltar para a cozinha. Não queremos deixar o João à espera."

"A tua mãe é uma óptima cozinheira", disse John assim que se sentaram.

"Obrigado, pelo telefone."

"Não te preocupes, já era tempo de teres um aqui. Torna mais fácil para mim entrar em contacto", disse João.

A Marta deita mais um pouco de guisado na tigela do João. "Não sei se já te disse antes, John. A Ribby passa as noites de segunda-feira a entreter crianças doentes no hospital." Deita mais um pouco na tigela do Ribby. "Como é que o Mikey esteve hoje?" Sem esperar pela resposta: "O Mikey é o preferido do Ribby, ele..."

Ribby começa a chorar. Nunca antes tinha chorado pelo Mikey. Agora não consegue parar. As lágrimas não paravam de correr, escorrendo-lhe pelas faces, para dentro da tigela de guisado.

"Pára com isso, rapariga", disse a Marta em voz alta. Olha para o João para ver se ele reparou. Satisfeita por ele não ter reparado, deu uma palmadinha na mão do Ribby e acalmou. "O que é que se passa? Nós com companhia e tudo, e tu aí a choramingar como um bebé. Vê se te controlas". Ela cravou uma unha nas costas da mão de Ribby e sussurrou: "Estás a envergonhar o John".

"Ai", disse Ribby, afastando a mão e continuando a soluçar.

"Não te preocupes comigo", disse o João. "Um bom choro nunca fez mal a ninguém. Esta é a tua casa, Ribby, e podes chorar se quiseres."

O Ribby começou a rir-se. Não era rir, era rir. Na sua cabeça tocava uma música: Esta é a minha casa e eu posso chorar se quiser, chorar se quiser, chorar se quiser. "O Mikey está morto."

CAPÍTULO 9

"A Angela convidou-me para o fim de semana inteiro", disse Ribby ao pequeno-almoço da manhã seguinte.

"É uma boa altura, Ribby, uma boa altura. O John e eu vamos passar o fim de semana juntos. Tens planos.

Ribby suspirou de alívio.

"Diverte-te muito e..." Agarra o pulso de Ribby. "Quero dizer-te que eu e o John lamentámos muito, ontem à noite, o que aconteceu ao pequeno Mikey. Não quero que fiques com os olhos marejados outra vez, mas estou orgulhosa de ti. Espero que te divirtas no fim de semana. Tu mereces".

Ribby, assustado com as palavras amáveis da mãe, abraçou-a ao pescoço.

"Bem, então", disse ela, dando palmadinhas nas costas da filha.

Separam-se e Ribby dirige-se para a paragem do autocarro. O seu dia estava a tornar-se cada vez menos parecido com o Dia da Marmota.

Como podes abraçá-la depois de tudo o que ela fez? Como é que a podes abraçar depois de tudo o que ela *te disse e fez? Como é que tu pudeste? Faz-me arrepiar a pele.*

Ela foi sincera.
És tãããão ingénuo!

USANDO A NOVA PERUCA e óculos escuros, a Ângela estava decidida a ir às compras.

Mas não tens dinheiro para isso.

É para isso que serve o crédito.

Ainda tenho de o pagar.

Acalma-te, vai correr tudo bem.

A Ângela experimentou as roupas mais antiquadas da Ribby, esgotando o seu cartão de crédito.

Sinceramente, não gastes mais.

Está bem, está bem, mas não estás fabulosa?!

A Ribby admitiu que já não se reconhecia a si própria.

Tu estás aí. Tu és a janela e eu sou a moldura.

As cabeças viraram-se enquanto ela caminhava pelo passeio. Ouviu gritos e assobios.

Entra numa discoteca diferente, mais perto da orla marítima. O segurança verificou a identificação do Ribby e olhou duas vezes para a fotografia.

"Tens a certeza que és tu?", perguntou.

"Claro que és", responde Ribby. "É uma peruca.

"Desculpa, não queria ofender-te. Toma um cupão para uma bebida grátis.

"Obrigado."

Não gostei da maneira como aquele tipo olhou para nós.

Sim, era como se ele tivesse visão de raio-x e conseguisse ver através do vestido.

Que cretino.

Vamos buscar a bebida grátis e depois vamos para o Cat's Eye.

LGUM TEMPO DEPOIS, CHEGOU ao Cat's Eye e viu o Nigel sentado sozinho.

Acho que ele não nos reconhece.

Porque haveria de reconhecer? Estamos a usar óculos escuros e uma peruca loira.

A Ângela pediu um Martini.

Só de pensar em álcool, o estômago de Ribby ficou enjoado.

O Nigel olhou para a Ângela. Ela reconheceu-o com uma piscadela de olho e, depois, atirou o Martini para trás. Pede outro.

"Queres dançar?", perguntou.

Nigel pôs os seus braços à volta da cintura de Angela e segurou-a junto a si. Olha para os óculos escuros de Ângela.

A Ângela deslizou a sua mão para a nádega direita do Nigel. Balança-o para trás e para a frente contra ela. Os dois giram no escuro ao som pulsante da discoteca. Antes de a canção terminar, já se estavam a beijar. Esqueceram-se que estavam num local público. O Nigel pegou na mão dela e levou-a para fora da discoteca.

Não houve palavras, porque a paixão entre eles era demasiado grande. Andaram alguns passos, e depois a Ângela empurrou-o contra a parede de pedra e beijou-o mais uma vez.

Continuam a caminhar, passando pelo 7-11. Agarrados um ao outro, beijando-se, o batom de Ângela estava no colarinho dele e na parte lateral da sua cara. Ambos pareciam ter estado numa batalha.

Quando chegaram a casa do Ribby, o Nigel apercebeu-se de quem era a Ângela. Ela pegou na sua mão e levou-o para cima.

"Uh, espera um minuto," disse Nigel. "Isto é algum tipo de jogo?"

"Claro que não," disse Angela, desapertando os botões da camisa dele, beijando-lhe o peito. "Anda lá."

"Eu não sei o que se passa contigo," disse o Nigel. "I..."

"Oh, cala-te! E dizem que as mulheres falam demais!", disse ela enquanto arrancavam as roupas um do outro e caíam na cama.

Depois, Nigel pegou nas suas roupas e saiu antes que Angela acordasse.

Ribby não se lembrava de ter saído do clube noturno.

Ângela lembra-se de todos os pormenores.

CAPÍTULO 10

A INFÂNCIA DE RIBBY Balustrade não foi feliz. Era uma filha única e solitária que teria beneficiado de um lar com dois pais. Como nunca conheceu o pai, teve de o imaginar. Via-o como um cruzamento entre a personagem de Atticus Finch, de To Kill A Mockingbird, e a personagem da vida real de Gregory Peck.

Quando Ribby lhe perguntou sobre o pai, Martha mudou de assunto.

Ribby voltou a ler To Kill A Mockingbird. "Nunca compreendes realmente uma pessoa até considerares as coisas do seu ponto de vista... até entrares na sua pele e andares nela".

Depois de muitas perguntas sobre o seu pai e sem respostas, Ribby concebeu um plano. Subiria ao que a mãe chamava de "zona proibida" - o sótão - e investigaria como Nancy Drew fazia. Infelizmente, tudo o que descobria lá em cima eram rastejantes de parede a parede, sobretudo aranhas. Além disso, sentia um cheiro doentio a coisas velhas, empoeiradas e bafientas, esquecidas em caixas que não estavam relacionadas com o seu pai.

Voltando a descer, ouve os sapatos da mãe a bater no alpendre. Quando se apercebeu que se tinha esquecido de fechar a porta do sótão, Ribby entrou em pânico. Volta a colocar a escada na sua posição original, planeando consertá-la mais tarde. Espera que a mãe não repare.

Quando se sentaram para jantar, Ribby rezou vezes sem conta para que a mãe não reparasse. Diz a Deus que nunca mais vai dizer ou fazer nada de mal para o resto da sua vida. Jura que vai deixar o seu brinquedo preferido, uma boneca loira e de pele clara chamada Anna.

Martha pendura o casaco e vai diretamente para a cozinha. Senta-se. Ribby pôs a chaleira a ferver e serviu uma chávena de café à mãe. Martha bebeu um gole, com cuidado para não borrar os lábios.

Ribby observou esse pormenor. A preservação do batom significava que Martha ia sair de novo. Agradeceu a Deus por a ter ouvido e a sua pulsação abrandou.

"Então, o que é que fizeste hoje?" perguntou a Martha. "Acabaste os trabalhos de casa?

"Quase, mamã, quase", responde Ribby, inclinando-se para encher a chávena de café da mãe.

"A propósito, o que é que estavas a fazer na zona proibida, minha menina? perguntou Martha, segurando a mão trémula de Ribby enquanto a servia.

Ribby não fez contacto visual com a mãe. Poucos segundos depois, a urina escorria-lhe pelas pernas, pelos sapatos, pelo chão, e ela começou a chorar.

"Olha o que fizeste! Olha o que fizeste! Mijaste no meu chão todo. Pega na esfregona e limpa tudo. Não te

preocupes com a arrumação, limpa isto! O que é suposto uma mãe fazer com uma filha que diz mentiras? O que é que uma mãe pode fazer com uma filha que faz xixi no seu chão limpo e bonito?"

Ribby esfregava freneticamente. O movimento para trás e para a frente dava-lhe tempo para pensar. A sensação fria da urina na tua pele fazia-a tremer. Quando o chão estava de novo impecável, Ribby devolveu a esfregona ao seu lugar e preparou-se para subir e mudar de roupa.

"Não vás tão depressa, minha menina", disse Martha, agarrando a filha pelos cabelos e arrastando-a para a escada. "Não podes deixar isso aberto toda a noite, pois não? Sabes como são os rastejantes. Agora, sobe para ali", disse Martha enquanto empurrava a filha num movimento ascendente.

Ribby agita os braços. Tem medo de subir. Com medo de cair.

Quando chegaste ao topo, Martha riu-se. "Na verdade, já que gostas tanto de estar lá em cima, devias passar lá a noite. Entra, minha menina". A Martha subiu a escada atrás dela. "Pensa no que significa uma zona proibida", gritou Martha enquanto fechava o alçapão. A escada balançou com o peso da Martha. Quando os seus saltos altos tocaram no chão, fizeram um estalido e pararam. O Ribby já estava a chorar. "Vou pôr a fechadura e apagar a luz. Estás a ouvir?"

Ribby chorou ainda mais alto.

"Para o caso de estares a pensar, não há só aranhas lá em cima. Para o caso de estares a pensar, não há só aranhas, há também ratazanas peludas!

Ribby gritava e batia na porta, implorando à mãe que a deixasse sair. Implora. Jura que nunca mais lhe desobedeceria. Não responde.

Lá fora, a porta de um carro bateu. A Martha e um dos seus criados afastaram-se.

Algo peludo passou-lhe pela perna e ela correu, tropeçou e bateu com a cabeça. Volta a chamar pela mãe. Continua a não responder.

Quando a Martha regressou, disse: "Não voltes a ir lá acima. Quero dizer, nunca mais".

"Sim, mamã", disse Ribby, e nunca mais foi.

A lembrança de ter ficado presa no sótão. A humilhação de molhar as calças. Toda a culpa e vergonha voltaram com força. A mesma memória traumática. Obriga o Ribby a revivê-la, vezes sem conta.

A tua mãe é uma completa e completa vaca.

Ela tinha boas intenções. Foi uma lição que aprendeste.

O meu pé tem boas intenções, e eu dou-lhe um murro no traseiro se ela voltar a tentar algo assim.

Ainda bem que agora estás do meu lado.

O que a Angela sabia já não surpreendia nem chocava o Ribby.

E nunca te esqueças disso!

CAPÍTULO 11

Angela estava completamente perplexa com a lealdade de Ribby a Martha. Viver na mente de Ribby com um relato em primeira mão da crueldade de Martha era excruciante.

A Ângela usou a sua força de diálogo interno para ajudar o Ribby a enfrentar o passado. Encoraja o Ribby a cerrar os punhos. Isto fez com que concentrasse a sua energia no momento. A ação funcionou no início, mesmo quando Ribby estava a ter um sonho mau ou um flashback.

Mais tarde, Angela tentou recolher as más recordações e empurrá-las para trás. Afasta-te. Para tão longe na mente de Ribby que já não pudessem ser alcançadas. Em teoria, era uma boa ideia, mas, na realidade, Angela não conseguia bloqueá-las.

A única saída parecia ser a óbvia. Afasta Ribby da situação de uma vez por todas. Algures, bem longe, onde Martha não pudesse aproveitar-se dela, nem prejudicá-la mais. Angela achava que tinha de ser uma separação limpa. Aguardava o momento certo para o fazer.

As coisas boas vêm para aqueles que esperam.

Depois de mais uma semana na casa de Martha, Ângela estava feliz por ir para a festa. Usa a peruca loira, óculos escuros e um vestido vermelho sem mangas. Com a sua nova roupa, sente-se poderosa, invencível. Também estava decidida a não deixar que nada a impedisse de se divertir.

No caminho para a discoteca, um grupo de rapazes adolescentes assobiava e chamava por ti. Eram meros adolescentes, mas rapazes que já deviam saber o que fazer.

Ângela puxou o mais próximo pela parte da frente da camisa. "Aproxima-te de mim outra vez, qualquer um de vocês, e eu arranco-te os tomates e dou-tos a comer ao pequeno-almoço. Percebeste?"

Os rapazes fugiram.

Ângela riu-se, alisando a parte da frente do vestido e verificando se não tinha partido nenhuma unha. Acende um cigarro e continua a caminhar pela praia até ao bar.

És um homem forte.

Uau, o que é que se passa? Isso foi mais do que um pouco O.T.T.

Os rapazes tornam-se homens. Deviam aprender a respeitar-te.

Correram como se fosses a Bellatrix Lestrange!

Não com esta peruca!

Quando chegou ao clube noturno, Ribby dirigiu-se ao bar e pediu uma bebida. Bebeu com relutância. Ângela tomou conta da situação e devolveu o Martini.

Pede outro, chamando a atenção de um segurança em boa forma na entrada.

Vamos esperar mais um minuto ou dois pelo Nigel.

De qualquer forma, não se vai lembrar de nós.

Oh, ele vai lembrar-se de mim, sim.

Dois Martinis depois.

Vamos embora, não está a acontecer nada aqui.

Paciência, meu caro amigo, paciência.

O segurança separou os jovens que desciam as escadas e dirigiu-se ao lugar onde Ribby estava sentado.

"Como estás?", disse ele, tentando demasiado ser sexy.

"Muito bem, obrigado", disse Ribby.

Cala-te, Rib... deixa-me tratar disto. "Na verdade, esta noite este sítio é o Bores-ville."

"Sim, isto aqui parece um pouco a Rua Sésamo, não é?", disse o segurança antes de se apresentar como "Ed; Ed, o Segurança".

"Chamo-me Angela."

"Prazer em conhecer-te, Angela", disse Ed enquanto tentava olhar para a frente do vestido dela. "Uh, se estás à procura de um bom momento, fica por aqui até às 2. Eu saio do trabalho nessa altura. Podemos sair para algum lado?"

"Uh, obrigado pela oferta," disse Ribby, "mas, temos de...."

"Posso estar de volta por volta das 14h30", disse Angela. "Onde é que nos encontramos?"

Ed foi extremamente específico sobre o local isolado na praia.

Angela esperava que ele fosse tão bom quanto parecia.

Não ACREDITO QUE MARCASTE um encontro com aquele idiota. Não vais de maneira nenhuma.

Rib, não te preocupes com isso. Acalma-te. Dorme uma sesta. Eu conto-te mais tarde. Podes ir, miúda, noite de camisa de dormir.

Às 2:30, Angela esperava-te na praia. Tinha vestido um vestido preto.

Ed, o segurança, apareceu e ela chamou-o. Ele cambaleou em direção a ela.

"Estás chateado."

"Um bocadinho, mas não o suficiente." Ele empurrou-a para o chão, rasgou-lhe o vestido e caiu em cima dela.

"Calma, rapaz, calma", disse Ângela, tentando ganhar controlo.

"Anda lá, querida. Prometi mostrar-te um bom momento." Ele encostou a boca à dela.

"Ai", disse a Ângela, "não sejas tão bruto, querido. Não gosto que sejas bruto."

Mas o Ed parecia não se importar. As suas mãos rasgavam e rasgavam.

"A tua mãe não te ensinou boas maneiras?" disse a Angela, enquanto o empurrava para trás com os dedos abertos. "As mulheres como eu querem um homem que seja amável, gentil." Bateu-lhe no peito.

Ele agarrou-lhe os pulsos com as suas mãos enormes e montou-a. "Algumas mulheres querem, e outras não. Ele riu-se. "Eu percebi-te desde o momento em que te vi. Sentada no bar com o teu vestido muito alto. A olhar para todos os tipos que entravam pela porta. Desesperada por ele. A implorar por ele."

"Espera um minuto," disse Angela, lutando para se libertar. "Eu quero-te, mas não aqui. Gostava que fosse, sabes, um pouco mais romântico para a minha primeira vez."

Ed congelou.

Ela continuou. "Já viste o filme From Here to Eternity com o Burt Lancaster e a Deborah Kerr? Sabes aquele em que eles o fazem enquanto a rebentação chega?"

Ele aproximou-se mais. "Claro, é um clássico." Ele inclinou-se e beijou-lhe o pescoço. "Fala menos, não é, querida?"

"Aproxima-te mais da água, como no filme, percebes o que quero dizer?" Angela sussurrou. "Leva-me lá, quero-te lá."

Ed parou. Ela afastou-se e levantou-se.

Pega na mala de mão, deixa-a cair e corre para a água. Olha para ela por cima do ombro. Ele observou-a.

À beira da água, levanta a bainha do vestido.

Ed arrancou a camisa e correu na direção dela, deixando cair as calças de ganga pelo caminho.

Quando ele se atirou a ela, a chave que ela tinha na mão acertou-lhe em cheio na órbita ocular. Ele gritou e depois gemeu quando a virilha dele bateu no joelho dela. Ela encolheu-se com o som de esmagamento quando tirou a chave do olho dele. Enquanto o sangue lhe escorria pela cara, ele soluçava e rebolava, segurando a zona das virilhas. Espetou a chave no lado do pescoço dele, ligando-se a uma artéria. O sangue jorrou como água de uma mangueira de bombeiro.

Afastou-se alguns passos do corpo e mergulhou os dedos dos pés na água. Olha para ele de vez em quando. Até que ele deixou de se mexer. Volta para trás e ouve para ver se ele está morto: está. Finalmente. Rola-o, como um saco de batatas, cada vez mais para dentro de água. A cada empurrão, o cadáver parecia cada vez mais leve.

Arquimedes tinha razão.

Quando ele estava tão longe quanto ela conseguia, nadou de volta para a margem, pegou nas suas roupas e vestiu-se.

Deixa as coisas dele onde ele as tinha deixado.

Quando o sol do novo dia tornou o céu num vermelho ardente, Ângela regressou à água.

Percorre a costa e não vê sinal dele. Mergulha a chave na água para lavar o sangue e depois salta para casa. Depois de um longo duche, dormiu como um bebé.

CAPÍTULO 12

RIBBY ABRIU OS OLHOS. O sol que entrava fez com que ela se encolhesse. Uma sensação familiar de déjà vu fê-la sentar-se. Estica-se e boceja, perguntando-se porque é que se sente tão mal. Não se lembrava de nada depois de se ter sentado no bar.

Saiu da cama e pôs o café a fazer enquanto tomava banho e se vestia. Vê o seu vestido no chão, amarrotado. Apanha-o e a areia cai no chão. Encolhe os ombros e atira-o para o cesto da roupa suja.

Enquanto mexe o açúcar no café, pensa no vestido e na areia. Tenta lembrar-se da noite anterior, mas nada lhe ocorre.

Procura o jornal do lado de fora da porta. Dá uma olhadela à manchete enquanto pega no café. Enfiou o jornal debaixo do braço, puxou as portas de vidro e foi assaltada por sons de caos. Carros da polícia. Ambulâncias. Camiões de bombeiros. A imprensa. Uma multidão de curiosos. Uma confusão e não muito longe da tua casa. A polícia bloqueia a maior parte da zona com barreiras de areia. Perto da borda da água, outra área tinha sido isolada com bandeiras.

Ângela tinha uma boa ideia do motivo de toda aquela confusão.

Tenho de ver o que se está a passar.

Talvez seja um cenário fechado para um reality show. Ou um filme.

Oh, isso seria excitante. Vou dar uma olhadela.

Ribby vestiu-se e foi para a praia. Envolveu-se na multidão e perguntou a uma senhora idosa o que tinha acontecido.

"Morto", disse a mulher. "Encontraste-o morto. As tartarugas devem tê-lo apanhado. Que visão!" Limpa a testa com um lenço.

Duuun dun duuun dun dun dun dun dun dun dun BOM BOM...

O tema do Jaw? Tens mesmo de o fazer? Ela disse que era uma tartaruga.

"Oh, meu Deus, pobre homem."

Eu fiz à minha maneira.

Tu, shh. Tu, cala-te. Por favor.

O polícia tinha um megafone. Pede a todos que se dispersem a menos que tenham provas para apresentar.

Duuun dun duuun dun dun dun dun dun dun dun, BOM BOM...

Tartaruga.

RIBBY, ASSUSTADA COM O caos que rodeava a sua nova casa, regressou à sua antiga casa.

Porque é que vais voltar para lá? Fica aqui e vê o que se passa.

Não, quero afastar-me do barulho.

E se a Martha e um dos seus amigos forem mais barulhentos com o insuflável?

Ewww. Não te preocupes, eu passo essa ponte quando lá chegar.

Abre as persianas da sala de estar. Nada lá fora se mexeu, nem sequer uma brisa. O relógio fazia tique-taque atrás dela, em sincronia com o seu batimento cardíaco. Estava tudo calmo, quase demasiado calmo. Fecha as persianas.

Pega no comando e liga a televisão. Clica na televisão, mas não encontra nada que lhe desperte o interesse. Folheia uma revista, depois escolhe um livro da prateleira. Nenhum deles lhe prendeu a atenção. Vai até à cozinha e prepara uma chávena de chá.

Quando regressava, a campainha da porta da frente tocou. Abre a porta e dá de caras com a vizinha. A Sra. Engle estava armada com duas caçarolas.

"Olá, Ribby", diz a Sra. Engle, empurrando-a para dentro. "Bem, a tua mãe disse-me que tinhas espaço no frigorífico para isto. A Sra. Engle colocou a caçarola em cima da mesa, abriu o frigorífico e inclinou-se para espiar um lugar.

"Estive fora todo o fim de semana. Nem sequer tive oportunidade de olhar para o frigorífico."

"Tens muito espaço. Eu preciso de..." A Sra. Engle não terminou. Desviou tudo e depois colocou as suas coisas lá dentro. "Volto daqui a uns dias, Rib. O meu tio-avô Phil morreu. Eles vêm todos para a minha casa. Eles comem muito. A tua mãe disse que tudo o que eu pudesse levar estaria bem para ela."

"Lamento o que aconteceu ao teu tio. Claro que és sempre bem-vindo." Ribby começou a caminhar em direção à porta da frente, esperando que a vizinha a seguisse.

"És uma querida, Rib", a Sra. Engle hesitou, ficou imóvel. "Ainda entreténs aqueles queridos pequeninos no Hospital?"

"Claro que sim. Fazes isso sem falta, todas as segundas-feiras.

Dirigiram-se para a porta da frente.

"A propósito, a tua mãe disse que ia estar fora até terça ou quarta-feira. Ela e o Tom, ou Jerry, não sei bem qual, foram passar uns dias à costa. Ele é asmático, não sabias? O médico dele sugeriu que saísses da cidade. A tua mãe foi como companhia e levou o Scamp".

Ribby cruzou os braços. "A tua mãe foi de férias prolongadas. Só gostava de ter sabido, pois podia ter ficado mais tempo em casa da minha amiga Angela."

As sobrancelhas da Sra. Engle ergueram-se. "Bem, ela não tinha o número de telefone da tua amiga."

"Obrigada por me avisares. Ribby abriu a porta e seguiu a Sra. Engle até ao alpendre.

No escuro, os mosquitos zumbiam e os grilos chilreavam. Os seus braços cruzados não protegiam muito contra a frescura do ar noturno.

"Boa noite, Ribby, e mais uma vez obrigado."

"Boa noite, Sra. Engle." Ribby fechou a porta da frente e trancou-a.

É uma velha maluca.

É nossa vizinha desde que eu era pequena.

Oh, as histórias que ela podia contar.

Não é coscuvilheira, como algumas das outras vizinhas.

A vida nos subúrbios.

Sim, é muito aborrecida a maior parte do tempo.

É demasiado calmo por aqui e tenho sede. Quero dizer, de uma bebida. Uma bebida a sério.

A mãe deve ter um Jack Daniels, mas vai sentir falta se bebermos um pouco.

Vá lá, vive perigosamente.

Ribby aquiesceu, serviu-se de um jigger e atirou-o para trás. Ardeu no caminho para baixo. Queimou bem.

Bebe mais, por favor.

É melhor substituíres isto antes que a mãe repare.

Pensa bem... quem pagou por isto? Nós pagámos.

Sim, mas a garrafa inteira. Dói-me o estômago e a minha cabeça gira.

Está na hora de ires para a cama. Dorme.

No caminho para cima, a Ribby agarrou-se ao corrimão para se manter firme. No seu quarto, despiu-se e deitou-se na cama. Levanta-se e lembra-se de que não tinha trancado a porta. Balançou até ela, trancou-a e voltou a cair na cama.

Mais vale prevenir do que remediar.

Em breve Ribby estava a dormir profundamente. Sonhava que era Deborah Kerr a fazer amor com Burt Lancaster em From Here to Eternity.

As ondas batiam nos seus corpos e levavam-nos para o mar. Estavam fechados num abraço profundo. Depois, Lancaster olhou para ela, mas já não era Burt Lancaster. Era um estranho. O teu olho tinha uma chave espetada. Tinha sangue nas mãos.

A Ribby acordou a gritar. Saltou da cama e correu para a casa de banho para lavar o sangue das mãos. Quando abriu a torneira, olhou para os dedos. O sangue já não estava lá. Angela continuou a sonhar.

CAPÍTULO 13

*T*IRA UM DIA DE *folga.*

Estás a pedir-me para ficar doente? Não vou ligar a dizer que estás doente.

Pelo menos deixa o trabalho no hospital. Não consigo ir lá hoje.

Vou pensar no assunto.

À medida que o dia avançava, Ribby tinha uma sensação de desconforto.

Pela primeira vez, liga para o hospital e cancela a atuação. "Eu compenso e faço duas actuações noutra semana", disse ela, para se sentir melhor.

Obrigada, Rib.

Não o vou fazer porque me pediste, cancelei porque preciso de ir para casa.

Porque precisas de ir para casa. Porquê? Queres dizer para casa da Martha? Nem sequer lá está.

Não sei porquê. Só sei que tenho de ir.

Como queiras!

Depois do trabalho, apanha o autocarro e chega a casa dela. Ali, sentada no alpendre da frente, estava uma mulher. Uma estranha. Quando se aproxima, ouve soluços e a mulher olha para cima. Era a irmã da sua mãe, a tia Tizzy, que ela não via há anos. Ribby não sabia o que tinha acontecido entre elas, mas sabia que a Tia Tizzy tinha jurado nunca mais pôr os pés à porta da irmã. E, no entanto, ali estava ela.

O que é que ela está a fazer aqui?

Não faço ideia. Tenho a certeza que nos vai contar no seu devido tempo.

Isso vai ser interessante. Não, não vais.

O Ribby recordou o seu último encontro. Foi no seu sétimo aniversário. A tia Tizzy tinha-lhe feito um bolo especial da boneca Barbie. Tinha um vestido cor-de-rosa feito de glacé, com laços à volta feitos de cerejas marasquino e coco. O corpo da Barbie estava no centro do bolo. Depois de todos terem comido as suas fatias, o Ribby, como aniversariante, tirou a Barbie. A Barbie era para ela. A Tia Tizzy tinha comprado vários fatos para a Barbie. Só que a Tia Tizzy esqueceu-se de embrulhar a Barbie antes de a colocar dentro do bolo. Durante semanas, o glacé, o coco e o bolo caíram dos apêndices da boneca.

"Entra, Tia Tizzy", disse Ribby depois de se libertar do aperto de mão da tia. "O que é que te aconteceu? A tua mãe está bem?

"Isto não tem nada a ver com a Martha", disse ela, seguida de outro ataque de choro.

Não precisamos disto. Diz-lhe para ir para um hotel.

Não posso fazer isso, ela é da família.

É uma rainha do drama.

Uma vez lá dentro, o Ribby ofereceu uma chávena de chá à Tizzy. Ela recusou.

"Vamos distrair-te e ver televisão. Tens fome? Posso mandar vir ou fazer alguma coisa?"

"Se não te importas, gostava de fazer o jantar para ti", sugeriu a Tia Tizzy. "Assim, não me vou esquecer de tudo, mais do que ver televisão." Entra na cozinha. "Tens um avental?"

O Ribby abriu a gaveta e tirou um dos aventais da Martha.

A Tia Tizzy prendeu-o à volta de si própria. "O que é que gostas de comer?"

"Surpreende-me", disse Ribby. "Se não encontrares nada, grita."

"Eu faço-o."

Mesmo com a televisão ligada, Ribby conseguia ouvir a tia a mexer-se na cozinha e a cantarolar.

Algum tempo depois, ouviu os pratos e os talheres a serem postos na mesa e entrou, para perguntar se podia ajudar.

"Não, senta-te", disse a tia Tizzy. "O esparguete à bolonhesa e o pão de alho com queijo vêm já a seguir. O que é que queres beber? Tens vinho?"

"Só água. Vou ver se tens vinho."

"Não, deixa estar. Não preciso de nada. Apenas pensei que gostarias de um pouco."

Conversaram e desfrutaram de um belo jantar, depois arrumaram-se.

"Estou exausta," disse a Tia Tizzy. "O sofá está ótimo. Não quero dar-te trabalho."

"Não há problema nenhum, podes dormir no quarto da minha mãe. "

"Tens a certeza que ela não se importa?"

"Não, acho que ela vai ficar contente por teres vindo."

Ela ia ficar surpreendida por a ver.

Horas mais tarde, Ribby remexeu-se na cama. Do outro lado do corredor, ouviam-se os soluços esporádicos da tia.

Na lista de compras, um par de auscultadores bloqueadores de ruído.

Boa ideia!

É para isso que estou aqui.

CAPÍTULO 14

N O SONHO, RIBBY FLUTUAVA no alto de uma nuvem. Tudo era preto e branco, exceto o seu vestido vermelho. Era como um vestido de noiva, com uma longa cauda que fluía sobre as bordas da nuvem.

Entra no seu apartamento e vê-se a fazer amor com alguém, não uma, mas duas vezes. Quando ela adormeceu, o homem vestiu-se e saiu do edifício.

Na rua, ela era agora a Ângela. Anda por quarteirões e quarteirões, depois entra no oceano. Cada vez mais fundo, enquanto a água lhe subia acima da cabeça.

Ribby queria agarrá-la, para a salvar, mas não conseguia. Chama por Ângela de cima da sua nuvem, atirando para baixo a cauda do seu vestido, implorando a Ângela que a agarrasse. Mas Ângela parecia não a ouvir.

Ângela estava completamente submersa. Apenas as bolhas subiam à superfície.

Na água, Ribby mergulhou da sua nuvem.

Quando encontra a Ângela, ela flutua de barriga para baixo.

O Ribby transformou-se na Ângela, a Ângela transformou-se no Ribby e, juntos, conseguiram sair da superfície.

CAPÍTULO 15

QUANDO RIBBY ACORDOU, VOZES no rádio sussurravam ao cimo das escadas. Pergunta-se se a mãe já terá voltado.

Vestiu-se e desceu as escadas, onde a tia Tizzy estava sentada como a morte aquecida à mesa da cozinha.

A cafeteira estava a borbulhar. A Tia Tizzy já tinha posto a mesa com tigelas de cereais, torradas e compota.

"Bom dia", disse Ribby. "Dormiste bem?

A tia Tizzy acenou com a cabeça sem dizer uma palavra.

A tia Tizzy acenou com a cabeça, sem dizer nada. Ribby ia perguntar-lhe o motivo da sua visita, mas decidiu não o fazer. Não queria que a tia se voltasse a lamentar. Ela contaria o motivo da sua vinda quando estivesse pronta.

Gostava que ela se despachasse. Não veio até aqui para nada.

Não sejas rude. Não sejas malcriado.

Depois de alguns momentos de silêncio, Ribby saiu para o alpendre da frente para ir buscar o jornal. Os títulos diziam: "Autópsia concluída - Assassinado!" Passa os olhos pela história de Jason Edward Thompson, a identidade do homem encontrado morto perto do seu apartamento. Repara na fotografia e reconhece-o: era Ed, o segurança. Era um homem grande e pergunta-se como é que uma coisa destas pode acontecer no bairro onde vive. Era triste que ele tivesse morrido tão jovem e, embora não o conhecesse, tinha pena da família.

Ribby pôs o jornal na mesa da cozinha e serviu-se de uma chávena de café. Volta a sua atenção para a tia. "Quando estiveres pronta para falar, estou aqui para ti."

"Não tinha mais nenhum sítio para onde ir", disse a tia Tizzy. "O meu marido deixou-me por outra mulher. A minha filha odeia-me. Diz que o pai dela não teria ido à procura de outra pessoa se eu tivesse sido uma esposa melhor para ele. A Jenny tem vinte e cinco anos, nunca esteve fora de casa e anda por aí sozinha, talvez até a viver nas ruas. Eu tinha de vir ver se a encontrava e a trazia para casa. A amiga dela disse que tinha quase a certeza que a Jenny vinha para aqui. Esperava que ela te contactasse. Tiveste notícias dela?"

Oh, meu Deus.

"Desculpa, mas estive fora todo o fim de semana e a minha mãe também. Ela tem a nossa morada?"

"Talvez o tenha tirado do meu telemóvel. Não tem muito dinheiro, nem sequer um cartão de crédito. O meu marido culpa-me. Está tão preocupado como eu, mas tem a sua parte do lado para o confortar." A voz dela tremeu.

Parece um episódio de The Young and the Restless. Porta-te bem.

"Deves estar tão preocupada. Desculpa, mas tenho de me vestir e ir trabalhar. Se quiseres, podemos encontrar-nos para almoçar e falar mais?" Ribby apressou-se a subir as escadas enquanto ela continuava. "Eu trabalho na Biblioteca. Ela pode passar por lá para usar o wi-fi gratuito. Muitas pessoas fazem-no. Também podias aventurar-te pela cidade e procurá-la."

"Preferia ficar aqui, mas ela tem o meu número de telemóvel."

"Já contactaste a polícia?"

"Liguei-lhes. Têm o meu número e o do Gordon. Que mais posso fazer?"

"Tens uma foto recente da Jenny?" Puxa o vestido por cima da cabeça e depois acrescenta: "Vou fazer uns panfletos e podemos afixá-los pela cidade."

"Bem pensado. Estou tão contente por ter vindo aqui", disse a tia Tizzy.

Ribby passou uma escova pelo cabelo. Volta a correr para a cozinha. A tia Tizzy remexeu na mala, tirou uma fotografia da filha e entregou-lha. Disse à tia que se sentisse em casa e saiu, parando momentaneamente para olhar para trás, para a casa.

A tia acenou-lhe como uma criança perdida por detrás das persianas abertas.

CAPÍTULO 16

O RIBBY NÃO FOI trabalhar porque a Ângela telefonou a dizer que estava doente.

Ângela vai para o apartamento e veste o fato de banho. Enquanto a luz direta do sol incidia sobre a varanda, apanhou alguns raios. Quando o sol se afastou, pôs um vestido de verão por cima do fato de banho, fez uma mala e dirigiu-se para a praia. Ângela gostava da azáfama, do zumbido e dos sons da cidade. As constantes lamúrias da tia Tizzy estavam a deixá-la louca.

Ao passar pelo recinto da escola, vê uma menina a chorar. A criança olha para cima e depois volta a olhar para baixo, como se não quisesse chamar a atenção.

"O que é que se passa?" pergunta-lhe Ângela.

"Nada", responde a criança.

A campainha da escola tocou e a menina limpou as lágrimas e endireitou o vestido.

Ângela observava, esperando ter ajudado de alguma forma ao parar.

A criança virou-se para ela e pôs a língua de fora.

És uma menina atrevida.

Ângela comprou um exemplar de E Tudo o Vento Levou para ler na praia.

"Faz-me chorar", disse a senhora da caixa.

"O Rhett Butler pode comer bolachas na minha cama a qualquer hora", respondeu Ângela.

A areia estava escaldante e esmagava os lados das tuas sandálias. Ela adorava a praia, mas apanhar areia por todo o lado - nem por isso.

Estende a manta, deita-se de barriga para baixo e abre o livro. Observa os casais que passam de mãos dadas, a desmaiarem um pelo outro. As gaivotas voavam à volta da sua cabeça, fazendo pontaria como se a sua cabeleira loira fosse um alvo.

Adormece a ouvir o som das gaivotas e das ondas a baterem na praia. Quando acorda, são quase cinco da tarde e junta as suas coisas e mete-as na mala. O sol não te dá calor. A saia torce-se-lhe nas pernas com o vento.

Não era a sua noite habitual para atuar no hospital. Era um espetáculo de maquilhagem.

Ribby fez um panfleto e imprimiu algumas cópias, com a intenção de afixar algumas ao longo do caminho e no quadro de avisos do hospital.

Porque é que temos de continuar a atuar para aqueles fedelhos?

#1. Eles não são pirralhos. São anjinhos, que receberam uma mão má. #2. Faço qualquer coisa para os fazer sorrir, para os ver rir. Para diminuir o fardo das suas famílias. #3. Se não gostas, podes largar.

Isso fui eu que te disse.

Exatamente.

Por agora.

EPOIS DA ATUAÇÃO NO hospital, Ribby foi para casa. Em frente à sua casa, estava a carrinha branca da Attics-R-Us. Olha para a janela, repara que os estores estão abertos e sobe as escadas a correr. Ouve um grito de gelar o sangue.

O coração de Ribby bateu tão forte que ela pensou que lhe ia sair do peito. Correu ao longo do corredor, até à cozinha, onde encontrou a tia Tizzy no chão, batendo com os punhos contra a forma volumosa do homem do Attics-R-Us.

Ribby não hesitou quando ela meteu a mão na gaveta dos talheres, tirando de lá uma faca grande. Ela avançou e espetou a faca nas costas dele.

Ele caiu para a frente, fazendo um barulho horrível e gorgolejante. O Ribby puxou a faca e o sangue escorreu.

A Tia Tizzy, presa debaixo da flacidez do homem robusto, deu um empurrão no corpo dele.

Ribby ajudou-a a pôr-se de pé e os dois afastaram-se enquanto a poça de sangue se expandia.

A Tia Tizzy gritou.

O Ribby gritou.

Como duas galinhas sem cabeça, correram pela cozinha a chorar e a berrar.

PÁRA.

O Ribby obedeceu e ficou parado.

A Tia Tizzy continuou a correr.

PÁRA. Estás a deixar-me tonto, Tia Tizzy.

Ela parou. Olha para o corpo, para a poça de sangue. Levanta o vestido. Mais sangue. Tenta limpá-lo.

"Preciso de..." A tia Tizzy foi ao lava-loiça e vomitou lá para dentro.

Ribby ouviu os sons do vomitar e o tique-taque do relógio. Tamborila os dedos na mesa da cozinha.

Acalma-te. Agora estou calma.

Jesus, Ribby.

Eu tinha de salvar a Tia Tizzy. Eu tinha de o fazer. Talvez ele não esteja morto. Talvez devesses chamar uma ambulância?

Não há ambulância. Vê se tem pulso.

O Ribby pegou-lhe no pulso.

Não precisas de um relógio para isto?

A Angela assumiu o controlo.

Estás morto como um prego de porta.

Mataste alguém, mataste alguém!

Sim, mataste. Surpreendeste-me. Agora, precisamos de um plano.

Preciso de falar com a minha tia primeiro.

Não, precisamos de um plano. A Tia Tizzy pode esperar.

A tia Tizzy tentou sentar-se, mas em vez de o fazer, gritou e correu para cima.

Temos de o virar.

E a faca?

Debaixo do lava-loiça, vai buscar as luvas de borracha. Depois, encontra algo para a colocar, como um jornal, um cobertor ou uma toalha. Algo que não te faça falta.

Ribby encontrou as luvas e calçou-as. Pega num jornal do caixote da reciclagem e embrulha a faca, além de um cobertor e uma toalha do armário da roupa de cama.

Agora, de volta ao corpo, abaixa-se e dá-lhe um empurrão. Voltou a empurrar. Faz outra tentativa, desta vez empurrando o corpo com o movimento e segurando-o com a perna. Vomita, mas consegue manter o conteúdo do seu estômago no chão. Vira-o o resto do caminho. O pénis dele caiu, e a cabeça bateu na perna da mesa com um baque surdo. Atira-lhe o cobertor para cima, convencida de que ele já estava morto.

Lá de cima, a Tia Tizzy gritou: "Quem é que era aquele idiota, afinal?"

A TIA TIZZY VOLTOU para a cozinha. "Devíamos chamar a polícia", disse ela.

Nem penses.

Ela tem razão, temos de chamar a polícia.

Queres ir para a prisão por teres matado aquele filho da mãe violador?

Eu explico-te. Estava a salvar a tia Tizzy.

Mas como é que vais explicar porque é que ele estava aqui em primeiro lugar?

"Uh, Tia Tizzy. Como é que ele entrou? Porque é que o deixaste entrar?" perguntou o Ribby.

"Bateu à porta e entrou logo, como se fosse esperado. Achei que era um amigo da Martha e ofereci-lhe uma chávena de café. Assim que lhe virei as costas, ele empurrou-me para o chão e... e...", pôs as mãos sobre a cara e soluçou.

Ribby consolou-a com: "Vai correr tudo bem. Prometo-te. Vais ficar bem. Prometo-te.

Temos de nos livrar do corpo.

Livra-te dele! Livra-te dele! Como? Como? Porquê?

Porque o mataste e porque a carrinha dele ainda está estacionada em frente à casa.

A carrinha. Esqueci-me da carrinha.

Temos de o tirar daqui.

É demasiado pesado para o levantar. Temos um carrinho de mão.

Tens uma boa ideia. Vamos pô-lo no carrinho de mão.

"Tia Tizzy," o Ribby deu-lhe uma palmadinha na mão. "Porque não fazes uma chávena de chá para nós? Eu vou lá fora por um minuto... podes fazer-nos uma chávena de chá, sim?

"Vais deixar-me sozinha com isso?"

"Só demoro uns minutos. Faz o chá, para te distraíres. Ele já não te pode fazer mal."

Uma vez lá fora, Ribby destrancou o barracão e puxou o carrinho de mão. Empurra-o, com as rodas a chiarem pelo relvado. Tentou levantá-lo pelas escadas, mas mesmo vazio era demasiado difícil. Dá a volta a si própria e ao carrinho. Andando para trás, puxa até que o carrinho de mão suba os degraus para o alpendre da frente. Exausta, abre a porta da frente e continua a empurrar o carrinho de mão ao longo do corredor até à cozinha.

Pede-lhe para te ajudar. Estou a falar de o meteres lá dentro.

Eu peço-te. Temos de nos livrar do corpo dele antes que o sol nasça. "E a carrinha dele?"

"Que carrinha?" perguntou a Tia Tizzy.

Não te preocupes. Eu disse mesmo isso, não disse?

Pois.

"Deixou a carrinha lá fora", disse a Ribby. Fecha a porta da frente atrás dela.

"Vamos livrar-nos do corpo e da carrinha ao mesmo tempo", sugeriu a tia Tizzy.

Agora está a entrar no espírito das coisas.

Oh, meu irmão.

Quando estavam a preparar-se para colocar o corpo no carrinho de mão, foram interrompidos por uma batida na porta da frente.

"Quem será?" sussurrou a tia Tizzy.

Ribby foi em bicos de pés até à porta e espreitou pelo buraco da fechadura. Era a Sra. Engle, armada com grandes tabuleiros de comida em cada mão. Deve ter batido com o cotovelo. Ribby olhou para si próprio; tinha manchas de sangue por toda a roupa.

"Olha, Ribby. Sou eu, a Sra. Engle. Só tenho mais umas coisas para pôr no teu frigorífico. Espero que não te importes."

Ribby tirou o casaco do gancho e vestiu-o, depois abriu a porta. Ofereceu-se para colocar os tabuleiros no frigorífico. Tenta fechar a porta da frente com o pé.

"Obrigada, querida", disse a Sra. Engel. "Ah, e já agora, vou para fora por uns dias e depois volto para o funeral. Eu entro com a chave suplente se não estiveres aqui." Inclina-se antes de sussurrar. "Toda a gente vem cá depois do funeral para comer. Nunca percebi porque é que os funerais deixam os familiares com tanta fome. Acho que é uma reação natural, perante a mortalidade de um ente querido. Em mim, tem sempre o efeito contrário.

"Espero que tudo corra bem para ti e para a tua família", disse Ribby, tentando fechar de novo a porta.

"Obrigado, querida. A Sra. Engel desceu as escadas e saiu para o relvado.

Ribby deu um suspiro de alívio, mas continuou a observar,

A Sra. Engel voltou-se: "Já agora, tiveste notícias da Martha?"

"Não, não, não tivemos", admitiu Ribby.

"Oh, eu pensei..." disse a Sra. Engel, olhando para a carrinha branca.

"É melhor pôr isto no frigorífico para si, Sra. Engel", disse Ribby. "Cheiram tão bem e eu tenho tanta fome que era capaz de os comer agora mesmo!

"Podes ficar com as sobras na minha casa depois da reunião. Seria um pecado ficares sem comida." Ela virou-se e foi para casa.

"Ufa!" disse Ribby. Fecha a porta da frente com um pontapé e vai para a cozinha. A tia Tizzy estava encolhida a um canto, torcendo as mãos como Lady Macbeth.

Ribby guardou as caçarolas, arrancou o casaco e atirou-o para o corredor, depois foi ter com a tia.

"O que é que vamos fazer, Ribby?" disse a tia Tizzy. "Temos de o tirar daqui. O que é que vais fazer? O que vais fazer? O que vais fazer? O que é que vais fazer?"

O Ribby deu uma bofetada na Tizzy. Depois do choque inicial, abraçaram-se.

"Eu tenho um plano, tia Tizzy. Não te preocupes. Mas, primeiro, tenho de ir buscar umas coisas ao barracão lá fora. Prometo-te que volto já.

Quando a Sra. Engle e a irmã desapareceram de vista, Ribby saiu, deixando a Tia Tizzy deitada no sofá.

A Tia Tizzy procurou actualizações no seu telemóvel. Recebeu um SMS do marido. A Jenny estava com ele. Estava bem e em segurança.

Tizzy fechou os olhos, deixando que o alívio por a filha estar a salvo a invadisse. Tinha sido um dia e peras.

As emoções avassaladoras dos últimos dias cresceram dentro dela como uma onda gigante. Todas as emoções vieram à superfície. A dor, o alívio, a mágoa, o arrependimento.

Tizzy tentou levantar-se, mas os joelhos cederam-lhe. Tremia e abanava enquanto tentava esconder-se da verdade e aceitá-la.

CAPÍTULO 17

R IBBY REGRESSOU à COZINHA. Traz consigo algumas ferramentas: uma pá, um machado, uma lona, um fato-macaco, luvas de jardinagem e uma tesoura. Avalia a situação.

Para que raio servem todas estas coisas?

Só peguei em coisas aleatórias que pensei que pudessem ajudar.

Mas ajudaste.

Ribby pôs as mãos nas ancas. "Agora vamos pô-lo no carrinho de mão."

"Tens a certeza que ele vai caber?" perguntou a Tia Tizzy.

Sim, vai caber.

Tem de caber, não temos um plano B.

"Usamos o cobertor e arrastamo-lo para cima dele", ofereceu o Ribby. "Não temos de o levantar, propriamente dito. Enrolamo-lo no cobertor e podemos ajustá-lo conforme for necessário. Tudo o que temos de fazer é colocá-lo no carrinho de mão e a partir daí será fácil.

"Ribby, estás a assustar-me! É como se já tivesses feito isto antes", disse a tia Tizzy. "Uh, não fizeste, pois não?"

"Deus, não, Tia Tizzy, mas já li livros e vi filmes. Agora toca a andar. Agarra a outra ponta do cobertor e, quando eu contar até três, ambos o mudamos de lugar. Estás bem?"

Depois de ganharem algum impulso, foi fácil rolarem-no para o cobertor. Agora vinha a parte difícil.

"E outra vez. Depois de contares até três."

"Ok Rib, como queiras."

"1, 2, 3 - levanta-te!" disse Ribby. A cabeça do homem morto fez um som oco quando se conectou com o recipiente de metal.

"Mais uma vez!" Ribby ordenou: "1, 2, 3—sim!" disse Ribby, enquanto depositavam o corpo a três quartos do caminho no carrinho de mão.

"Agora, eu ponho-o na vertical", disse Ribby, "e tu pões as pernas e ...os bocados dele".

"Não há maneira de eu enfiar AQUILO em lado nenhum!" disse a Tia Tizzy. "Pode ficar pendurado até à vinda do Reino!"

O Ribby riu-se apesar de tudo, e a Tia Tizzy também teve ataques de riso.

As duas mulheres estavam histéricas.

Amadoras.

Angela pegou na faca embrulhada e levou-a para cima. Limpa o sangue e as impressões digitais antes de a voltar a embrulhar. Esconde a faca no fundo da gaveta das meias da Martha.

Angela regressou ao andar de baixo, onde limpou a confusão de sangue na cozinha.

Quando terminou, tanto o Ribby como a Tiz já estavam suficientemente calmos.

Despacha-te, Rib.

"Anda lá, tia Tiz. Anda, tia Tiz, vamos fazer isto."

"Estou contigo."

Aleluia! Descolámos.

UITO BEM, AGORA TEMOS de encontrar as chaves do carro. Mete a mão nos bolsos dele, Tizzy."

"Não o farei!"

"Sai da frente," disse a Angela. Encontra as chaves no bolso do casaco dele.

"Agora, levamo-lo de volta para a carrinha e depois..."

"Queres dizer levá-lo lá para fora, nisto?" Perguntou a Tia Tizzy.

"Pois. Não temos escolha, Tiz. Temos de fazer isto enquanto está escuro. Temos de o levar para a carrinha dele.

"Como é que o vamos meter lá dentro, Rib? É impossível."

"Tens de o fazer. Não temos escolha", diz Ribby.

O Ribby atirou a lona para cima do corpo.

Vês? Eu disse-te que ia dar jeito.

És esperto.

O Ribby e a Tia Tizzy tiveram de fazer força para levar o cadáver para a carrinha. O Ribby destrancou a porta do condutor e abriu a parte de trás da carrinha.

Carrega num botão azul mesmo no interior da área de carga e o elevador hidráulico desce a gemer. Juntas, as duas mulheres conseguiram colocar o carrinho de mão no elevador e logo o corpo estava na parte de trás da van.

Ribby voltou para dentro e mudou de roupa ensanguentada, escondendo-a no fundo do armário num saco de plástico.

E a faca?

Deixa estar, eu trato disso.

Já lá fora, o Ribby disse: "Tens de conduzir, tia Tizzy, porque eu não sei conduzir."

"Mas eu tenho muito medo de conduzir numa cidade tão grande! Não posso! Não vou conseguir!"

"Olha, não temos tempo para estas tretas," interveio a Ângela. "Tens medo de conduzir quando temos aqui um morto grande e gordo para nos livrarmos! Já para não falar dos vizinhos intrometidos! Temos de nos livrar da carrinha e do corpo dele enquanto está escuro."

"A não ser que queiras que eu ligue para a Polícia e lhes diga que o matámos, tia Tizzy?"

A tia Tizzy ficou de queixo caído.

Tecnicamente, Rib, tu mataste-o. Só estou a dizer.

Eu sei.

Tia Tizzy, fecha-a, senão entra uma traça.

"Vamos até The Bluffs, onde nos podemos desfazer do corpo e da carrinha, Tia Tizzy, mas tens de te deixar disso. Tens de nos levar até lá! O que é que dizes?"

A Tia Tizzy acenou com a cabeça.

"Muito bem, vamos lá!" Ribby colocou as chaves do morto na palma da mão trémula da sua tia.

CAPÍTULO 18

A PESAR DE TUDO, A Tia Tizzy era uma boa condutora, embora nervosa.

No caminho, pararam numa estação de serviço, não muito longe de The Bluffs, onde o Ribby pediu um táxi para os ir buscar dentro de uma hora.

Quando entraram na área isolada, Ribby disse: "Liga os faróis altos, tia Tizzy". Avançaram um pouco, enquanto a lua no horizonte os aproximava.

"Pára!" disse Ribby. Quando o veículo se imobilizou completamente, ela e a Tia Tizzy saíram.

"Uau!" exclamou a Tia Tizzy. "Não te aproximes muito!

"Não te aproximes muito", disse Ribby, "a escarpa está a desmoronar-se".

Deram alguns passos para trás, no momento em que as nuvens se abriram e a luz das estrelas cintilou. Ficaram juntos, a tremer, lado a lado, com o vento a bater-lhes à volta. A Tia Tizzy abraçou-se a si própria.

"É mesmo bonito," disse a Tia Tizzy.

"Vou ter de te trazer aqui durante o dia, para que possas ver toda a sua beleza."

"Gostava muito que viesses, Ribby. Já agora, esqueci-me de te dizer - a Jenny está com o pai. Mandou-me uma mensagem há pouco tempo."

"Isso são excelentes notícias."

OMG! O que é isto, "Os Jovens e os Inquietos"? Continua com isso, Rib!

Está bem, está bem. "Tia Tizzy, tudo o que tens de fazer é pôr a carrinha a trabalhar, e quando o veículo estiver a andar para a frente, salta para fora. Salta para o penhasco e os apanhadores vão comê-lo ao pequeno-almoço. Adeus, gordo bastardo. Adeus, carrinha do gordo sacana. Adeus aos teus problemas. Fim da história! Depois podemos voltar às nossas vidas. Vai ser o nosso pequeno segredo."

"Deus vai saber," disse a Tia Tizzy.

E eu.

"Deus vai entender porque foi em legítima defesa. Ele estava a violar-te, Tia Tizzy!"

Ela está a ficar com os pés frios, Ribby. Faz isso agora.

"Deus sabe sempre", disse a Tia Tizzy enquanto se virava e se afastava. Olhou por cima do ombro, abriu a porta da carrinha e entrou. Fecha a porta e liga o motor. Acelera-o uma, duas, três vezes. Depois dirige-se para a beira da falésia.

"Salta, Tia Tizzy!"

Era demasiado tarde. A carrinha continuou a andar. Passa por cima.

Ribby correu para a beira da falésia e chegou mesmo a tempo de ver a carrinha cair na água.

Tenta gritar, mas não sai nada.

Não lhe saiu nada. Até que começou a vomitar. Caiu de joelhos.

Mulher estúpida.

Não precisavas de ter feito aquilo. Não precisava de morrer.

A decisão foi dela. A tua escolha.

Continuo a lembrar-me do bolo de boneca Barbie que ela fez para o meu aniversário.

Ninguém te pode tirar essa memória. Agora vamos embora daqui.

Não tinha corrido como planeado. Mas nunca nada corre, nem mesmo nos filmes. Pensas que o Cary Grant vai ficar pela rapariga, mas não fica. Pensas que o Humphrey Bogart vai impedir a Ingrid Bergman de entrar no avião, mas ele não o faz. Mesmo quando queres que seja assim, não acontece da forma que desejas.

CAPÍTULO 19

R IBBY PENDUROU O CASACO na entrada e disse: "Estou em casa, mãe." Dirigiu-se para a cozinha, onde Martha estava sentada, curvada sobre a mesa, com a arma do crime na mão.

"Tens andado a matar porcos, Rib?", perguntou ela, segurando a faca. Martha levantou-se.

"Eu matei o sacana do gordo", disse Angela. "Esfaqueei-o, morto."

Martha abriu a boca, mas não saiu nenhuma palavra ou som, por isso Angela continuou. "Era um animal nojento, um porco, com a pila a sair das calças."

"Tive de o fazer", interveio Ribby. "Ele estava a violar a Tia Tizzy!"

Ela nunca aprende. Eu estava a gerir isto.

A Martha pôs a mão esquerda na anca. A mão direita, que segurava a faca, ficou à distância de um braço. "De que raio estás a falar? De que raio estás a falar? Tia Tizzy?"

"O tipo da carrinha branca da Attics-R-Us. Ele é que é o gordo sacana", disse Angela. "E quanto à tua irmã,

Tizzy, bem, ela estava tão indefesa como um gatinho quando ele a violou."

"Eu salvei-a dele", disse o Ribby.

A Martha virou-se, como se fosse pousar a faca. Depois, aparentemente, mudou de ideias e deu um passo atrás. "E onde é que eles estão agora? Se o mataste, onde está o corpo dele?"

Ribby olhou para a faca. "Metemo-lo na carrinha dele e atirámo-lo para um penhasco."

"Era um plano perfeito", disse Angela. "Até que a maluca da tua irmã se recusou a sair da carrinha e também se atirou ao precipício." Angela contornou Martha e sentou-se numa cadeira, irritada.

Ribby começou a falar, mas mudou de ideias quando a chaleira apitou. Martha pousou a faca na mesa da cozinha. Vai buscar leite ao frigorífico e duas canecas ao armário. As colheres já estavam em cima da mesa, alinhadas como soldados de brincar. Enquanto se servia, disse: "Deixa-me ver se percebi bem, Costela. A minha irmã veio cá. O Carl Wheeler pensou que eu estava aberto para negócios e experimentou com a Tiz. Esfaqueaste-o e depois livraste-te dele. Esperas que eu acredite nisto? Esperas que eu acredite? Ele era um homem excecionalmente grande.

"Podes crer que era", disse a Angela. "Rib - quer dizer, nós - metemo-lo no carrinho de mão. Foi assim que o tirámos de lá."

"Oh, estou a ver", disse Martha. "E depois planeaste livrar-te do corpo, mas a Tiz estragou o plano quando foi lá também? E o que é que a Tiz estava a fazer aqui? Há anos que não ouço uma palavra dela.

"O marido deixou-a por outra mulher, mais nova", diz Angela. "Depois a filha fugiu. Estava uma desgraça."

Martha sentou-se e bebeu alguns goles do seu chá. "Bem, temos de fazer alguma coisa em relação a esta faca. Não pode ficar aqui em minha casa." Martha pegou na faca e olhou para Ribby, que estava a beber chá com a mão direita. A mão esquerda estava com a palma para baixo sobre a mesa. Martha levantou a faca e baixou-a, separando a mão de Ribby do seu amigo, o pulso.

A chávena de chá bateu na mesa e saltou. Ribby gritou. Martha agarrou na sua mão direita e pressionou-a com a palma para baixo sobre a mesa. "Diz-me o que se passa aqui e quem raio és tu", exigiu. "Porque eu sei que não és minha filha. Martha levantou a faca para cima, de modo que a ponta quase tocou no nariz de Ribby. "Sai de perto da minha filha, sejas lá o que fores. Caso contrário, corto-a aos bocados, membro por membro."

"Mamã, não faças isso. Não faças isso, por favor. Não faças isso!"

"Eu sou o Ribby. Só Ribby", disse Angela, usando a voz mais fraca do Ribby.

Por um segundo, pensa que a Martha acreditou nela. Outro CHOP, a segunda mão cortada, transformando o Ribby numa fonte de duas pontas.

"Morre. Morremos todos", cantava Angela, enquanto Ribby chorava e gritava de agonia. Ângela não conseguia sentir qualquer dor, nem qualquer prazer real. Tudo o que ela fazia, tudo o que tentava fazer - era sempre o Ribby que colhia os benefícios. Mas desta vez não. "Pobre Ribby", diz a Ângela. "Como é que agora vais cuidar das crianças doentes no hospital?"

Ribby acordou no seu apartamento com um grito. Verifica a mão direita. Depois a esquerda. Continua com as duas. Demasiado assustada para sair da cama, deu as mãos a si própria e observou a luz do sol a desenhar padrões no teto.

QUANDO ACORDOU, RIBBY TOMOU banho e vestiu-se. Decide ir dar um passeio para desanuviar a cabeça. Hoje não podia enfrentar o trabalho nem as crianças.

Uma vez lá fora, o pesadelo passou-lhe para o fundo da cabeça. Evita a praia e o som das ondas porque lhe trazem recordações da Tia Tizzy.

Antes de regressar, pára num café e pede um Cappuccino. O sabor era tão bom que ela quis logo outro. Enquanto esperava para voltar a pedir, Nigel passou por ela. Há semanas que não o via. Nem sequer tinha a certeza se ele se lembraria dela.

"Yo! Nigel," Angela chamou, batendo na janela.

Ele sorriu e entrou no café. Dá um beijo na cara do Ribby. Ela achou que isto era demasiado familiar.

"Como é que tens andado?" perguntou Nigel.

"Ocupada a trabalhar," disse Angela. "E a precisar de um pouco de R & R. Queres fazer alguma coisa, esta noite?"

Nigel olhou para os seus pés. "Eu tenho uma namorada agora, então se eu sair, ela vem comigo."

"Pobre Nigel," provocou Angela, "Nem sequer casaste e já foste chicoteado!"

Nigel atirou a cabeça para trás e riu-se. Agarrou na mão da Angela e deu-lhe uma palmadinha de forma fraternal.

"Então, como é que ela se chama?" Angela perguntou. "Ou é segredo?"

"Não, Senhor, não," disse Nigel, afastando-se para que uma pessoa que se tinha juntado à fila pudesse entrar e pedir. "Ela chama-se Anne-Marie."

Angela mudou de ideias quanto a pedir e dirigiu-se para a porta. "Vais ter de nos apresentar um dia."

Nigel avançou na fila.

A Ângela ficou a fumegar durante todo o caminho para casa.

CAPÍTULO 20

D EPOIS DO HOSPITAL, NA noite seguinte, Ribby apanhou o autocarro para casa. Estava quase a escurecer quando chegou. A porta da frente estava escancarada. A música, suficientemente alta para rivalizar com o trânsito da rua, soava lá de dentro. Subia cautelosamente as escadas da frente quando as patas de Scamp se aproximaram dela. Ele saltou, derrubando-a. Martha apareceu, rindo-se enquanto o cão lambia a cara de Ribby.

"Desaparece agora, Scamp", disse a Martha enquanto lhe empurrava o rabo com o pé. Estende a mão para ajudar o Ribby. Uma vez de pé, Ribby escovou-se.

"Estás quase pele e osso", disse Martha. "Não tens comido?"

Ribby agarrou na mãe e pôs os braços à volta do seu pescoço. Martha abraçou-a e depois soltou-a, perguntando: "Queres uma chávena de chá?"

"Estás com ótimo aspeto, mãe!" disse Ribby enquanto caminhavam juntos para a cozinha. "Tens um bronzeado fantástico.

A Martha riu-se. "Passámos um tempo maravilhoso. Se tivesse dinheiro, vivia lá em cima num minuto. O Tomás foi um ótimo anfitrião." Ela andava pela cozinha, pondo a chaleira a ferver, preparando as canecas. "O que tens andado a fazer? E de quem são as coisas que estão no meu quarto.

"Da tia Tizzy."

A Martha quase deixou cair uma caneca. "A minha irmã está cá? A vagabundear, suponho. Então onde é que ela está? Foi às compras?"

"Não, nem por isso", disse Ribby. "Veio aqui à procura da Jenny. Ribby estava a ter uma estranha sensação de déjà vu. Estremeceu e meteu as duas mãos nos bolsos.

"Bem, é mesmo uma coisa engraçada ela ter vindo até aqui. Temos muito para pôr em dia, de certeza."

"Não sei se ela vai voltar - gaguejou Ribby. "Acho que talvez ela tenha tido de ir para casa. Quero dizer, de repente.

Martha mexeu um pouco de açúcar. "Sem a tua bagagem?" Bebe um gole. "Viste-a hoje?"

"Não, estive em casa da minha amiga Angela." Não bebe o chá, nem sequer tenta beber. Não bebe o chá, nem sequer tenta fazê-lo. As suas mãos continuam firmemente colocadas nos bolsos.

Martha bebeu a chávena de chá. Empurra a cadeira para trás e boceja com a boca tão aberta que um autocarro poderia ter passado por ela. "Agora vou-me deitar."

"Então, boa noite, mãe", disse Ribby. Limpa a caneca e anda pela cozinha até ouvir Martha chamar do cimo das escadas.

"Já agora, Rib, encontrei isto", mostrou uma faca. "Estava embrulhada na minha gaveta das meias."

"Talvez a Tia Tizzy tenha assassinado alguém com ela," disse Angela enquanto subia os degraus.

A Martha entregou-lhe a faca e soltou uma gargalhada estrondosa. "Tens uma grande imaginação. De manhã, dá-lhe uma boa lavagem. Boa noite, boa noite."

A Ângela aceitou a faca da Marta dentro de uma toalha nova.

Porque usaste uma toalha nova?

Isso é para eu saber e para tu descobrires.

Ribby escondeu a faca no fundo do armário com as roupas ensanguentadas.

Está bem, então vai dormir.

Pára de falar comigo e eu paro.

Boa noite, Ribby.

Boa noite, Angela.

CAPÍTULO 21

O RIBBY CAIU NUM sono profundo. Sonha que está no alto das nuvens, onde se senta e vê outras nuvens passarem por ela. Por vezes, as nuvens tinham pessoas a montá-las. De vez em quando, reconhece alguém. Uma pessoa famosa que parecia estar a olhar em volta para ver se alguém a reconhecia.

Ver o Cary Grant a sorrir e a acenar para ela enquanto a sua nuvem surfava foi muito estranho.

Ribby gritou: "Sr. Grant, oh Sr. Grant, és o meu ator preferido!"

"És muito querido", disse Cary, enquanto a sua nuvem continuava a passar.

Os olhos de Ribby seguiram-no até que ela já não o conseguia ver, pois a maior parte das nuvens tinha-se afastado. Desapareceu.

Com exceção de uma enorme nuvem negra que vinha em direção a ela

Não sabe bem o que fazer, como se impulsionar para a frente. Bate os braços, mas isso não funciona. Inspira uma grande quantidade de ar e expira para a nuvem, mas isso também não funciona. Desta vez, não tinha o jeito de estar numa nuvem. Antes, ela movia-se quando ela queria, mas desta vez, não se mexia.

A grande nuvem negra aproximou-se. Ribby sentou-se e depois abraçou os joelhos. Vai chover, e é por isso que os outros cavaleiros das nuvens foram procurar abrigo. Sente-se muito só. Se tivesse saltado para a nuvem do Cary Grant, pelo menos não estaria sozinha.

BOOM! Cai de lado nos braços da nuvem fofa. O trovão ecoa no céu vazio.

CRACK.

Um relâmpago sai da nuvem negra invasora e atinge a nuvem de Ribby. Grita. Fica muito perto. Os pêlos dos teus braços eriçaram-se com a eletricidade estática. A tua pele aquecia, cada vez mais quente.

"Pára!"

"Não vou!", gritava uma voz de mulher zangada.

Um raio voltou a atingir a nuvem de Ribby, desta vez cortando-a ao meio. Rola para um lado e fica em posição fetal. Olha para cima e encontra uma mulher muito parecida com a Tia Tizzy. Usa roupas pretas e largas, não exatamente um vestido ou um manto, que se agitam à sua volta.

"Fizeste-me mal e vais pagar. Não te podes esconder para sempre. Arrisca agora - e salta!"

"Mas, Tia Tizzy," gemeu Ribby, "eu salvei-te a vida!"

"Tiraste-me a vida e mandaste-me para o inferno! Sua rapariga estúpida, estúpida! Agora desiste da tua e salta!"

"Mas eu, eu não quero morrer."

"Nem eu! Agora estou afastada do Céu. De Deus. Destinado a pairar por aqui durante toda a eternidade."

Outro relâmpago dividiu a nuvem de Ribby em quatro.

A nuvem dissipou-se numa névoa e depois em nada. Ribby segura o nariz, como se estivesse a saltar para um rio em vez de cair para a morte. Gritou "Shiiiiiiiiiittt!" como Redford e Newman fizeram em Butch Cassidy and The Sundance Kid quando saltaram do penhasco.

Ao cair nos braços abertos do nada, Ribby caiu da cama e aterrou com um baque no chão.

CAPÍTULO 22

A MARTHA ESTAVA lá em baixo a bater nos tachos e panelas. O Ribby pôs-se à escuta e ouviu duas vozes. A tua mãe tinha companhia.

Era sexta-feira de manhã e Ribby tinha pedido para começar a trabalhar mais tarde. Queria saber como tinha sido a viagem da mãe antes de ir passar o fim de semana a casa dela.

"Bom dia, mãe", disse Ribby, virando a esquina. Vê John MacGraw a ler o jornal.

Martha estava atrás dele, lendo por cima do seu ombro.

"Bom dia, John", disse Ribby enquanto se servia de uma chávena e se colocava ao lado do frigorífico.

"Não a encontras em lado nenhum. Foste tu que a levaste, Ribby? Levaste a minha garrafa de Jack Daniels? Estava aqui, e estava cheia.

"A tia Tizzy bebeu-a", disse Angela. "Estava num estado de espírito e bebeu-o para acalmar os nervos. Tenho a certeza que ela queria substituí-lo. Eu arranjo-te uma nova mais tarde."

"Precisavas dele para fazer os nossos ovos, Rib."

"Sim, nada como deitar um pouco de Jack Daniels nos ovos. É o remédio perfeito para uma ressaca", disse John.

"Bem, esta manhã vamos ter de passar sem ele", disse a Marta.

"Então para mim não há ovos, amor", disse o João. "Só mais uma chávena de café."

A Marta levou a cafeteira para a mesa. "Senta-te, filha. Temos algo importante para falar contigo."

Caramba, o que é que se passa aqui?

Ribby estudou Marta e João enquanto eles trocavam olhares. Senta-se em frente à mãe e espera que eles expliquem.

Oh, meu Deus, eles NÃO se vão casar. Achas que sim? Gros.

"Tens uma visita especial que chega amanhã à noite para te conhecer. O seu nome é Sr. Edward Anglófono", disse Martha.

"Tenho? Mas... quem é ele?"

"Deixa-me acabar de explicar. Sei que tens de ir trabalhar em breve. Sei que tens de ir trabalhar. Isto não deve demorar muito.

Ribby acenou com a cabeça e Martha continuou.

"Quando estivemos na zona ribeirinha, ficámos num pequeno e encantador B&B e conhecemos o Edward. Os amigos chamam-lhe Teddy. Tem a sua própria biblioteca por lá. Nós conhecemo-lo e demo-nos bem. Convida-nos para beber um copo. Falou-nos da sua biblioteca e da necessidade de um novo bibliotecário-chefe.

"Ele sabia de ti, Ribby", admitiu John.

"Eu?"

"Conhece pessoas em bibliotecas de todo o mundo", acrescentou Martha. "E bibliotecários."

"Fica a par de tudo, porque ele próprio quer contratar um novo bibliotecário", disse John.

"Sim," acrescentou Martha. "A biblioteca dele fechou. É por isso que ele quer conhecer-te."

"Para tomares conta da biblioteca dele?"

"Potencialmente," disse John.

"Bibliotecário-chefe? Eu?" exclamou Ribby. "Não tenho qualificações para ser bibliotecário-chefe. Precisas de um diploma para isso!"

Nós podíamos ser bibliotecários-chefes.

"Bem, o que eu sei, Rib, é que se alguém tem a sua própria biblioteca, pode contratar quem quiser para ser bibliotecário-chefe. É pequena, Rib, não é como a Biblioteca de Toronto - mas é a oportunidade de uma vida. Então, ele estará aqui às 8. Tens de comprar algo novo para vestir. Arranja-te para causar uma boa impressão." A Martha bebeu o seu café. "Já para não falar que ele está completamente carregado."

Agora, ela está a enganar-nos, fora?

De certeza que não.

A mim parece-me que sim.

"Sim, ele tem montes de dinheiro. E não tem família. Também não tens parentes", disse o John.

"Não quero conhecê-lo. O meu trabalho é bom. Além disso, não me quero mudar para longe. Gosto de estar aqui."

Não queremos ser chulos! Tu, morcego velho e estúpido!

"Desculpa mãe, mas esta oportunidade não é para mim."

"Filha, vais conhecê-lo e ponto final!"

"Conhece-o apenas," disse o João. "O que é que tens a perder?"

Ribby empurrou a cadeira para trás. Angela virou-se para as escadas.

"Quando o inferno gelar," disse Angela.

A cadeira da Martha raspou no chão.

Ribby subiu as escadas a correr e trancou a porta.

Angela abriu o armário de Ribby e pegou na faca embrulhada. Espera.

Se aquela cabra tentar entrar neste quarto, vai arrepender-se.

Pisadas. Pisa, pisa, pisa. Pisa, pisa, pisa. Dois conjuntos. Corre. Ri-te.

Ribby susteve a respiração.

Minutos depois, ficou claro o que estavam a fazer. A Martha gritou: "Sim!" enquanto a cabeceira da cama batia contra a parede.

És mesmo nojento.

Toca a sair daqui!

CAPÍTULO 23

A BIBLIOTECA ESTAVA UM caos quando Ribby chegou.

A Sra. P. Wilkinson, bibliotecária-chefe, andava há meses a planear uma sessão de autógrafos. Era o seu bebé, uma vez que era amiga pessoal do autor de best-sellers infantis P.K. Schmidlap.

Quando Ribby se dirigia para a entrada, duas crianças gritaram: "Ei, onde pensas que vais, senhora? Estás aqui há horas. Não podes entrar aqui!"

"Eu trabalho aqui", disse ela, mostrando o seu crachá de funcionária da biblioteca.

Uma vez lá dentro, vai ter com a Sra. Wilkinson.

"É um caos lá fora", exclama Ribby. "Onde está a Sra. Wilkinson?

"O marido dela telefonou. Está no hospital com o apêndice rebentado. Não sabemos a palavra-passe dela, por isso não conseguimos obter o horário do seu computador. Esperávamos umas centenas de miúdos - não milhares!" A Mónica disse com a voz a tremer: "Não sei o que fazer. O P.K. só fica cá mais sessenta minutos porque tem outros compromissos." Desfaz-se em lágrimas.

"Oh, meu Deus, devias ter-me telefonado. Não te preocupes, vou falar com o P.K. e ver se conseguimos resolver alguma coisa."

"Não consegues passar pelo seu guarda-costas, ou melhor, pela sua mulher," disse Monica. "Ali - alta, loira e cheia de si."

A Sra. Schmidlap usava um fato de marca caro e saltos altos de 15 centímetros. Olha para o relógio várias vezes enquanto Ribby se dirige para ela.

"Desculpa, Sra. Schmidlap?"

"Sim, sim."

"Posso dar-te uma palavrinha? Temos um problema contigo".

"Não somos nós que temos o problema! O problema é teu!" gritou a Sra. Schmidlap, fazendo o marido largar a caneta e as crianças saltarem.

A tensão aumenta à volta do Ribby.

"Está tudo bem, meus queridos", disse a Sra. Schmidlap, agarrando no braço esquerdo de Ribby e puxando-a para o lado. "Vocês não são organizados. O meu marido, assina por mais uma hora e depois, zip, já foste embora. Os teus filhos não devem ficar desiludidos, mas ele não pode ficar. Tem outros compromissos. Nós temos outros compromissos", sussurrou ela com uma voz zangada.

Ribby tinha de encontrar uma solução. Havia pelo menos 1000 crianças lá fora e mais 50-100 cá dentro. Tinha de convencer o P.K. a assinar os livros das crianças que estavam à espera há mais tempo. Se acelerasse, ele conseguia.

"E quanto ao teu compromisso?" pergunta a Sra. Schmidlap.

"Sim, boa ideia.

Temos de ir às 12 horas, em ponto, sem "ses" nem "mas". Nós, P.K., não podemos assinar por toda a gente, não hoje. E se zeeze crianças comprarem um exemplar do livro hoje, ou o encomendarem, digamos, hoje? O P.K. assina todas as encomendas e elas são entregues aqui até ao fim da semana, achas que isso resulta?

"Tudo o que podemos fazer é tentar. Obrigado pela tua sugestão. Vou ver o que posso fazer."

Ribby voltou para fora. Fecha a porta atrás de si.

"Ei, o que estás a fazer, senhora? Ainda não vimos o P.K.! P.K.! P.K.! P.K.!", gritaram eles, avançando.

"Pára de falar, pessoal! Por favor, cala-te que eu explico-te!

As crianças acalmam-se.

"Está bem, assim está melhor!" diz Ribby. Repara que a polícia chegou por precaução. "P.K. tem de sair daqui precisamente ao meio-dia para cumprir um compromisso prévio."

A multidão vaiou e zombou de ti. A polícia avançou.

"P.K. vai assinar todos os teus livros. Temos aqui as tuas ordens. Se houver alguma alteração à nossa informação, por favor avisa-nos por escrito antes das 17 horas de hoje. Podes ir buscá-los aqui na próxima semana", sugeriu Ribby.

"Numa semana!? Já todos terão acabado de ler os seus exemplares. Vão contar-nos o final. Estragam-nos a história.

"Podes levar o teu livro hoje e lê-lo sem assinatura ou deixá-lo aqui para o P.K. assinar, é contigo."

Houve alguns resmungos, e Ribby sabia que podia dar para os dois lados.

A Sra. Schmidlap veio cá fora para ajudar e sussurrou-lhe uma sugestão ao ouvido.

Ribby transmitiu a sua mensagem às crianças. "Se deixares o teu livro hoje para ser autografado, recebes um presente exclusivo do P.K. - um marcador de livros de edição limitada!"

As crianças aplaudiram. O Ribby e a Sra. Schmidlap abraçaram-se. Os polícias inclinaram os seus chapéus. Ao meio-dia em ponto, P.K. partiu numa limusina.

Quando tudo acabou, Ribby relaxou os ombros e a tensão desvaneceu-se. O resto do dia, graças a Deus, decorreu sem incidentes.

No caminho para o apartamento, Ribby pensou no esquivo Sr. Anglófono.

Talvez devesse ir ter com ele?

Ser bibliotecário-chefe seria fixe e, depois de hoje, tu mereces.

Sim, assumir o comando hoje fez-me sentir que era capaz de o fazer. Quero dizer, ser bibliotecário-chefe e quando é que vou ter outra oportunidade?

Ele deve ser muito rico, para ter a sua própria biblioteca.

Sim. Mas porquê eu? Ele podia pedir a qualquer um.

Nunca pensei dizer isto, mas a Martha deve ser responsável pelo interesse dele.

Já para não falar de me considerares para o papel.

Então, concordas. Vamos ter com ele.

Sim, concordas.

CAPÍTULO 24

ERAM 20H34 DA NOITE seguinte quando Ribby chegou a casa. Usa o seu vestido preto e sapatos de salto alto.

Estaciona uma limusina na berma da rua.

O motorista inclina o chapéu. "Que bela noite", diz ele.

"Sim, é mesmo bonita", responde Ribby.

"Tu também", disse o motorista com um piscar de olhos.

Isto apanhou Ribby desprevenido.

Angela piscou-lhe o olho.

Ribby entrou a rir, mas logo sorriu quando ela entrou na sala de estar. "Boa noite", diz.

O anglófono levantou-se e estendeu a mão para a beijar. Tinha cerca de um metro e oitenta de altura e uns oitenta anos de idade. Apoiava-se numa bengala e usava um fato caro de riscas azuis, feito à medida, com uma gravata vermelha.

"Alguém quer uma bebida?" perguntou Martha.

"Eu gostava", disse o Sr. Anglófono, "de levar o Ribby a dar uma volta no meu carro. Isto é, se ela não se importar?" Ele olhou na direção dela e depois olhou para o relógio. "Tens uma reserva no restaurante Revolving para as nove.

"Peço-te desculpa pelo atraso."

Oh, meu Deus! Provavelmente nem vai aguentar o jantar! É absoluta e completamente geriátrico!

"Sim, eu sei que a beleza leva tempo", disse o anglófono, levantando-se e estendendo o braço a Ribby.

Ribby aceitou-o.

Ribby e Anglófono dirigem-se para a porta.

"Não te preocupes em levá-la para casa mais cedo, Teddy. Sabemos que vais tomar conta dela."

Oh, meu Deus! Não vais mesmo para casa com isso.

Ribby olhou para a mãe por cima do ombro, enquanto se aproximavam do carro. Uma vez lá dentro, o anglófono disse: "Motorista, podes ir para o nosso destino. Espero que tenhas olhado para o mapa para ver onde fica?"

"Sim, Sr. Anglófono, senhor, o GPS está pronto.

"Ótimo, ótimo. Então estás a aprender", diz o Sr. Anglófono. "Agora fecha a divisória para que eu e a senhora possamos ter alguma privacidade."

És um velho sujo.

Os olhos do motorista da limusina cruzaram-se com os de Ribby no espelho retrovisor quando ele carregou num botão. Uma divisória de vidro ergueu-se entre eles. Cortinas de veludo vermelho flutuavam, transformando o banco de trás numa sala privada. O Sr. Anglófono carregou num botão para revelar um bar com champanhe fresco.

"Ribby, meu querido, estava ansioso por te conhecer."

Ribby, sem saber o que dizer, respondeu: "Obrigado, Sr. Anglófono".

"Podes chamar-me Teddy, pois o meu nome é Edward. Mas diz-me, onde é que arranjaste o teu nome, Ribby? É o diminutivo de alguma coisa? É um nome único, mas muito bonito.

Ribby riu-se. "É estranho. Nunca ninguém me perguntou isso antes".

"Se é um segredo que não queres partilhar, eu compreendo perfeitamente, minha querida."

Ele é um velho charmoso. Encanta-me. Reconheço-te isso!

"Quando eu era pequena, não conseguia pronunciar o meu primeiro nome. Escreve-se como Rebecca, mas pronuncia-se Reee-becca. Sabes, com aquele 'e' longo terrivelmente exagerado. Eu pronunciava-o sempre como Rib-ecca", riu-se. "A mãe não gostava de o encurtar para Becky. Achava que soava demasiado comum, por isso começou a chamar-me Ribby. Ficou, e é o meu nome desde então."

"Bem, então eu chamo-te Rebecca se quiseres, mas prefiro dar-te um nome especial."

"O nome de que gosto é Ângela. Gostarias de me chamar Ângela?"

PORQUE ME ESTÁS A FAZER ISTO? Porque é que me estás a fazer isto?

"Ângela", disse o Teddy enquanto lhe saía da língua. "Muito bem, então chama-me Ângela." Teddy passou a mão pelo joelho de Ribby.

O Ribby decidiu que o roçar tinha sido um acidente.

Angela não tinha tanta certeza.

N O RESTAURANTE, O MOTORISTA abre a porta primeiro ao Teddy e depois ao Ribby.

"Demoramos pelo menos duas horas", diz o Teddy. "Eu mando-te uma mensagem quando estivermos prontos para ir.

"Sim, senhor."

"Na maior parte do tempo, é um idiota", diz o anglófono, referindo-se ao motorista, "mas é muito leal".

CAPÍTULO 25

HAVIA UMA FILA NO restaurante, mas a presença do anglófono abriu caminho.

Como um cavalheiro, oferece o braço a Ribby e acompanha-a ao longo do movimentado restaurante.

Para ela, foi como uma experiência fora do corpo. Os clientes viravam a cabeça, cumprimentavam-nos e até levantavam os copos para lhes fazer um brinde. Sentia-se uma celebridade.

O casal seguiu para uma sala privada. O teto era alto, com um candelabro cintilante suspenso por cima da mesa. A mesa estava posta com belos pratos, talheres e flutes de cristal cintilantes. Uma garrafa de champanhe estava a arrefecer num suporte.

Depois de se sentarem, o anglófono fez um pedido para os dois.

Ribby sentiu-se como Bella no Grande Salão de Baile de A Bela e o Monstro.

É velho, mas não é um monstro.

Não te preocupes.

O anglófono falou um pouco dos seus negócios e do seu dinheiro.

Ribby perguntou-lhe se já tinha sido casado.

"Quase me casei duas vezes. As mulheres não eram o que pareciam ser. Sabes, as garimpeiras. São garimpeiras, sabes como é." Fez uma pausa e aproximou-se de Ribby. "Mandei matar as duas."

"Tu o quê?" disse Ribby, quase entornando o seu copo de champanhe.

"Uma pequena piada, para ver se estavas a ouvir", disse Teddy. Ele riu-se e deu-lhe uma palmadinha nas costas da mão. "Hoje em dia, não há muitos que gostem de um velho como eu!"

Ribby bebeu mais um gole de champanhe. Já se sentia tonta.

"Então, tens razão. Vamos lá encontrar aquele meu motorista preguiçoso e inútil."

"Estou a ficar muito cansada", disse Ribby. "Importas-te de me levar a casa?"

"Claro que me importo, Ribby, quero dizer, querida Angela. A noite ainda é uma criança e ainda não falámos do papel na minha biblioteca.

"Gostei muito desta noite, mas acho que não estou qualificada para assumir o cargo. Sinto-me lisonjeada, mas..."

"Não digas isso! Não te cabe a ti decidir! Tenho um bom pressentimento a teu respeito e isso é suficiente."

Quando voltaram para a limusina, Ribby pediu a Teddy que explicasse a sua última afirmação.

"Eu tenho dinheiro. O dinheiro faz com que seja fácil ter olhos em todo o lado. Eu sei tudo sobre ti. Por

exemplo, como ajudas a tua mãe com a hipoteca e como também alugas um apartamento à beira-mar."

Ribby suspirou.

E continuou: "Como entreténs desinteressadamente as pobres crianças doentes e como evitaste sozinho uma debandada na sessão de autógrafos do P.K. A mulher dele, a Sra. Schmidlap, não gosta de muita gente, mas gostou de ti. Se conseguires trabalhar com ela, consegues fazer tudo. O emprego é teu, se o quiseres."

A cabeça de Ribby girava enquanto Teddy carregava no botão do intercomunicador e dizia ao motorista para regressar a casa.

Tem estado a seguir-nos ou contratou alguém para o fazer.

"Ainda tenho de pensar no assunto."

"Então, que assim seja. Tens sete dias para decidir. Aqui está o meu cartão de visita; podes contactar-me a qualquer hora do dia ou da noite." Depois de uma pausa, ele disse: "Espera um minuto! Porque não vens ver a Biblioteca por ti próprio? Não há melhor altura do que esta. Podíamos voltar juntos de carro agora mesmo!"

"Uh, não sei."

Ele ofereceu-te o lugar de bibliotecário-chefe. É teu. Eu sei que ele parece assustador neste momento, mas ele está a dizer-nos diretamente. Não está a esconder nada nem a mentir sobre isso. Isso já é alguma coisa. Ele é o nosso bilhete de saída. Podemos observá-lo, ver como ele é, sem nos comprometermos. Vá lá Ribby, arrisca. Além disso, o condutor é muito giro. Olha para aqueles caracóis loiros que saem de debaixo do boné.

Já para não falar dos olhos azuis.

Eu sei, eu sei. Eu sei, eu sei. Além disso, pode ser divertido!

"Chegaremos lá de manhã cedo. Podes ficar no mesmo B&B onde a Martha e o John passaram férias. Estará tudo preparado para a tua chegada. Isso vai ajudar-te a decidir."

"Mas eu não tenho outra roupa - para além da que tenho vestida."

"Ah, não te preocupes com isso."

Ribby abriu a boca.

Ele antecipou a próxima objeção dela. "Eu ligo à tua mãe e explico."

Ribby já não tinha a certeza de nada. Andava para trás e para a frente na sua mente. Achas que devo ou não devo?

"Será um prazer", disse Angela, pegando na mão de Teddy.

Estavas a demorar muito tempo a decidir.

Ribby, que se tinha distraído com o motorista a olhar para ela no espelho retrovisor, encolheu-se.

Teddy ordenou ao motorista que os levasse a casa.

Ribby fingiu dormir no caminho de volta.

Ângela esperava que Teddy dormisse a sesta, para poder subir e sentar-se com o motorista.

Teddy puxa do portátil e começa a escrever.

O excesso de zelo com os cliques está a dar-me cabo da cabeça.

De certeza que estamos quase a chegar.

Segundos depois, "Já chegámos?

CAPÍTULO 26

C HEGARAM A PORT DOVER às primeiras horas da manhã.

O motorista abre a porta a Teddy. "Leva a Menina Angela a casa da Sra. Pomfrere. Não voltes até ela ter sido apresentada."

"Sim, senhor anglófono."

"Pede à Sra. Pomfrere para se certificar de que a Menina Ângela está acordada e pronta para o pequeno-almoço daqui a quatro horas. Diz-lhe que estarás lá prontamente para ir buscar Miss Ribby."

"Sim, senhor", responde o motorista, volta a entrar no carro e arranca.

Ribby, que tinha adormecido, abre agora os olhos. Olha pela janela, tentando ver como era a casa do anglófono, mas está demasiado escuro.

Poucos momentos depois, chegam à pensão. A Sra. Pomfrere apressou-se a cumprimentá-los. O motorista fez as apresentações, depois contou-lhe discretamente sobre o pequeno-almoço na propriedade do Anglófono e partiu.

"Estou muito contente por te conhecer, Menina Ângela. O Sr. Anglófono falou-me muito de ti."

Ribby não pôde deixar de reparar no traje da Sra. Pomfrere. Apesar de ser muito cedo, usa um vestido de noite. "Obrigado, Sra. Pomfrere. Se estás com pressa para ir a algum lado, por favor não deixes que eu te atrase. Indica-me o caminho para o meu quarto e tenho a certeza que me arranjo.

"Arranjas-te? Arranjas-te? Porque estou vestida assim para te cumprimentar. Agora, por favor, segue-me e vamos instalar-te!" Entraram, onde ela se moveu como um turbilhão ao longo do corredor e subiu as escadas em direção ao quarto de Ribby.

"És ainda mais querida do que eu imaginava. O Teddy está certamente apaixonado por ti, e eu percebo porquê. Essas tuas pernas não têm fim, não é verdade? disse a Sra. Pomfrere num tom demasiado familiar.

"Bem," gaguejou Ribby.

"Este é o teu quarto", abriu uma porta.

Rosas de todos os tipos e cores enchiam o quarto. Cheirava a céu. A porta do armário estava escancarada, cheia de roupas de marca.

"Espero que os tamanhos estejam correctos. O Teddy calculou. Vais encontrar tudo o que precisas. Se precisares de mais alguma coisa, estou ao teu dispor vinte e quatro horas por dia."

"Queres dizer que tudo isto é para mim?"

"Oh sim, sim, as roupas e muito mais. És uma rapariga de sorte, és mesmo. Ter o Sr. Anglófono do teu lado. Consegue fazer tudo. É como um mágico."

"Sim, sou", disse Ribby, seguido de um fraco "Obrigado", enquanto a Sra. Pomfrere fechava a porta atrás de si.

Olha! Ele é um tipo e peras.

Fez isto por mim.

Acho que é por isso que ele esteve a clicar no portátil durante toda a viagem.

Ribby riu-se de repente. Ela sentiu-se como uma criança numa loja de doces. Agora que tinha um segundo fôlego, correu de um lado para o outro do quarto, encontrando bugigangas e presentes em todos os cantos. Na casa de banho, uma banheira de hidromassagem, cheia de bolhas, aguardava a sua chegada.

Coloca o cotovelo por baixo das bolhas e, em seguida, quebra a superfície da água. Um gemido de prazer sai-lhe da garganta. A temperatura era perfeita. Tira a roupa e mergulha. As bolhas formigavam na sua pele. Recosta-se, respira fundo e fecha os olhos. Volta a abri-los, para ter a certeza de que não estava a sonhar. Sentia-se como a Bela Adormecida e acordava para descobrir que estava no paraíso!

Eu podia ficar assim.

Eu também!

Descontraída e com um confortável vestido de noite, aconchega-se debaixo dos cobertores e adormece.

✳ ✳ ✳

"**E**STÁS ACORDADA, MENINA ÂNGELA?" perguntou a Sra. Pomfrere através da porta fechada. Sem dar tempo a Ribby para responder, a pessoa bateu de novo à porta.

Outra voz, sussurrando. A do Teddy.

Ribby cobriu-se, esperando que entrassem de rompante.

"Vai buscar a chave e acorda-a! exige o Teddy. "Temos sítios para ir e coisas para ver."

Deixa-me entrar! Deixa-me entrar! Deixa entrar!

"Devias tê-la acordado quando a maquilhadora chegou", exclamou o Teddy.

Maquilhadora. Interessante...

"Tentei, Sr. Anglófono, mas ela estava a dormir tão bem que não queria incomodá-la."

"Saio daqui a cinco minutos, Teddy."

"Estarei à tua espera em minha casa. O meu motorista traz-te até mim quando estiveres pronta. Por favor, não me deixes à espera."

Fixe. Tempo livre com o motorista.

Temos cinco minutos para nos prepararmos.

Ela tomou um duche rápido, deu uma vista de olhos na cómoda e descobriu uma série de roupa interior de seda.

O velho tem um gosto notável.

E os seus olhos também são bastante bons. Estes tamanhos são perfeitos!

Teria um ataque cardíaco se saíssemos só com as sedas. Aposto que os olhos do condutor também lhe saltavam da cabeça.

Não sejas nojenta. Ribby abotoou a blusa de seda e fechou o fecho da saia.

Depois, bate outra vez com mais força. "Desculpa, estou aqui para maquilhar a Madame."

Pensa em tudo.

Uma mulher pequena, mais ou menos da idade de Martha, maquilha Ribby num instante.

"Eu sou a Angela!" disse Ribby enquanto sorria para o seu reflexo.

"Claro que és", respondeu a mulher com naturalidade.

Não, de certeza que não és.

Estás com ciúmes?

"Obrigado. Oferecia-te uma gorjeta, mas não tenho dinheiro comigo".

"Oh, não precisas de me dar gorjeta, o Sr. Anglófono tem tudo controlado".

O estômago de Ribby resmungou enquanto ela calçava os seus sapatos de salto alto.

No caminho para a limusina, caminhava como uma bêbeda. O motorista sorriu quando ela quase tombou. Se gostava dela, não o demonstrava. Abre-lhe a porta sem falar.

A viagem até à casa foi bastante agradável. A pensão da Sra. Pomfere fica no centro de uma pequena aldeia. Enquanto o carro seguia pela estrada rural, Ribby vislumbrou o lago Erie.

"A marina e o farol ficam ali", explica o motorista. "No inverno, o mergulho do Urso Polar é muito popular."

"Oh, lembro-me de ter visto algo sobre isso nas notícias. Como eles mergulham por caridade, admiro a coragem que devem ter." Ela estremeceu.

"O meu amigo participou no ano passado, e quase congelou", ele fez uma pausa, "o seu, uh, equipamento".

O Ribby riu-se.

Ele acha que és demasiado primitivo para dizeres "bolas" à tua frente.

Bem, eu sou o convidado do teu patrão.

"Estamos quase a chegar", disse o motorista.

Passam por algumas aldeias, pequenas o suficiente para se reparar, mas que desaparecem num piscar de olhos.

"Chegámos", disse o motorista.

Ribby sentou-se direito. Agora que estava a chegar à casa principal, queria ver tudo.

Angela cantarolou a música tema do programa de televisão Dallas.

O caminho de acesso à casa do anglófono era longo. As árvores ladeavam a avenida, curvando-se ao sabor do vento. Arrepia-se.

Estica o pescoço, tentando vislumbrar a casa. Quando o conseguiu, inspirou e susteve a respiração. Não era uma casa bonita. Com as suas janelas estreitas e o seu edifício de tijolo escuro, parecia fria, pouco acolhedora. Um contraste total com a outra casa onde tinha passado a noite.

É mesmo à Bronte.

Mas olha, roseiras.

Espero que seja agradável lá dentro.

Tenho a certeza que será.

O motorista parou o carro e deu a volta para abrir a porta. Ribby estremeceu ao tropeçar no asfalto.

Antes que ela pudesse bater à porta da frente, um homem abriu-a. Era alto, magro e vestido de preto da cabeça aos pés. Tinha a expressão de quem chupou um limão.

"Olá", disse Ribby.

Com uma voz aguda, diz: "Minha senhora, o Sr. Anglófono aguarda a sua presença. Fizeste-o esperar demasiado tempo!"

"Desculpa-me."

Não peças desculpa, ele é a ajuda. Passa como se fosses o dono disto. És o convidado do Theodore Anglófono. Mereces estar aqui.

E foi exatamente o que ela fez.

O homem não ficou satisfeito, mas era um profissional. Anuncia a chegada de Ribby.

Teddy levantou-se imediatamente e, com um floreado da mão, disse: "Sê bem-vindo a minha casa."

Ribby examinou a sala em que Teddy se encontrava. Embora não fosse um homem alto, naquele ambiente parecia alto. Até a armadura do outro lado da sala era mais baixa do que ele.

Os cavaleiros eram muito mais pequenos do que eu imaginava.

Ribby sorriu. "Obrigado, Teddy. Que sala fantástica!"

Ganhaste o jackpot!

"Minha querida", disse o Teddy, "pareces um quadro. Na verdade, tenho de mandar pintar o teu retrato como estás agora."

O Teddy parece ter-se esquecido que estava zangado connosco.

Ribby corou. "Muito obrigado - por tudo."

"O prazer é meu, querida Angela. Agora vem cá e senta-te à minha frente para eu te poder observar com a luz da manhã a entrar por trás de ti." Teddy estalou os dedos e o seu criado puxou a cadeira para Ribby. "Espero que tudo tenha corrido bem no B&B?

"Sim, é maravilhoso, Sr. Teddy."

"Não sabia bem o que gostavas para o pequeno-almoço, por isso pedi ao meu cozinheiro para preparar dois de cada coisa." Mais uma vez, estalou os dedos e começou o desfile de comida.

"Oh, meu Deus!", disse ela. Cheirava a bacon, xarope de ácer, muffins de mirtilo e salsichas.

Que belo banquete! Comida suficiente para alimentar um exército!

O criado mandou os seus subordinados servirem primeiro o Sr. Anglófono.

O anglófono bateu palmas.

O pessoal foi logo servir o Ribby.

O anglófono volta a bater palmas. "Tibbles, tens de nos dar Mimosas!"

Imediatamente, um empregado cortou duas laranjas ao meio e espremeu o sumo. Outro empregado abre uma garrafa de champanhe. O primeiro empregado juntou as duas bebidas. Ribby observou atentamente enquanto o empregado servia cada substância com grande precisão.

Entrega um copo cheio a Teddy para que este o teste. Teddy acenou com a cabeça que era satisfatório. Enche um segundo copo e entrega-o a Ribby. Brindam a uma estadia agradável e deliciam-se com a comida.

"Espero que não te importes, mas paguei a hipoteca da tua mãe."

O Ribby ficou boquiaberto.

Teddy fez sinal para que servissem mais café e este foi servido. Enquanto mexia, acrescentou: "Também comprei o prédio onde fica o teu apartamento".

Ribby ofegou. Usa o guardanapo para limpar os cantos da boca.

Que reviravolta inesperada.

"Claro que já não precisas de pagar renda. Poupa o dinheiro se não te mudares para cá. Viaja. Vê o mundo!"

Diz qualquer coisa, qualquer coisa.

"Ah, e também paguei o teu cartão de crédito." Bebeu um gole da Mimosa.

"Uh, obrigado. Muito obrigado. É muito simpático da tua parte."

Ribby sentiu-se desconfortável depois dos anúncios de Teddy e isso notou-se.

"Diz-me, Angela, qual é o desejo do teu coração?"

"O desejo do meu coração?" Disse Ribby, corando. "Não sei.

"Tens de saber o que queres. Uma rapariga inteligente como tu. Algo sempre muito longe do teu alcance e, no entanto, o teu coração desejava-o. Pensa nisso. A seu tempo, voltarei a perguntar-te.

Ribby ouviu Teddy falar das suas viagens pelo mundo.

"Podíamos ficar aqui a conversar mais tempo, mas estou ansioso por te mostrar a biblioteca."

"Oh, sim. Não vejo a hora de a veres", diz Ribby. A Mimosa tinha-lhe subido diretamente à cabeça. "Mas eu gostava de apanhar um pouco de ar fresco. Não estou habituada a ir a Champagne tão cedo. É muito longe para andares?"

Teddy riu-se. "Não para uma jovem como tu, não é, mas estás a usar esses sapatos inadequados. Estala os dedos. Entra uma mulher. "Por favor, traz um par de sapatos adequados para o meu convidado." A mulher fez uma vénia, saiu da sala e momentos depois voltou com um par de sapatos de corrida. "Veste estes. Levarei os teus saltos comigo no carro." Depois, para o seu criado: "Tibbles, desenha um mapa para o nosso convidado."

"No caminho, pensa no desejo do teu coração. Lembra-te, quero que lhe dês um nome."

O ar era fresco e limpo. Desanuvia a cabeça.

Ele é tão bondoso, gentil e generoso.

Pode não ser o que ou quem finge ser. Vamos manter a nossa guarda até sabermos o que ele quer. Lembra-te que nada é de graça.

Ribby continuou a andar, com a mente absorta em encontrar uma resposta para a pergunta dele.

Mantém-no a adivinhar. Não reveles ainda as nossas cartas.

Dobra a esquina, vê a limusina e depois a biblioteca.

Stephen abriu a porta para Teddy, que saiu segurando os sapatos de Ribby. Ela sentou-se na limusina e trocou os sapatos, deixando os rasos na parte de trás do carro.

"Aqui tens, minha querida", disse Teddy. No letreiro por cima da porta lê-se: E. P. Anglófono: Biblioteca Privada. Por baixo do letreiro estava uma placa: Bibliotecário-Chefe: espaço em branco.

Admira-me que o nosso nome ainda não esteja lá em cima. Ele parece muito seguro de si.

Porta-te bem.

"Anda", disse ele.

Os grandes arcos de madeira acolhem-na no interior. O anglófono pegou-lhe na mão.

O coração de Ribby saltou uma batida. A biblioteca era redonda. Estantes circulares. Livros, livros e mais livros até onde a vista alcança. Milhares e milhares. E escadas, prontas, para te levarem até à prateleira de cima. Até à altura do teto, com vitrais a uns seis metros de altura. Quando olhou para cima e se virou, ficou tonta.

Teddy guiou-a até uma cadeira, na qual ela caiu com um suspiro.

"Estás satisfeita?"

"Oh, meu Deus, sim!" disse Ribby, tentando controlar as suas emoções. "Parece uma coisa saída de um sonho."

É bonito, Ribby, mas há qualquer coisa que não me parece bem.

"Diz-me agora. Qual é o desejo do teu coração?"

"É este!"

Que tolinho!

"Não te preocupes", disse o Teddy. "Pode, e deve, ser teu. Se tu..."

Aqui o Teddy parou quando o motorista lhe chamou a atenção. "Uh, espera um momento, Angela. Fica à vontade."

Ribby pôs-se de pé e cambaleou. Sobe uma escada, desce e sobe outra. Todos os autores de que se lembrava estavam aqui. Quando se apercebeu que o motorista tinha voltado e estava por baixo dela, ajustou a saia.

"Oh, assustaste-me."

Não me assustes! Vem até mim.

"Lamento imenso, mas o Sr. Anglófono foi chamado. Pediu-me para te acompanhar de volta à propriedade quando estiveres pronta."

"Eu, eu estava..." disse Ribby, descendo sem prestar muita atenção. Ela deu um passo em falso e caiu.

O motorista, cujo nome ela nem sequer sabia, apanhou-a.

Ribby ficou vermelho. Os seus olhos cruzaram-se. Ele pousou-a no chão e afastou-se.

"Obrigado."

Não responde.

Pensa que fiz isso de propósito. Que gosto dele.

Angela riu-se.

Segue-o através da porta e até ao parque de estacionamento, e depois decide não levar o carro.

"Prefiro ir a pé", diz.

"Tens a certeza?" Ele olha para os sapatos dela.

Ela levantou o queixo e, sem responder, começou a andar.

"Como a senhora quiser."

Devias ter-lhe pedido os corredores.

Eu sei! Eu sei! Eu sei!

De volta a casa, com os pés doridos e cheios de bolhas, Ribby viu o motorista sentado à porta.

Inclina o chapéu na direção dela, tapa os olhos e volta a dormir.

Meu Deus, ele é tão giro.

Não te preocupes! O Teddy despede-o se eu disser que ele não me deu os outros sapatos.

Não te atrevas!

Ribby acabou por tirar os sapatos e percorreu o resto do caminho de meias.

O olhar que Tibbles lhe dirigiu quando ela entrou em casa com os sapatos na mão estava algures entre um sorriso e um sorriso.

Vai para o inferno com ele!

"Perdoa-me, menina", disse Tibbles. "O Sr. Anglófono está detido. Ele gostaria que regressasses ao B&B. Vou aconselhar o motorista a levar-te."

Bem, não posso ir a pé até lá.

Não, engole o orgulho e entra no carro.

Durante todo o caminho até à casa da Sra. Pomfrere, houve um silêncio constrangedor que nenhum dos ocupantes quis quebrar.

Estás a agir como um pirralho mimado!

Não me interessa.

O carro arrancou e o Ribby entrou a cambalear.

CAPÍTULO 27

R IBBY BATEU COM A *porta atrás de si quando regressou à sua suite. Atirou os sapatos para o outro lado do quarto e depois atirou-se para a cama, abafando os soluços na almofada.*

Ele é tão sonhador!

Sabia que eu precisava dos meus sapatos e, no entanto, não mos deu.

Não os pediste.

Mesmo assim, trabalha para o Teddy. Eu sou convidada do Teddy. Ele devia estar a tentar fazer-me feliz.

Estás a exagerar. Lava a cara, vai fazer-te sentir melhor e esquece o assunto.

O problema é que não consigo. Sinto-me uma idiota. Eu a cair nos teus braços como se fosse a Jane Eyre.

O que é que te interessa? Se ele pensou isso, então deve ter ficado lisonjeado. Continua. A biblioteca.

É linda, é tudo. Mas porque é que o Teddy me quer a mim, uma pessoa não qualificada, para gerir a biblioteca dele?

Foi por isso que eu disse que não devias pôr as cartas todas na mesa. Agora ele sabe que aquele lugar é o teu desejo sincero. Ele está a brincar ao Padrinho das Fadas e tem-nos pelas mamas.

O meu coração diz-me que ele está no nível certo. Que não tem segundas intenções. Mas a minha cabeça, oh a minha cabeça.

Ribby pegou na carteira e tirou o maço de cigarros. Coloca um entre os lábios. Mesmo sem o acender, o cheiro acalmou-a. Segurando-o contra os lábios, adormeceu.

"Tens de falar connosco", sussurrou Teddy através da porta.

Ribby sentou-se com o cigarro ainda pendurado nos lábios. Volta a colocá-lo no maço. Falando através da porta fechada, disse: "Desculpa, devo ter adormecido."

"Prepara-te. Tenho de te levar a casa agora. Arruma as tuas coisas e encontramo-nos lá em baixo no carro."

Ela ouviu enquanto ele se afastava e depois caiu no chão, lutando contra um soluço.

O anglófono dá e o anglófono tira.

Mas porquê? O que é que eu fiz? Isto é por causa do Estêvão?

Não sejas ridículo.

Não te preocupes. É tudo pelo melhor. Troca de roupa com ele. Sai daqui com a cabeça erguida.

Mas a biblioteca. O meu desejo sincero. Agora que lhe contei, afinal ele não me quer.

Ribby vestiu a roupa com que tinha chegado.

Quem perde é ele, Rib. Lembra-te, cabeça erguida. Além disso, tudo o que ganharmos agora, é nosso. Não tens renda, nem hipoteca, nem cartão de crédito. Estamos basicamente livres de dívidas! Imagina o quanto nos podemos divertir!

À saída, dá um beijo na cara da Sra. Pomfrere.

"Nunca nos despedimos dos nossos convidados. Esperamos ver-te novamente."

"Obrigado."

O motorista ficou ao lado da porta, à espera de Ribby. Uma vez dentro do carro, aperta o cinto de segurança. Vira a cabeça e olha pela janela, para ver tudo o que nunca mais veria e para disfarçar a deceção.

"Ângela, isto é apenas trabalho. Não tem nada a ver contigo ou com o nosso acordo."

"Queres dizer que ainda me queres?" *perguntou Ribby com a voz trémula e o coração prestes a saltar-lhe do peito.*

"Claro, quero que sejas a minha nova bibliotecária", *disse ele, roçando-lhe a coxa com a mão.*

O pervertido. Ele está a brincar contigo. Afasta a mão dele com uma palmada.

Ribby ficou corado. Foi um acidente. Não foi nada.

A cara do velho pervertido. Eu disse-te. Dá-lhe um centímetro...

"Motorista, por favor, coloca a barreira. A senhora e eu gostaríamos de ter alguma privacidade."

Ribby olhou para cima, viu o olhar do motorista no espelho retrovisor. Cruza os braços à sua volta.

O anglófono abriu uma garrafa de água e entregou-a a Ribby, pedindo-lhe que descruzasse os braços. Ela pega nela e bebe um gole.

"Ribby, quero dizer Angela, se a biblioteca é o desejo do teu coração, então é tua. O que eu tenho, é teu."

Senta-se direita, a ouvir, mas a anglófona cala-se. Bebe mais uns goles de água, à espera.

Será que ele está à espera que eu diga alguma coisa?

Está a jogar um jogo. Não digas nada. Nós pomos as cartas na mesa, deixa-o fazer o mesmo. Entretanto, mantém a calma. Aprecia a vista.

Isto aqui é mesmo bonito, mas o meu coração está acelerado.

Acalma-te. Respira fundo algumas vezes. Inspira. Respira fundo. Inspira. expira.

Os teus exercícios de respiração foram interrompidos.

"O que me darás em troca do desejo do teu coração?"

Aqui tens. Deixa-me tratar disto.

"Eu, eu não tenho nada para te dar, Teddy. Só a mim próprio."

A sério, Rib, por favor, cala a boca!

"Só a ti? Não te sentes digno?"

A Ribby tentou falar, mas as palavras ficaram presas na garganta.

Ele quer mais, Rib; ele quer sexo.

O Ribby corou de vermelho.

"Oh, meu Deus", disse Teddy, dando-lhe uma palmadinha nas costas da mão. "Pareces muito preocupada, e eu não queria preocupar-te. Não queria preocupar-te. Vivi sem amor, sem contacto, durante

muito tempo. Nunca poderia esperar que amasses alguém como eu. Mesmo que fosse pelo desejo do teu coração."

"Eu", disse Ribby.

"Shhh, deixa-me acabar. Quero ter-te na minha vida. Para te fazer companhia. Amizade. Se te apaixonasses por mim - se pudesses amar-me, esse seria o desejo do meu coração. Talvez um dia o realizes."

Ena, que grande surpresa. Psicologia inversa? Tem cuidado.

Agora havia silêncio no carro e dois passageiros extremamente desconfortáveis. Ribby bebeu mais uns goles de água e o anglófono consultou o telemóvel.

"Queres casar comigo?", disse ele sem rodeios.

OMG, aquela segunda bola curva foi tão exagerada que fiquei sem palavras, Rib.

Eu também, quer dizer, o que querias que dissesse. Eu quero a biblioteca, mas não o amo.

Somos jovens e vibrantes. Ele está bem, tão longe da colina que está quase a descer para o outro lado. Espera, agora...

Oh não, não estás a pensar no que eu penso que estás a pensar?

Que és um meio para atingir um fim. Ele quer que sejas amigo dele, que dirijas a biblioteca dele. Não te está a pedir sexo, mas companhia e amor. Não é? Então, se estás a satisfazer o desejo do coração dele e ele está a satisfazer o teu, então, qual é o mal?

Então, porquê propor casamento? Até eu sei que não seria um casamento legal se não fosse consumado. Só de pensares em mim e nele...

Eu sei, eu sei.

T EDDY OCUPOU-SE COM O seu telemóvel.

O Ribby e a Angela debateram as questões que tinham em mãos.

Volta a tamborilar os dedos. Que irritante! Agora, clica na caneta - clack clack, clack clack, click.

Está à espera de uma resposta.

Não sei como posso aceitar. Dá-me uma razão para eu dizer sim. Como é que posso dizer que sim?

Como posso dizer que sim? É fácil. Uma palavra: biblioteca. Mais duas palavras: Bibliotecário-Chefe.

Mas de que bibliotecário-chefe? Não tenho pessoal, não tenho colegas de trabalho e, de momento, não tenho clientes.

Mas tu serás o chefe dos livros.

Não estás a ajudar.

Estou a tentar!

Eu sei, mas para ele a nossa relação não passa de um negócio. Seríamos marido e mulher, mas só no nome. Quero um homem que eu possa amar e que me ame em troca. Isto é um ajuste de contas.

Acomodação? Chamas a isto assentar? Tens trinta e cinco anos e os trinta e seis estão ao virar da esquina. Não tens perspectivas, não tens futuro. Isto vai dar-te um futuro. O Teddy pode abrir o mundo para ti, para nós. O amor não é tudo o que pensas que é. Se não concordares, vais arrepender-te para o resto da tua vida.

O Ribby olhou na direção do Teddy.

Diz qualquer coisa. Diz qualquer coisa.

"Só preciso de tempo, Teddy, para pensar nisso."

Teddy olha para a distância.

Em breve, mas não o suficiente, o motorista parou na calçada em frente à casa de Martha.

N A ESCURIDÃO DO BANCO de trás, Ribby cerrou e cerrou os punhos. O movimento rápido, o abrir e o fechar levaram-na a tomar uma decisão. "Teddy, tenho a certeza de que podemos chegar a um acordo adequado."

Teddy abraçou-a, sorrindo. "Oh, obrigado por me fazeres o homem mais feliz do mundo."

Muito bem, Rib! Bravo! Trabalha com ele. Resolve o assunto. Lembra-te, quem manda aqui somos nós.

A voz de Ribby tremeu, mas ela conseguiu um ligeiro sorriso quando se soltou do seu abraço. "Tens de me dar uns dias para resolver as pontas soltas."

"Eu posso esperar por ti, Angela, mas por favor não me faças esperar muito tempo. Por ti, já esperei uma vida inteira", disse Teddy enquanto lhe beijava a mão.

Oh, meu Deus, ele está apaixonado!

Trocam beijos na cara.

O motorista abriu a porta do Ribby e ele segurou-a enquanto ela saía para o passeio.

"Ligo-te daqui a vinte e quatro horas", disse o Teddy.

Ribby acenou com a cabeça. Atrás dela, no alpendre, Martha gritou: "És tu, Ribby? Oh, olá Teddy." Acena-lhe.

Teddy acenou-lhe de volta quando o motorista fechou a porta e voltou para a frente do carro. Partiram.

"Sim, mãe, sou eu.

"Voltaste mais cedo do que eu pensava. Vem para dentro e conta-me tudo."

Ribby tropeçou ao subir as escadas do alpendre.

CAPÍTULO 28

R IBBY CUMPRIMENTOU SCAMP COM uma palmadinha na cabeça e o trio foi para a cozinha.

"Ribby, senta-te. Tenho um milhão de perguntas para ti. Como é que correu?" balbuciou a Martha, sem deixar que o Ribby se atrevesse a dizer uma palavra. "Uma chávena de café, sim, vou fazer-te uma chávena de café e depois... Meu Deus, pareces mesmo exausto.

"Mãe, sim, estou cansado. A viagem foi longa. O Sr. Anglófono, Teddy, é interessante."

"Pensei que vocês os dois se iam dar bem. Ele fez-te a pergunta?"

Ela sabia que ele ia fazer a pergunta? Ela sabia? O quê?

"Sabias que ele ia fazê-lo?"

Isto faz parte de algum plano de mestre? Oh, agora, isto é profundamente perturbador.

"Adora a biblioteca e não deixaria que fosse qualquer um a geri-la."

Ela quer dizer a biblioteca. Erro meu.

"Claro que não. Ele é muito generoso em oferecer-me esta oportunidade."

"O Sr. Anglófono certificou-se - antes mesmo de te conhecer - que eras a tal."

O que queres dizer com isso? Voltámos ao conceito de Plano Diretor?

Ribby conteve a sua fúria. "Tu sabias?"

A mamã querida volta a descer mais baixo que o normal.

"Rib, não fiques com as cuecas torcidas. Ele tinha boas intenções. Queria ter a certeza. Com todo aquele dinheiro, tem de ser muito cuidadoso."

Ribby sentou-se em silêncio, mexendo a chávena de café.

Martha levantou-se e ocupou-se a arrumar a casa. Olha de relance para Ribby. "Estás exausto, queres que te prepare um banho?"

Tomar um banho para ti? Pronto, tira a máscara. Quem é esta mulher?

"Isso seria ótimo."

Mais tarde, no banho, a Ribby adormeceu e sonhou.

Estava a flutuar, completamente nua, dentro de uma bolha cor-de-rosa na biblioteca do Anglófono.

O anglófono apareceu. Deslumbra-se, com o rosto vermelho e os punhos cerrados, enquanto o seu motorista o segue.

Diz: "Quero que esses livros novos substituam imediatamente os velhos. Coloca-os ao nível dos olhos, para que a minha menina os encontre".

"Não faz parte das minhas funções", responde o motorista e vira as costas.

O anglófono agarrou-o pelo braço, puxou-o para baixo e deu-lhe uma bofetada na cara. Embora a bofetada tenha sido forte, o condutor estava preparado para ela e nem sequer vacilou.

"O teu trabalho é o que eu te disser, rapaz!"

"Senhor anglófono, é claro que farei tudo o que quiseres que eu faça, por ela e só por ela. Sou teu para fazeres o que quiseres", diz o motorista.

O anglófono solta-lhe o braço. O condutor endireita as costas.

Que poder tem o anglófono sobre ele?

Isto é um sonho. Estamos a sonhar. Acorda, Ribby! Acorda!

Shhh, isto é interessante. Tenta fazer zoom nos livros que ele quer que vejamos.

Estou a tentar, mas... raios.

"Sou generoso contigo, Stephen, e generoso com ela. Não te peço muito. Sou um homem velho. Sou o teu patrão. Não sejas impertinente no futuro."

"Peço-te desculpa", disse Stephen, fazendo uma vénia até ao chão com o chapéu na mão. "Posso garantir-te que não voltará a acontecer. Espero que isto me leve a maior parte do dia."

"Muito bem. Então começa a refazer os livros. Informa o Tibbles quando tiveres terminado a tarefa.

"O que devo fazer com os livros antigos?" Stephen perguntou-te.

"Há caixas vazias lá atrás. Guarda-os por enquanto", disse Teddy. "Não significam nada. Talvez os possamos dar no futuro. Por agora, guarda-as fora do caminho.

Teddy saiu.

Stephen continua a trabalhar. Olha por cima do ombro para Ribby, que está sentada nua na sua bolha imaginária.

"Stephen," sussurrou ela.

Estás a ter um sonho estranho.

O Teddy é muito duro com ele.

Sim, espera a perfeição.

Então o que é que ele está a fazer comigo?

"Acorda, Ribby!"

A bolha do Ribby rebentou quando a Martha entrou no quarto.

"Estou a bater à porta há séculos."

"Desculpa, mãe, adormeci."

"Ainda bem. Isso significa que estás a relaxar. Aqui tens uma coisa para beberes.

A Ribby escondeu-se quase toda debaixo das bolhas.

"Não é que eu já não tenha visto tudo isto antes, filha." Martha riu-se.

Ribby estremeceu e pegou no copo de champanhe. Martha sentou-se na borda da banheira.

"Para ti", disse a Martha enquanto batiam os copos.

Isto é muito estranho. Esta mulher não pode ser a tua mãe. Está a dar-te graxa como se soubesse que o velhote fez a pergunta e que tenciona ir viver com vocês os dois.

O sabão escorreu pelo braço do Ribby e foi parar à haste do copo. "Mãe, como é que conheceste o Sr. Anglófono?"

"Já te disse isso, não disse?"

"Acho que não. Se contaste, não me lembro."

"Bem, estávamos a jantar e o Anglófono entrou", recorda Martha. "Estava muito barulhento e exigente com os empregados e parecia ter alguma importância. Estávamos curiosos para saber quem poderia causar uma cena daquelas. Quando o vi pela primeira vez, pareceu-me familiar. Pensámos que era uma figura política ou que o tínhamos visto na televisão. Parecia agitado e insultava o motorista da limusina que seguia atrás dele. Toda a gente olhava para ele.

"Ele reparou?" perguntou Ribby. "Quero dizer, que toda a gente no restaurante estava a olhar para ele?

"No início, não teve qualquer consideração pelos outros clientes. Quando se apercebeu que estava a causar uma cena, pediu-nos desculpa a nós, não ao empregado. Depois pagou champanhe a todos."

Parece um rufia.

Concordas. "E foi só isso?" Disse o Ribby.

"Não, não, minha menina. Depois disso, pedimos-lhe para se juntar a nós e ele aceitou. Ele convidou, e nós comemos e comemos. Foi uma noite maravilhosa. Convida-nos a ficar com a Sra. Pomfrere, como sua hóspede. Foi por isso que prolongámos as nossas férias, porque não nos custava nada."

"Mas então, como é que eu entrei na conversa?"

"Durante o jantar, não sei bem do que estávamos a falar, mas falei-lhe de ti. Do teu papel na biblioteca e do voluntariado com as crianças do hospital. O Teddy ficou muito intrigado. Queria conhecer-te. Falou da sua biblioteca. Disse que estava fechada, até encontrar a pessoa certa para a dirigir. Perguntou por ti."

Conta-nos mais sobre o perseguidor Teddy.

"Ele é muito tímido em relação a tudo isso, visto que já sabia de mim."

"Saber sobre alguém não é o mesmo que conhecê-lo, filha."

"Sim, mas parece-me que ele já decidiu."

"Não sei se isso é verdade."

"Ele, Teddy, pediu-me para dirigir a sua Biblioteca Mãe, mas havia outras condições. Complicações."

"Complicações como?"

"Como o facto de eu ter de me despedir do meu emprego. Mudar-me para um sítio novo. Tenho de deixar as crianças."

"Outra pessoa vai tomar conta de ti. Tens de ser egoísta, uma vez na vida."

Ribby relaxou um pouco e bebeu mais um gole de champanhe.

"Pelo que vi do Sr. Anglófono, ele era muito generoso. Não era de gastar um tostão."

Pergunto-me se ela sabe da hipoteca.

Não me cabe a mim dizer-lhe.

"É verdade." Ribby estremeceu. "Preciso de pensar mais sobre esta mãe e sair daqui antes que o meu corpo se transforme numa ameixa seca."

Martha levantou-se e pegou no copo de champanhe de Ribby. "Filha, provavelmente nunca mais terás uma oportunidade como esta. Sei que nem sempre fui a melhor das mães. Sei que vais tomar a decisão certa."

"Obrigada", disse Ribby. Quando a porta se fechou, ela saiu da banheira, secou-se e vestiu a camisa de dormir.

Foi um momento de mãe e filha absolutamente e completamente "amordaça-me com uma colher".

A mãe estava a esforçar-se para te dar apoio.

Sim, estava mesmo. Conseguia ver os sinais de dólar nos seus olhos. Mas vamos mudar de assunto. Vamos falar daquele sonho estranho.

Sim, no meu sonho o teu nome era Stephen.

Sempre achei que ele me fazia lembrar o Stephen Moyer do True Blood.

Não vi essa série, mas sei a quem te referes.

Mas foi estranho, os anglófonos substituírem os livros por outros novos. Não percebo.

Deixa o velho para trás e entra com o novo. Isso é que é duplo objetivo. Novos livros com um novo bibliotecário. Faz todo o sentido para mim.

Pareceu-me mais uma premonição.

O Ribby riu-se. Não sou suficientemente esperto para ter premonições.

Mas eu sou.

És tão engraçado.

CAPÍTULO 29

DEPOIS DE UMA MANHã apressada, pois adormecera, Ribby chega ao trabalho e entra no edifício.

Imediatamente, uma faixa onde se lê: "CONGRATULAÇÕES RIBBY!" chamou-lhe a atenção.

Ro-ro. Parece que alguém deixou o gato sair do saco.

Quem és tu? A tua mãe? Eu vou... eu vou....

Uma avalanche de gritos e aplausos.

Oh não, tenho de sair daqui!

Não, não tens. É demasiado tarde para isso. Eles vêem-te. Sorri!

Ribby sorriu enquanto os seus colegas de trabalho se juntavam à sua volta.

"Muito bem, Ribby!"

"Nós sabíamos que eras capaz!"

"Estamos imensamente orgulhosos de ti! És a bibliotecária-chefe! Uau!"

No quadro de avisos estava a seguinte nota:

"Parabéns ao nosso Ribby Balustrade!

Bibliotecário-Chefe da Biblioteca Privada Anglófona E. P.

Assinado, Sra. P. Wilkinson, Bibliotecária Principal."

Ribby esfregou os olhos, incrédula. Abrindo-os de novo, murmurou baixinho. Como é que ele podia ter anunciado isto sem lhe perguntar primeiro? Fecha os punhos e o calor sobe-lhe às faces. Já não tinha o controlo da sua vida, do seu destino. Foi para trás do balcão e pousou a cabeça na secretária.

Deixa-te disso, Rib. Estás a estragar-lhes a alegria. Eles estão tão orgulhosos de ti e é o teu último dia aqui. Leva as coisas com calma. Mantém a cabeça erguida.

Mas ele prometeu-te! Disse que eu podia tirar um tempo. Agora este é o meu último dia. O MEU ÚLTIMO DIA!

O que está feito, está feito. Podes dizer-lhe mais tarde. Por agora, aproveita o momento. Sê uma inspiração.

A Sra. Wilkinson dirigiu-se à secretária. "Primeiro, quero agradecer-te por me teres substituído quando estive no hospital. Segundo, estou muito orgulhosa de ti, Ribby! Quando o Sr. Anglófono me telefonou, quero dizer, o Theodore Anglófono, senti-me tão orgulhosa de ti. Chorei. Chorei mesmo. Sempre foste como uma filha para mim."

"Obrigado, Sra. Wilkinson."

"Quero dizer, um homem tão poderoso. Para ele escolher-te, com a tua idade, para bibliotecária-chefe. Vais chegar longe."

"Já ouviste falar do Sr. Anglófono?"

"Não o conheço pessoalmente, mas sei dele. Além disso, a arquitetura da sua biblioteca apareceu em várias revistas. Tal como a sua casa."

"Sim, a biblioteca é muito bonita, a casa dele também, mas não sabia das revistas."

"Vamos dar um almoço em tua honra. Com catering completo, graças ao Sr. Anglófono, que insistiu em cobrir todas as despesas."

"Oh, ele insistiu, não foi?" Disse o Ribby.

Aquele velho pedinte astuto.

"Entretanto", continuou ela, "aproveita o teu último dia."

"Obrigado, Sra. Wilkinson."

Ribby olhou na direção dos seus colegas de trabalho que tinham regressado às suas tarefas. Curiosa, acedeu ao computador e pesquisou Theodore Anglophone no Google.

O item mais procurado foi um artigo de jornal no jornal local. O título dizia: "Morte suspeita na biblioteca local".

Mas o que é que queres?

Ribby continuou a ler.

O bibliotecário-chefe morreu?

Foi por isso que a fechou. Parece que a mulher era maluca.

Oh, o Teddy encontrou o corpo dela. Deve ter sido horrível para ele.

Não, olha aqui. Diz que ele chamou a polícia, mas os repórteres chegaram primeiro.

Os repórteres chegam sempre primeiro. Tens fotos da mulher. Parece louca. Onde estão as tuas roupas? E parece que está a cuspir nos repórteres.

Muitos gostariam de cuspir nos repórteres.

Concordo, mas olha para os olhos dela. Parece desesperada. Tem medo.

Fica histérica. Diz que o Teddy fechou a biblioteca depois disso, jurou que nunca mais a abriria.

Até agora. Preciso de sair daqui para apanhar ar fresco antes que o almoço comece. Dirigiu-se à Sra. Wilkinson e pediu autorização para sair.

"Bem, não te posso despedir agora, pois não?" A Sra. Wilkinson rugiu. "Afinal, é o teu último dia!"

"Sim, é verdade", disse Ribby. Mais pessoas aplaudiram quando ela passou. Uma vez lá fora, tira um cigarro da mala e acende-o.

Talvez tenhamos sido um pouco apressados.

Um bocadinho!

✻✻✻

R IBBY REGRESSOU à BIBLIOTECA a tempo do almoço. A variedade de comida no buffet era mais do que suficiente para todos. Todos comeram, misturaram-se e conversaram.

A Sra. Wilkinson começou a cantar: "Porque ela é um bom companheiro". As bochechas de Ribby ficaram quentes. A Sra. Wilkinson fez um pequeno discurso e depois deu um presente ao Ribby.

"Abre! Abre!", gritaram os seus colegas.

Abre o pacote. Era um telemóvel.

"Já adicionámos todos os nossos contactos para nos podermos manter em contacto", disse a Sra. Wilkinson.

Como se quiséssemos manter-nos em contacto com esta gente!

"Muito obrigado", disse o Ribby.

"Fala! Fala!", gritaram eles.

Ribby não estava habituado a falar em público e balbuciou algumas frases incoerentes.

Estou a ficar com verklempt.

Ela disse que ia ter saudades de todos.

Conseguiste, Rib. Agora, vamos embora daqui.

Eles aplaudiram-te. A Sra. Wilkinson chamou a atenção de todos ao limpar a garganta. "Vou dar ao Ribby o resto do dia de folga! Obrigada, Ribby, pelos teus anos de serviço extraordinário na Biblioteca de Toronto. Por favor, mantém-te em contacto".

Os funcionários formam uma procissão.

É como um casamento.

Ou um funeral.

Lá fora, uma limusina estava à espera na berma.

Ribby cerrou os punhos.

Respira fundo.

O motorista saiu.

Stephen.

Aponta o chapéu e abre a porta de trás. Lá dentro, o Teddy estava à espera, com um enorme sorriso na cara. Dá palmadinhas no assento, encorajando o Ribby a entrar.

Entra e acalma-te primeiro, antes de dizeres alguma coisa.

Entra e acalma-te antes de dizeres alguma coisa. Ela abriu os punhos. Senta-se e põe o cinto de segurança. Respira fundo. "Olá, Teddy."

"Fecha a porta, Stephen!" O Teddy ladrou.

O teu nome é Estêvão. O teu nome é mesmo Estêvão.

É um bocado à Twilight Zone, não achas?

"Segue em frente", ordenou o anglófono. A barreira subiu e o motorista seguiu viagem.

"Espero que tenhas tido um dia agradável, Angela."

"Foi um pouco estranho", diz Ribby. "Afinal, era o meu último dia." Respira fundo. "Não sabia que ias informar a Sra. Wilkinson do nosso acordo. Eu queria demitir-me. Era uma coisa importante para mim." As bochechas dela coraram e a sua voz tremeu enquanto ela lutava para manter a compostura.

"Porque haverias de fazer o que eu posso fazer por ti?" Teddy sussurrou. Coloca a mão na perna dela.

Desta vez não havia dúvidas sobre as suas intenções. Deixa-a lá. Ela não a retirou.

"Eu sei que estas pessoas da Biblioteca nem sempre foram boas para ti. Sei que se aproveitaram de ti e que não te deram o devido valor. Quero que os deixes. Quero que eles saibam que és melhor do que eles. Tu ganhas e eles perdem".

O que estás a fazer? Nós sabíamos que ele nos estava a observar, mas isto é... extremo...

É verdade. Que mais será que ele sabe?

O Ribby respirou fundo.

"Eu sei muitas, muitas coisas sobre ti. Sobre o mundo", confessou Teddy. "Os tolos que te enganam são uma dúzia. Não são dignos de te lamberem as botas. Se alguém te fez mal, aponta-me essa pessoa e eu trato dela."

E um assassino! Rib, isto está a ir numa direção completamente louca.

A Ribby tinha estado a cravar as unhas no puxador da porta. Solta-a. "Não, não, não há ninguém assim. Eu levo uma vida muito simples. Trabalho, vou ao hospital, volto para casa e não tenho grande vida social."

Mantém a calma. Mantém a calma.

"Vais ter." Ele levantou a mão com a palma aberta, como se quisesse dar-lhe um "high five". Ela seguiu a mão dele enquanto se levantava, e quando ele a pousou novamente ao seu lado. "Quando estivermos juntos, o mundo curvar-se-á perante ti e todos te amarão e desejarão agradar-te."

A descrição de uma rainha ou de uma princesa.

Olha para os olhos de Ribby. O estômago dela revolveu-se. Beija-o.

Ah, caramba, Rib... o que foi?

"Desculpa", disse Ribby, enojado com as suas acções. A culpa é tua. Eu via-me como uma rainha ou uma princesa.

Eu também, mas estávamos fechados numa torre de marfim.

"Foi um gesto bonito", disse o Teddy. "E ainda melhor porque tiveste o impulso de o fazer e seguiste-o. Sim, estou a ver que vamos ser felizes juntos. Volta comigo agora. Vem para a nossa casa. Começa hoje a nossa vida juntos".

"Espera, Teddy, espera. Ainda tenho de pôr algumas coisas em ordem."

"Jantamos juntos esta noite. Vamos celebrar!"

"Estou exausta, Teddy, e quero passar algum tempo com as crianças no hospital. Preciso de me despedir e de atar algumas pontas soltas."

O Teddy desviou o olhar por um segundo quando ela fez uma pausa.

Ele sabe.

Talvez, mas eu beijei-o.

Sim, beijaste mesmo. Porque o fizeste?

Não sei, sinceramente.

Estranho.

"Sim, vejo que é algo que tens de fazer. Mas sinto-me atraído por ti. Quero estar perto de ti. Quero que fiquemos juntos. Deixa-me levar-te a casa, Ângela", suplicou Teddy.

"Na verdade, agradeço a oferta, mas prefiro apanhar o autocarro.

Ela tocou-lhe nas costas da mão.

"Onde queres que te deixemos?"

"Aqui, aqui mesmo está bem."

Stephen parou o carro. Antes que ele pudesse sair e abrir a porta, Ribby abriu-a e saiu.

"Até nos encontrarmos de novo", disse Teddy, soprando um beijo na direção dela e sem quebrar o contacto com os seus olhos.

Ribby deu por si a apanhá-lo e a levar os dedos aos próprios lábios.

Que chatice, Rib. Estás a ir longe demais.

Parecia que eu estava possuída ou algo do género.

Foi uma atuação digna de um Óscar. Quer dizer, eu disse algumas coisas e fiz algumas coisas, mas tu, Ribby, és a melhor.

Morde-me!

CAPÍTULO 30

R IBBY CHEGA A CASA e ouve a sua mãe a chorar.

"O que é que se passa, mãe?"

"É a tua tia Tizzy. Ela morreu.

"Não acredito nisso."

Boa atuação, Ribby.

"Sim, eu também não acreditava, mas encontraram o corpo dela. Ela estava na carrinha dos Sótãos-R-Us com um dos meus criados."

"Oh."

"Ele era um homem estranho", disse a Martha.

Podes dizer isso outra vez.

"Isso é horrível. Pobre Tia Tizzy."

"Acabei de voltar de identificar o corpo dela. Estão agora a chamar o marido e a filha. Eles não deviam vê-la, não se conseguirem escapar. Devem lembrar-se dela, como ela era. Não como eu a vi. Toda inchada e...." Foi até ao bar e serviu-se de um copo de uísque puro. Engoliu-o.

"Como, como é que aconteceu?"

Ribby, esta é outra atuação vencedora de um Óscar. Mantém a voz firme. Mantém a voz firme.

"Acham que ela se atirou de um penhasco na carrinha dele depois de o ter esfaqueado, pois ele tinha uma facada nas costas. A equipa forense chamou-me, disseram que ela foi violada."

"Violada? Oh, meu Deus, que horror."

"Espera um minuto. Lembras-te da faca que encontrei no outro dia? Onde está essa faca? Podes ser a arma do crime. O que é que nós fizemos com ela?", disse ela a abanar o Ribby. Depois pára e fica mais pálida do que nunca. "E o Sr. Anglófono... oh, este escândalo pode arruinar tudo para ti!

"O que é que ele tem a ver com isso?

"Quero dizer, sobre mim. Sobre os meus cavalheiros. Se isso se souber, vai arruinar as tuas hipóteses."

O Ribby deu uma bofetada forte na Martha.

E dá-lhe outra. E mais uma vez.

"Tens de te recompor, mãe. Nada disto tem a ver contigo, connosco, e o Sr. Anglófono não se vai importar com nada disto. Além disso, ele não é alheio a escândalos.

"Então já sabes?" perguntou Martha.

"Sim, eu sei sobre o ex-bibliotecário que morreu na biblioteca do Anglófono. Parece-me tudo muito bizarro."

"Os homens", disse Martha. "Os homens podem contar, e as suas mulheres podem contar, e toda a gente vai saber que a tua mãe é uma prostituta."

"Oh, por favor, mãe, pára de divagar. Estás a dar-me cabo da cabeça."

"Promete-me uma coisa, Ribby. Promete-me que vais ligar ao Teddy e dizer-lhe que queres ir ter com ele agora. Sai daqui e da cidade. Antes que o escândalo chegue."

"Mas mãe, a propriedade anglófona não fica longe da cidade. O Teddy iria descobrir. Acabei de o deixar. Tenho pontas soltas para atar. Ainda não estou pronta para ir."

"Nãooooooooo!" Martha gritou. "Tens de sair desta casa AGORA!" A Martha subiu as escadas a correr e começou a atirar as coisas do Ribby para dentro de uma mala.

O Ribby seguiu-a.

Está a perder a cabeça, Rib.

Estou a ver. Está a ir-se abaixo.

A Martha continuou a fazer as malas, dobrando e enrolando as suas coisas de segunda mão. E murmurava para si mesma: "Estou a salvar-te. Tu és a única coisa que importa."

O Ribby, sem saber o que fazer, gritou: "Pára!"

A Martha ficou tão imóvel como um veado apanhado pelos faróis.

Ribby explicou-te. "O Sr. Anglófono deu-me um guarda-roupa cheio de roupas novas e fantásticas." Pega na mala que levava com ela nas apresentações no hospital e atira-a para o ombro.

Não vais precisar disso!

Talvez sim ou talvez não, mas não a vou deixar aqui.

"Oh, estou a ver," disse Martha, desfazendo as malas. "Liga-lhe de volta. Não deve estar muito longe.

Filha, se alguma vez me amaste. Se alguma vez me pudeste perdoar e fazer isto por ti, então, por favor, fá-lo AGORA!"

Acho que devias, Rib.

Concordas. Quando eu me for embora, ela vai recompor-se.

No estado em que ela está, não sei.

Tem de o fazer.

O Ribby ligou ao Teddy.

"Claro que sim, não estou longe. Venho buscar-te."

A Martha e o Ribby abraçaram-se.

Enquanto a limusina se afastava, Martha observou a filha até não a conseguir ver mais. Fecha a porta da frente e ajoelha-se. Permaneceu ali por um ou dois segundos, com as costas encostadas à porta.

A vida de Martha passou-lhe diante dos olhos, tudo o que tinha feito de bom e de mau. Havia mais coisas más do que boas. Só o Ribby é que se enquadrava nesta última coluna. Lembra-se da irmã quando eram próximas, há muitos anos. Uma irmã com quem ela tinha discutido por nada. Uma irmã que nunca mais voltaria a ver.

A sua mente voltou à faca que encontrou. Como a sua filha tinha sido cautelosa em relação a ela e como até tinha feito uma piada sobre a Tizzy matar alguém com ela. Estranho. Já para não falar da forma vaga como a filha tinha sido sobre o regresso da irmã. Era tudo muito estranho. Algo não estava certo. Perguntava-se onde estaria a faca agora. A filha estava envolvida, disso não havia dúvida.

Imagina o que poderia ter acontecido. Carl Wheeler podia ter aparecido. Teria a Tizzy aberto as persianas? Se tivessem sido abertas por acidente, Carl teria entrado como um convidado. E depois, suspirou. Sentou-se, pensando no que poderia ter acontecido. Como é que a filha poderia ter entrado... o que poderia ter visto...

Sobe as escadas a correr para o quarto do Ribby. A filha escondia coisas no armário, fazia-o desde pequena. E, de facto, Martha encontrou a faca embrulhada numa toalha. E não só a faca, mas também as roupas ensanguentadas da filha.

Leva a faca para fora e enterra-a no chão do barracão, juntamente com as roupas ensanguentadas.

Voltou para dentro e serviu-se de outro uísque. Desta vez, bebe um grande. O telefone tocou, mas ela não atendeu. Fica ali sentada, a bebericar e a bebericar até o telefone tocar.

CAPÍTULO 31

A VIAGEM ATÉ CASA do Teddy foi tranquila. Na sua visão periférica, repara que o Teddy tinha adormecido. Não conseguindo dormir, decide telefonar à Martha.

Toca várias vezes sem resposta. "Atende mãe, atende. Sei que estás aí."

"Ah, hum, o quê?" Diz o Teddy, acordando sobressaltado.

"Desculpa ter-te acordado, Teddy. Estou a tentar ligar à minha mãe."

"Oh, então como está a Martha?"

"Não atende", diz Ribby, voltando a guardar o telemóvel na mala.

"Esquece", disse Teddy, dando uma palmadinha na coxa de Ribby. "Podes telefonar-lhe de manhã. Podes dizer-me, Ângela, em que é que estavas a pensar?

"Quando?", perguntou o Ribby. pergunta Ribby.

"Antes de adormecer", disse Teddy. "Parecias perdida algures no fundo dos teus pensamentos.

Ribby começou a dizer qualquer coisa, mas Teddy interrompeu: "Ângela, não é uma crítica a ti, mas quando estamos juntos, espero que só penses em mim. Em nós."

Agora ele quer controlar os teus pensamentos.

Não me parece que seja isso que ele quer dizer.

"Desde que era pequena, a mãe teve de me criar sozinha."

"Eu sei disso, Angela. A Martha contou-me. Diz que muitas vezes foi uma má mãe. E, no entanto, tu preocupas-te com ela. Que curioso." Toma a mão dela na sua.

Tira os violinos.

Adormece de novo, segurando a mão dela.

Mais sesta é bom!

CAPÍTULO 32

NA MANHÃ SEGUINTE, HOUVE uma confusão à porta da casa da Martha. Buzinas a tocar. Pneus a chiar. Câmaras a piscar. Vozes altas.

Martha levantou o canto da persiana. Era o caos. Uma mulher trazia um cartaz que dizia: "Sai do nosso bairro, sua puta!"

"Ali está ela!", gritava alguém, enquanto as câmaras faziam cliques e piscavam.

"Chegou a casa!"

Martha foi à cozinha e fez uma chávena de chá. Enquanto bebia, Scamp sentou-se suficientemente perto para que ela pudesse fazer-lhe festas.

Liga para John MacGraw e deixa uma mensagem. "Não venhas hoje. Não venhas cá hoje. Fica escondido durante as próximas semanas. Os repórteres, sacanas, estão a rastejar por todo o lado. Não quero que sejas implicado. Liga-me quando puderes..." A mensagem terminou com um sinal sonoro. Martha voltou a colocar o telefone no lugar, esperando que ele ouvisse a mensagem antes da mulher.

Senta-se e passa os canais de televisão até ouvir bater à porta.

"Martha, sou eu, a Sophia."

Pelo buraco da fechadura, vê a vizinha, a Sra. Engle.

"Afasta-te, seu abutre!" Sophia gritou com os punhos no ar. "Esta mulher está na privacidade da sua própria casa. XÔ! Seus marginais! Vai atrás de uma ambulância ou assim!"

Martha abriu a porta. Um repórter gritou: "Porque é que o tipo do Attics-R-Us vinha cá tantas vezes? Encontraram a agenda dele, e ele visitava-te semanalmente".

"Não comento", disse Martha enquanto fechava a porta atrás da vizinha.

A Sra. Engle entrou. "Ufa! Preciso de uma chávena de chá, Martha, minha amiga".

"Mereces um. Acabo de fazer um para mim. E obrigada, Sophia."

"Não foi nada. Soube da tua pobre irmã. Aquelas víboras deviam deixar-te a sofrer em vez de criarem uma confusão por causa de coisas e disparates."

"Acho que é um dia de poucas notícias," disse Martha enquanto servia o café e oferecia açúcar e leite a Sophia.

Sophia acenou com as duas coisas. "Onde está a Ribby?

"Foi-se embora. Graças a Deus. Tem um novo emprego, fora da cidade.

"Ainda bem para a Ribby. Entretanto, tenho a certeza que outro acontecimento vai desviar a atenção deles de ti. Aqueles abutres podiam aprender uma coisa ou duas sobre boas maneiras!

"Podes crer que sim", disse Martha.

Sophia ligou para o 112.

Martha sorriu quando Sophia começou a falar.

"Sim, é a polícia?" Faz uma pausa. "Bem, é melhor virem todos para aqui ou vou ter de fazer justiça com as minhas próprias mãos. Não te preocupes. Repórteres por todo o lado. A pisar as minhas rosas. Perturba a paz. Não sei como se atrevem. Ok, sim, Sophia Engle, 44 Midas Lane. Estou presa na porta ao lado, 42 Midas Lane, está bem. Deixa estar. Está bem. Obrigado, senhor. Vejo-te depois. Louva o Senhor!"

Martha e Sophia esperaram que a polícia chegasse.

Não parecia tão mau agora que tinha alguém com ela.

CAPÍTULO 33

E RA MEIA-NOITE QUANDO A limusina parou em frente à mansão anglófona. Não estava totalmente escuro, e um leve brilho de algo parecido com uma vela emanava das janelas.

A casa abriu os braços e Ribby entrou, seguido por Stephen, que trazia a sua mala.

Teddy parou à entrada da porta, onde estava o seu criado.

O criado ajudou o patrão a tirar-lhe o casaco.

Quando ele olhou para Ribby, um arrepio percorreu-lhe a espinha. Ele sorriu, um sorriso pouco acolhedor. Um sorriso que ainda se assemelhava ao de alguém que tinha estado a chupar limões.

Deve ser o teu estado habitual.

Os seus lábios franzidos mudaram para um sorriso cheio de dentes quando o anglófono o encarou.

"Esta é a tua nova casa, Ângela. Sê bem-vinda!" disse Teddy, radiante. "Estêvão, larga a mala e podes ir. O carro precisa de uma limpeza, tanto por dentro como por fora."

"Sim, senhor", disse o Estêvão.

Estêvão faz uma vénia primeiro ao Teddy e depois ao Ribby e sai.

"Este é o meu criado, Tibbles. Conheceste-o no outro dia. É responsável por gerir a casa. Tibbles, Miss Angela. Espero que esteja tudo em ordem.

"Sim, senhor, está tudo pronto para a chegada da tua jovem", enquanto pega na mala de Ribby e se afasta.

Ribby, sem saber o que fazer, olha para Teddy em busca de orientação.

"Foi um dia longo e quero retirar-me, minha querida", disse Teddy, beijando-lhe a mão. "TIBBLES!", gritou ele. "Por favor, leva a menina Ângela ao seu quarto."

Tibbles esperou no cimo das escadas com a mala de Ribby.

Ribby subiu a escada em direção a Tibbles: "Não vais subir?"

Teddy ficou ao fundo das escadas, como Rhett Butler a observar Scarlett O'Hara.

"Não vais subir? Boa noite, meu anjo. Dorme bem."

Quando o anglófono estava fora do alcance dos ouvidos, Tibbles bufou. "Segue-me", disse ele, conduzindo-a pelo corredor. Algumas portas mais abaixo, abre a porta e faz Ribby entrar. Ele a seguiu e esperou por instruções.

Ribby viu as suas novas instalações. A tua nova casa. As flores enchiam todos os espaços disponíveis. Rosas. Centenas delas. Tudo no quarto era cor-de-rosa, bonito e belo.

"Espero que estejas satisfeito", disse Tibbles. Deixa cair o saco no chão.

"Sim, oh meu Deus, sim." Ela se virou e derrubou um vaso de botões que se espatifou no chão. Caiu de joelhos e começou a apanhar os cacos, pedindo desculpas.

"Eu apanho isso", disse Tibbles, empurrando-a para o lado e tirando uma pequena vassoura e uma pá de lixo de dentro do seu casaco. "Se não há mais nada, Miss Angela, posso retirar-me por esta noite?"

"Oh sim, obrigado e, muito obrigado. Por tudo."

Tibbles fez uma reverência e quase sorriu.

Talvez ele tenha gases.

Ribby riu-se.

Tibbles fechou a porta ao sair.

Depois de ele ter saído, Ribby abriu uma porta, que ela esperava que levasse à casa de banho. Era um closet. Abre outra porta; era um lavabo, mas não tinha casa de banho. Então, onde era a casa de banho?

"Tibbles?" Ribby chamou-o, mas ele já tinha saído. Acho que vou ter de esperar até de manhã.

Não há um sino ou qualquer coisa que possas tocar para o chamar de volta?

Não vejo nenhum.

Quando fores Rainha da Mansão, terás um instalado.

Sim, vais estar no topo da minha lista de prioridades.

A Ribby arrepiou-se na camisa de dormir. Ligou o cobertor elétrico e esforçou-se por não se sentir como uma princesa que tinha de fazer chichi.

A Ribby acordou a meio da noite com dores de lado a lado. Tinha de se levantar e ir à casa de banho, e quanto mais cedo melhor. Pisando o tapete de pele de urso ao lado da cama, estremeceu e procurou uma capa. Encontra uma presa a um gancho no armário. Serviu-lhe. Mais uma vez, o Teddy sabia os tamanhos das mulheres.

Pensa em tudo.

Sim, exceto dizer-me onde fica a casa de banho!

O Tibbles, cara de caca, devia ter feito isso.

Ribby abriu a porta e espreitou pelo corredor até à casa de banho. Cada passo que dava era doloroso.

Esse homem devia ser despedido.

Não, a culpa é minha - eu devia ter perguntado.

Ribby caminhou até ao fim do corredor. Começou a abrir as portas. A porta número um era um quarto de hóspedes. A porta número dois era o quarto de um rapaz, todo azul.

Mas que raio...?

Se calhar tem um filho? E deixaste o quarto dele como estava quando ele se mudou?

Sim, alguns pais fazem santuários para os seus filhos.

Na porta número três, a Ribby pôs os dedos à volta da maçaneta.

"Posso ajudar-te?"

Ribby virou-se para encontrar Tibbles, com a mão na anca, de camisa de dormir, boné e com uma vela. Parecia uma personagem de um romance de Charles Dickens.

"Desculpa incomodar-te, mas tenho de ir à casa de banho. Não sei onde fica."

Tibbles enrubesceu. "Segue-me." Ele levou-a de volta ao corredor, passando pela sua própria porta e, duas portas abaixo, à direita, para a casa de banho. "Vais ter mais alguma coisa esta noite, menina?"

"Não, não, Tibbles. Muito obrigada", disse Ribby enquanto entrava a correr e se dirigia para a casa de banho. Nunca se tinha sentido tão bem a urinar e reparou que a acústica da sala era muito alta. Teve vontade de dizer alguma coisa para ver se ecoava - mas decidiu não o fazer.

No entanto, a Ângela não resistiu e começou a cantar o refrão de "Like A Virgin", da Madonna. Esta acústica é espetacular!

Depois de terminar as suas abluções, olha à volta da casa de banho.

Uau, toalhas com "Angela" bordado nelas.

Como é que ele arranjou isso?

O criado deve estar a coser.

Parece muito...

Estás muito duro? Estável?

Sim, e sim.

O anglófono pensa em tudo, quero dizer, de forma assustadora.

Sim, ele é pensativo.

Não era isso que eu queria dizer. Esquece.

Ribby regressou ao seu quarto e voltou a dormir.

A Ângela estava a ficar aborrecida com a opinião do Ribby sobre tudo. Queria alguma excitação; tinha saudades das discotecas e de tudo o que as acompanhava.

Angela interrogava-se sobre Estêvão. Estaria ele solteiro? Será que gosta de se divertir?

Mas não queria estragar o concerto com o velhote.

Quando chegar a altura certa, tudo isto será meu!

Solta uma gargalhada sinistra!

CAPÍTULO 34

Na manhã seguinte, Ribby abre os olhos ao som de alguém a bater à sua porta. Antes que pudesse responder - parecia um déjà vu - a pessoa voltou a bater.

"Saio daqui a pouco", diz ela, enquanto atira as cobertas para trás, se estica e boceja.

"O Mestre Anglófono aguarda a tua presença, menina. Não gosta que o deixem à espera. Por favor, despacha-te".

"Farei o meu melhor", diz Ribby, e a mulher vai-se embora. Ribby tomou banho, prendeu o cabelo e ajeitou o rosto, apertando as bochechas. Voltou para o quarto e pegou na primeira coisa que conseguiu tirar do guarda-roupa. Era um fato de camurça que lhe assentava na perfeição. Desce as escadas.

"Bom dia, Teddy," disse Ribby, enquanto Tibbles abria caminho até à sala de jantar.

"Finalmente!", murmurou uma empregada.

Tibbles olhou para ela com os olhos quase saltando da cabeça, depois para o anglófono. Quando ele teve certeza de que o anglófono não a tinha ouvido, ela foi dispensada.

"Sim, bem, Angela, senta-te e desfruta do primeiro de muitos pequenos-almoços que vamos partilhar nesta casa como casal. Dormiste bem? Sei que o Tibbles te ajudou às duas da manhã?" Teddy bateu palmas. Os empregados começaram a servir-te.

"Uh, sim," disse Ribby, ficando escarlate. Olha para o Tibbles. Olha para os seus sapatos.

"Tibbles foi repreendido por negligenciar os seus deveres. Não voltará a acontecer."

"Peço desculpa, Miss Angela", disse Tibbles, fazendo uma vénia a Teddy e depois a Angela.

"A culpa não foi dele. Eu devia ter perguntado."

"Garanto-te que a culpa é sempre de quem ajuda. Quando és patrão, nunca devias ter de pedir."

Ribby concentra-se na comida. A empregada veio ter com ela e ofereceu-se para deitar natas nas papas de aveia. Ribby agradece-lhe. "Acho que não nos conhecemos..." Diz Ribby à empregada, que se afasta e tapa a cara. Ribby olhou na direção de Teddy. O teu lábio superior tremeu. Percebeu que tinha cometido um erro.

"Sra. Haberdash, apresento-te a Menina Angela", disse Teddy num tom sarcástico. "Agora deixa-nos tomar o pequeno-almoço em paz. Não quero que andes por aqui. É mau para a digestão!"

"Senhor?" perguntou Tibbles.

"Sim, refiro-me a ti também. Eu aviso-te se precisarmos de alguma coisa."

"Sim, Sr. Anglófono, Senhor."

É tudo tão formal aqui, dá-me arrepios.

Sim. Parecem assustados.

O Teddy é que manda bem.

O Tibbles é mais assustador.

O anglófono deve pagar-lhes bem.

Ribby olhou para cima, apercebendo-se de que Teddy estava a falar.

"...Não tenhas medo de fazer sugestões para o futuro, para que possas fazer da biblioteca a tua própria biblioteca."

"Teddy, antes de dizeres mais alguma coisa, quero agradecer-te."

O Teddy sorriu e encheu o peito.

"Tu, meu anjo, és tudo e muito mais. Quero dar-te o que é meu. Tudo o que desejares, eu dar-te-ei. Tudo o que tens de fazer é pedir."

Ribby levantou-se e deu um beijo no topo da cabeça de Teddy. Ela abraça-o. Ele encoraja-a a sentar-se no seu joelho. Beijaram-se. Olharam nos olhos um do outro.

Arranja um quarto! Quero dizer, os criados podem voltar a qualquer momento!

Teddy levantou-se e colocou as mãos nas faces de Ribby. Olha-a fixamente nos olhos, e ela nos dele. Leva-a pela mão.

Estou a vomitar aqui.

Ao longo do corredor, até ao coração da entrada, sobe as escadas.

Pára com isso, Rib! Ainda é muito cedo para te deixares levar.

Não respondes.

Ribby, estás a ouvir-me? Ele hipnotizou-te ou está a controlar-te. Ribby! Ouve-me. Volta para mim!

A Angela tentou assumir o controlo. Desvia o olhar. Quebrar o vínculo era tudo o que ela precisava de fazer, mas não conseguiu.

Gritou o nome de Ribby uma e outra e outra vez.

Mesmo assim, não responde.

CAPÍTULO 35

O S TÍTULOS GRITAVAM: "UM bordel no meio de nós". Martha pegou no jornal que estava à porta e atirou-o diretamente para o lixo.

Volta a pegar nele e, contra o seu bom senso, lê o artigo. Martha Balustrade, 62 anos, geria um bordel perto da baixa da cidade. (Foto na página 3).

Martha vira a foto. Fica ofegante. Tinham usado a foto do teu casamento. Sente-se traída. Uma lágrima escorreu-lhe pela face enquanto rasgava o papel em pedacinhos.

Martha sentiu cada centímetro de espaço vazio, como se a sua casa já não fosse a sua casa. Tinha tirado o telefone do gancho e recusava-se a ligar a televisão com medo do que se dizia sobre ela. Desejava nunca ter saído da cama, mas precisava de subir ao sótão.

Sobe a escada. No canto, enterrada debaixo de cobertores, teias de aranha e parafernálias diversas, estava uma cómoda com cadeado que continha documentos privados.

Martha começou a retirar os papéis da cómoda um a um, parando de vez em quando para ler. Lá estava ele. Abre o livro e desdobra o documento que está lá dentro: A certidão de nascimento do Ribby. Fecha o livro e vira-o. Durante alguns segundos, olha para a imagem no verso. Volta a desdobrar o documento, coloca-o de novo dentro do livro e coloca-o na pilha do "lixo".

Quando a noite caiu, Marta desceu, carregando o máximo que podia. Volta a subir e enche os braços, tendo o cuidado de manter duas pilhas separadas. Depois de várias subidas e descidas de escadas, tinha todos os documentos consigo. Tencionava ler a pilha dos "guardados" mais detalhadamente com um ou dois whiskys. A outra pilha seria destruída.

Coloca a pilha dos "descartes" no sofá perto da lareira e a pilha dos "guardados" no fundo.

Em cima da pilha do lixo estava o livro com a certidão de nascimento do Ribby. Dá uma olhadela rápida. Olha para o espaço em branco onde deveria estar o nome do pai de Ribby.

Martha dirigiu-se para a lareira e acendeu os troncos. Atira a certidão de nascimento do Ribby para dentro da lareira e depois abre a chaminé. O vento desceu imediatamente, fazendo com que os papéis no sofá tremessem e se agitassem. Pega no livro e atira-o para o fogo. Vê-o incendiar-se e depois atira-o para o resto da pilha do "lixo".

Quando o lote se foi, Martha observou o sol nascente a despontar sobre as colinas. O verde do relvado contrastava com o vermelho arroxeado do nascer do sol. Os seus olhos desviaram-se para uma pequena sombra em frente à porta. Não vê ninguém e pergunta-se o que será.

Vai até à porta e espreita pelo buraco da porta. Tem a certeza de que é uma garrafa de qualquer coisa. Queres leite? Não, o leiteiro já não vinha a esta zona há uma década ou mais. No final, a sua curiosidade levou a melhor e abriu a porta. Era uma garrafa de vinho espumante, com um bilhete que dizia: "Um brinde a ti, com todo o meu amor".

Tinha de ser do João. Ele deve ter passado por cá quando ela estava no sótão. Pega no telefone para lhe agradecer, mas só tem o atendedor de chamadas. Desta vez, desliga o telefone sem deixar mensagem.

Martha serviu-se de um copo e, ao mesmo tempo, tomou alguns comprimidos para dormir. Continua a beber o vinho e os comprimidos até as duas garrafas estarem vazias. Depois, voltou ao Jack Daniels e bebeu-o.

Entra e sai do sono.

Uma faísca na lareira ligou-se à borda da pilha de "guardar". Em breve a pilha estava a arder. Depois o sofá.

Martha continuou a dormir.

A Sra. Engel chamou os bombeiros.

A Martha tinha tido o cuidado de manter as pilhas separadas. No final, ambas acabaram no mesmo sítio.

CAPÍTULO 36

O TEDDY CONDUZIU A Angela ao longo do corredor.

Ribby, o que estás a fazer? É demasiado cedo. Estás a dormir? Acorda! Acorda!

O Teddy parou de andar e abriu uma porta.

Não era isto que eu esperava.

Nem a mim!

Finalmente, acordaste! Deixaste-me mesmo preocupado.

O que te aconteceu? O que é que te aconteceu? O que é que eu perdi?

Não me ouviste a chamar-te?

Não, mas ouvi o oceano.

Ele deve ter-te feito alguma coisa.

Não me parece.

Ela cambaleou para a frente, esperando ver um boudoir luxuoso, quando na verdade o que tinha diante de si não era nada disso. Em sua casa, ele tinha criado uma réplica exacta da biblioteca.

"É para ti", disse Teddy, enquanto beijava a mão de Ribby. Fica a observá-la enquanto ela absorve tudo. "Este é o teu santuário, o teu lugar especial,

Ângela, e ninguém terá a chave a não ser tu. Vem aqui para acalmar os teus pensamentos. Para fugires do mundo. De mim, se quiseres. Vem aqui para escrever, pintar, o que o teu coração desejar. Vem aqui muitas vezes. Conhece todos os livros - lê tudo - porque eu já os li todos - e teremos muito que conversar. Um dia, vamos viajar e ver todos os lugares sobre os quais lês nestes livros. Quero mostrar-te tudo".

Ribby correu para ele e beijou-o. Nunca ninguém tinha sido tão atencioso, tão maravilhoso, para ela.

Acalma-te, Ribby. Abranda!

Pega no rosto dela com as mãos e beija-a apaixonadamente.

Os joelhos de Ribby dobraram-se.

Tibbles limpou a garganta.   "Desculpa-me, Senhor."

Graças a Deus pelo Tibbles! O Ribby abandonou o edifício. Deixa-te disso, Rib.

"O que é que se passa?" Disse o Teddy, com uma pancada no pé.

"Um assunto de grande importância, senhor." A voz de Tibbles tremeu. Mantém os olhos baixados para o chão.

"Agora não, Tibbles. Guarda isso debaixo do chapéu, velhote, que eu já vou sair", disse Teddy, acariciando as costas de Ribby.

"Mas, Senhor..."

"Muito bem, então", gritou Teddy, baixando as mãos para o lado e deixando Ribby sozinho.

Ribby sentiu-se quente, segura e feliz enquanto olhava para os livros da sua própria biblioteca. Belisca-se para ver se não está a sonhar.

Não percebo. Porque é que tens aqui uma réplica exacta da outra biblioteca?

É muito atencioso, não achas?

Acho que significa que ele te quer aqui, não lá.

Não posso ser bibliotecário-chefe aqui. Não há clientes. Ela tremeu.

Sim, nada disto faz sentido.

A outra biblioteca tinha um bom pressentimento. Parece que está frio aqui.

Há um termóstato na parede, talvez esteja mais fresco porque alguns dos livros são frágeis, talvez até antigos? Olha para aquela prateleira ali. Olha para aquela prateleira ali. As encadernações parecem autênticas. Espera um minuto, acabei de me aperceber... é esta a biblioteca do sonho?

Uma batida inesperada na porta fê-la dar um salto. Levanta-se e abre a porta para encontrar Tibbles com um ar grave no rosto.

"O meu mestre teve de sair de casa para tratar de um assunto urgente. Só regressa amanhã. Estamos à tua disposição". Faz uma vénia baixa.

"Por enquanto estou bem, obrigada, Tibbles. Ela fechou a porta e voltou a ler.

CAPÍTULO 37

"QUANDO FOI A ÚLTIMA vez que a viste?" O anglófono ladrou enquanto Stephen se afastava da mansão.

"Sexta-feira. Eu estive lá na sexta-feira. Ela estava perturbada, mas nunca pensei que ela fizesse isto!" disse Estêvão, cravando os dedos no volante.

"Ela é uma mulher tola", disse o anglófono enquanto o seu punho batia no apoio de braço.

A última coisa que Stephen queria era falar com ele. Mas não tinha alternativa, uma vez que o "Teddy" estava a pagar as contas do hospital onde a sua mãe estava internada. A mãe de Estêvão tinha mudado para sempre um dia na biblioteca da Anglófona. Quase morreu. Agora, era uma casca da mãe que ele tinha conhecido.

Enquanto conduzia, Estêvão lembrava-se da mãe a contar-lhe como ela e o futuro de Teddy se tinham entrelaçado. Apesar de ter entrado em casa dos Anglófonos como um bebé, Estêvão nunca foi tratado como família. Claro, tinha um quarto bonito com tudo azul, mas um rapaz precisava de mais.

Estêvão tinha sido uma criança solitária. Uma criança que ansiava por uma figura paternal. O anglófono fechou-se ao seu enteado. Na verdade, saía do quarto sempre que Estêvão entrava. Estêvão sentia-se como um espinho no lado do homem e nada mais.

Limpou uma lágrima da face enquanto conduzia cada vez mais perto do hospital psiquiátrico. A enfermeira Beemer disse-lhe que a mãe tinha engolido um frasco de comprimidos. Quando ele perguntou onde é que ela os tinha arranjado, não tinham a certeza. Não interessa. O que importava era que a tua mãe estava inconsciente. O seu estômago estava a ser bombeado. O seu futuro era mais incerto do que nunca. Iria viver ou morrer?

"Mulher estúpida", murmurou o anglófono. "Mulher estúpida, mulher estúpida."

$$***$$

D EPOIS DE ESTÊVÃO TER aberto a porta a Anglófono, este correu para a frente. Queria encontrar a mãe; precisava de a encontrar imediatamente. Conseguia ouvir o Velho Pé-de-Chumbo a andar de um lado para o outro. Nunca conseguiu perceber como é que a mãe se tinha apaixonado por ele. Mas agora não era altura para isso.

Stephen aproximou-se da enfermeira. "A minha mãe? Onde é que ela está? Como é que ela está?"

"Está fora de perigo, mas foi por pouco, Sr. Franklin. Quarto 208. Ao fundo do corredor, à esquerda." A enfermeira soltou a campainha.

Stephen entrou. Estava decidido a falar com a mãe a sós. Começa a correr.

O anglófono seguiu-lhe os passos.

A sua mãe jazia inconsciente, abraçada à roupa de cama. Tubos e fios estendiam-se do seu peito e braços, conduzindo a uma série de máquinas.

Estêvão beijou-a na testa, sentou-se e pegou na sua mão mole. As máquinas zumbiam e apitavam.

"Parece estar bem," disse o anglófono por detrás do ombro esquerdo de Estêvão.

"Agora levanta-te e deixa um velho ficar com a cadeira. E traz-me uma chávena de café", acrescentou, atirando a Stephen algumas notas. "E umas flores para a tua mãe, bonitas, num vaso."

Estêvão fez o que lhe foi pedido.

Uma coisa que estar rodeado de anglófonos todos os dias durante tantos anos fazia a um homem era fazê-lo aprender a conter a língua.

✳ ✳ ✳

"ROSEMARY, CONSEGUES OUVIR-ME?" TEDDY sussurrou para a mulher na cama. "Rosemary, é o Teddy."

A mulher não se alterou nem se mexeu. Teddy lembra-se do dia em que se conheceram. Ela tinha sido tão vibrante, tão viva. Há apenas algumas semanas, ela tinha festejado o seu aniversário. Ele tinha-lhe enviado narcisos, os seus preferidos.

Felizmente, Rosemary disse que não se lembrava de quase nada da altura do acidente. A notícia da sua morte chegou à Internet. Durante o caos mediático, o Anglófono pediu ao seu amigo, o médico legista, que enviasse um carro para a levar embora. Para este lugar, onde ela pôde curar-se com o tempo.

"Agora, assim, ela não está realmente viva", murmura Teddy para si próprio, enquanto passos se aproximam. O Estêvão estava a regressar. Teddy ainda nem sequer tinha falado com a sua mulher. Pois sim, já que ela não estava morta - Teddy ainda era um homem casado. Metade de tudo o que possuía pertencia à mulher inconsciente e sua herdeira.

"Como é que ela está?" Estêvão ajoelhou-se junto à cama da mãe e voltou a pegar-lhe na mão.

"Respira, mas não por vontade própria. Já é altura de falarmos sobre deixá-la partir em paz."

"Mas não podes. Ela é minha mãe, e eu não te vou deixar."

"Fala mais baixo. Tu, imbecil impertinente!" gritou Teddy.

A Rosemary abriu os olhos. Abre a boca.

"Ela está a tentar falar!" As lágrimas corriam pelas faces do Estêvão. "Mãe, estou aqui, é o Estêvão. O teu filho Estêvão. Se me consegues ouvir, aperta a minha mão."

Ele esperou, sustendo a respiração, mas ela nunca lhe apertou a mão.

Em vez disso, aperta a mão do Teddy.

CAPÍTULO 38

D E VOLTA A CASA, Ribby sente-se só. Queria visitar a biblioteca, mas não tinha a chave. Pensou em perguntar a Tibbles se ele tinha um exemplar algures - mas decidiu não o fazer.

Ribby pegou no telefone que estava na entrada, planeando ligar a Martha.

Tibbles apareceu do nada. "Posso ajudar-te, menina?"

"Sim. Queria ligar à minha mãe e parece que perdi o meu telemóvel."

"Não podes fazer chamadas durante o teu período de adaptação, menina."

"Mas porquê?"

Estás a manter-nos prisioneiros?

"Estou a seguir as instruções do meu mestre. Agora, se não há mais nada..."

"Bem, há outra coisa. Queria uma chave da biblioteca ao fundo da rua, para poder ir dar outra vista de olhos."

"Não há nenhuma chave para ti, menina. Podes ir dar um passeio ou usufruir das instalações da casa, como a tua biblioteca pessoal. O spa é relaxante, se quiseres que te mostre onde fica."

"Não, obrigada. Vou esperar que o Teddy, er, o Sr. Anglófono regresse."

"Vinha falar contigo por causa do Sr. Anglófono. Ficou retido mais um dia. Tenho instruções para que te sintas em casa. Avisa-me se houver mais alguma coisa, menina."

"Nesse caso, vou dar um passeio. A que distância fica a aldeia mais próxima?"

Tibbles aproximou-se de Ribby, inclinou-se e sussurrou. "É demasiado longe para ir a pé, menina, e receio que o carro e o motorista estejam com o Sr. Anglófono. Explora a zona do jardim e diz-nos quando queres jantar." Afasta-se.

"Obrigada", murmurou Ribby. Ela virou-se e lutou contra a vontade de dar um pontapé em alguma coisa. Em vez disso, sai pela porta.

Tenho saudades da tua mãe.

E olha que estamos melhor sem aquela bruxa! Olha para o sítio onde estamos a viver e, se jogarmos bem as nossas cartas, podemos fazer alguma coisa por aqui. Apesar de ser um pouco estranho, o Teddy gosta muito de ti. Tudo o que tens de fazer é alinhar, até descobrirmos qual é o jogo dele.

O que queres dizer com o jogo dele? Quer que eu seja a sua companheira. Ele é extremamente doce. Podia apaixonar-me por ele. Se parasses de fazer insinuações. Porque é que estás tão desconfiada?

É um pressentimento. Como se ele já tivesse feito este tipo de coisas antes.

Ele é tão doce e terno.

Ele gosta de ti. Mesmo assim, depois do que aconteceu antes de ele te mostrar a réplica da biblioteca, sabes, quando estavas fora dela? Fica atenta. Doma-o. Faz com que ele vá devagar. Mantém-no à espera. Adivinha.

O teu toque é muito suave.

Depois de explorar um pouco, Ribby olhou para a frente e só havia água. Atrás dela, a casa do Teddy. Depois, nada por quilómetros e quilómetros.

Ela estava a pensar em algumas ideias para coisas que gostaria de introduzir na biblioteca. Como um clube infantil. Um sítio onde as crianças pudessem ir ao sábado de manhã. Para ouvir histórias lidas para eles, para jogar jogos. Seria um espaço seguro, onde os pais poderiam fazer uma pausa. Sim, essa era a tua melhor ideia até agora! Também queria falar com o Teddy sobre retomar as suas actuações no hospital local. Tinha saudades de todos os seus filhos e perguntava-se como estariam. A sua vida tinha mudado tanto e sentia-se um pouco sobrecarregada com isso.

É apenas o começo, pensou Ribby enquanto a névoa das ondas lhe beijava o rosto.

Um carro entrou na avenida e passou por ela a toda a velocidade.

Quem será que é?

Era uma mulher.

Sim. Visita o Tibbles quando o patrão está fora. Interessante.

Pode não ser nada, mas também não é. Se ele estiver a tramar alguma coisa, o Teddy vai querer saber.

Seria divertido descobrir.

Anda lá!

CAPÍTULO 39

O INFERNO TINHA-SE SOLTADO. Depois de a mãe de Stephen ter apertado a mão de Teddy, ele apertou-a também. Pensou que o estava a fazer discretamente até que o doente disse: "Teddy, pára com isso, raios, estás a magoar-me!"

"Mãe, oh, mãe, estás acordada. É melhor chamar alguém aqui." Carrega no botão do intercomunicador. "Enfermeira, enfermeira, vem ao quarto 208! Por favor!" Estêvão limpou as lágrimas e beijou a mãe em ambas as faces.

"Pára de me babar em cima, rapaz", disse a mãe do Estêvão, olhando para ele. "Não sei quem tu és. Teddy, diz-lhe para se ir embora para podermos ficar sozinhos. Leva-o daqui para fora!"

A negação dela atravessou-o. "Mas, mãe, sou eu, o Stephen, o teu filho." Ele tocou-lhe na mão, deixou cair algo dentro dela. "Deste-me este medalhão de São Cristóvão. Vês? Tem o teu nome, mãe. Lê-o."

Ela olhou para a peça de joalharia e leu em voz alta: "Para o Stephen com amor da mãe. Hmmfff. Bem, não me lembro de ti. Leva-o daqui para fora, Teddy!"

Stephen saiu, lutando contra a vontade de bater com os punhos contra as paredes do hospital.

CAPÍTULO 40

R IBBY SUBIU OS DEGRAUS *a correr.*

Abre as portas. Vê as costas largas de uma mulher com uma saia comprida com estampado de girassóis. A peça de roupa roçava o chão enquanto ela caminhava atrás de Tibbles. Um grande chapéu de abas largas e uma blusa de mangas compridas de cor jade com punhos esvoaçantes completavam seu conjunto. Embora estivesse atrás de Tibbles, ela parecia estar conduzindo a conversa.

Vamos embora daqui. Ela parece mais aborrecida do que o Tibbles.

Não, o Teddy disse-me para me sentir em casa. Por isso, apresentares-te, para além de verificares e dares as boas-vindas aos recém-chegados, seria apropriado.

Isso é trabalho do Tibbles.

Ribby decidiu interromper; para chamar a atenção deles, gritou: "Olá!"

Os dois viraram-se na sua direção, Tibbles com um olhar atravessado e a mulher de boca aberta, pois estava a meio de uma frase.

Ribby apressou-se a ir até onde eles estavam a olhar. Estendendo a mão à nova hóspede, disse: "Chamo-me Angela. E tu és?

A mulher fechou a boca e olhou na direção de Tibbles.

"Ah, senhorita Angela. Voltaste", disse Tibbles. "Espero que tenhas gostado do teu passeio?" Ele não esperou pela resposta e nem tentou apresentar as duas mulheres. "O almoço é servido na biblioteca. Estou sob ordens estritas do Sr. Anglófono para cuidar dos seus convidados. Desfruta do teu almoço. Se precisares de mais alguma coisa, avisa-nos."

Tibbles, com a mão nas costas da mulher, conduziu-a pelo corredor e entrou no seu gabinete. A porta fechou-se com um clique.

Olha! É tão mandão e sabe tudo.

Porque é que havíamos de querer passar tempo com ela? Parece que ela é capaz de transformar qualquer pessoa em pedra! Ou de os aborrecer até à morte.

Provavelmente tens razão.

Vamos ver o que há na ementa para o almoço.

Dirige-se à biblioteca. Levanta a tampa de prata e encontra uma sanduíche de lagosta, cheia de maionese. Uma garrafa de champanhe estava a arrefecer.

Ribby comeu, examinando os livros enquanto comia. Um volume chamou-lhe a atenção. "Feitiçaria através da Idade das Trevas". Ribby pegou nele.

Sentiste isto?

Senti, sim. Respira. O Ribby virou as páginas. Está cheio de magia negra. Feitiços e encantamentos. As páginas são muito frágeis. A maior parte das imagens são desenhadas à mão.

Acho que o papel é feito de pele.

Não é pele humana?

Não te posso dizer com certeza que sim, mas é possível. A tinta nas páginas pode ser sangue.

Sangue humano? Ewwww.

Acho que devias pô-lo no sítio.

Já vi muitos livros velhos antes, mas nenhum como este. Faz as minhas mãos tremerem. Além disso, é apenas um livro. Qual é o mal?

Dá-me arrepios.

CAPÍTULO 41

"**E**STOU AQUI PARA TI, minha querida Rose", sussurrou Teddy, segurando-lhe a mão.

"Deixa-te de tretas", disse a Rosemary. "O meu rapaz está fora do alcance dos teus ouvidos."

Teddy riu-se. "Ah, estou contente por te ter de volta. Por favor, continua.

"Começa pelo princípio, Teddy," disse a Rosemary. Inclina-se para mais perto dele. "Quero sair daqui, hoje, amanhã - em breve. Cumpri os teus desejos, pelo bem do nosso filho. Deixei que me drogassem, que me anestesiassem - que fizessem tudo, exceto uma lobotomia - para manter o meu filho seguro e bem, e agora chegou a altura. O Stephen já é um homem e precisa de saber quem é o pai dele e porque é que nunca lhe contámos."

"Rose, o nosso acordo é que o nosso filho receba cinquenta por cento de tudo. Com uma condição. A condição é que ele nunca descubra que eu sou o seu pai biológico", disse Teddy. A sua voz terminou com uma aspereza quase como um latido. "Depois do incidente na biblioteca, concordaste em ir embora.

Deixar-me seguir com a minha vida - em paz - desde que o teu filho, o nosso filho, fosse bem tratado. Eu cumpri a minha parte do acordo e tu... tu não tens escolha a não ser cumprir a tua. Caso contrário, a minha oferta será cancelada. Está no meu testamento. Se ele descobrir, não recebe nada. NADA!"

Uma enfermeira que passava à porta do quarto disse. "Shhhhhhhh."

"Oh, desculpa", disse o Teddy.

Rosemary sussurrou: "Eu concordei, mas não posso viver aqui, neste hospital... nesta prisão. Ser vigiada vinte e quatro e sete horas - como um animal enjaulado. Quero que o nosso filho tenha o que merece, mas mata-me cada vez que lhe digo que não sei quem ele é. Dói a uma mãe ver o seu filho a sofrer."

O anglófono entrega-lhe o seu lenço.

E continua: "É a única maneira de poder falar contigo a sós. Para continuares com este ardil, estou farta. Quero ter uma vida própria. Caso contrário, enterra-me aqui e agora para que ele não tenha de vir ter comigo. Não aguento mais! Não aguento mais viver assim." A Rosemary levantou as mãos para tapar a cara.

"Então, foi por isso que engoliste aqueles comprimidos, para livrares o mundo de ti! É pena que não tenhas sido bem sucedida. É pena."

"Sim, é pena. Teria ficado feliz por nunca mais te ver."

O anglófono levanta-se. "Vou-me embora e deixo-te com isso." Vira as costas à sua antiga mulher e amante e dirige-se para a porta.

"Se fores agora, eu digo-lhe. Eu conto-lhe."

"E fazes com que ele perca tudo?" Ele voltou para junto da cama dela. "Não lhe vais contar. Já sacrificaste demasiado." Ele hesitou, batendo com o dedo ossudo no queixo. "Vou pedir à enfermeira que te leve a passear todos os dias, para apanhares um pouco de ar fresco, se isso ajudar. E livros. Posso mandar-te livros. Faz uma lista. A minha biblioteca é a tua biblioteca".

"Obrigada, Teddy. Obrigado a ti. Sim, manda-me os últimos romances. Revistas. Fofocas. Até jornais. Aqui não nos deixam ver as notícias... nem sequer sei em que ano estamos."

"É 2016. Vamos manter-te na nossa corrente aqui, mas vamos afrouxar a coleira. Vê lá se não fazes outra cena com uma tentativa de suicídio. Eu cumpro a minha parte do acordo se tu cumprires a tua. Por agora, boa noite, minha Rose. Não voltarei a ver-te. Trato de te arranjar tudo o que precisas se enviares uma carta ao Tibbles com a indicação de confidencial."

"Obrigada, Teddy. Obrigada, Teddy. Obrigada a ti", disse Rosemary. As portas giratórias fizeram ouvir a saída de Teddy e, momentos depois, o regresso de Stephen.

"Estás bem, mãe?" perguntou Stephen, aproximando-se da cama dela.

"Sinto-me um pouco melhor. Desculpa ter-te assustado como o fiz. Claro, eu conheço-te. Tu és o Estêvão, o meu filho".

"Se não me conhecesses, nunca mais, eu...

"Cala-te agora. Foi um lapso induzido por drogas. Ainda estou a recuperar."

"Sim. Vês as coisas de forma diferente à luz do dia?"

"Vejo, Stephen, vejo, e vou esforçar-me por ficar bom para poder sair daqui. Vou começar a ler outra vez. Talvez até volte a escrever. Um dia vão deixar-me sair daqui. Podes mostrar-me a tua vida".

"Para ficares melhor, mãe, tens de falar sobre o que aconteceu. "Para ficares melhor, mãe, tens de falar sobre o que aconteceu. Na biblioteca."

"Stephen. Estêvão. Estêvão. Stephen", Rosemary continuou a dizer o seu nome vezes sem conta. Estêvão abanou-a, mas ela desapareceu.

F OI DIFÍCIL PARA Estêvão concentrar-se mais tarde.

Na sua mente, a mãe repetia o seu nome. Estêvão. Estêvão. Estêvão. Agora ouvia-a sempre a dizer isso. Todas as noites. Todos os dias.

Ela chamava o seu nome e nunca sabia que ele tentava responder.

CAPÍTULO 42

*R*IBBY SENTOU-SE DE PERNAS cruzadas no chão da biblioteca. Outro livro chamou-lhe a atenção: *Tudo o que sempre quiseste saber sobre magia negra (mas tinhas medo de perguntar)*. Ri-se do título e da silhueta de um homem na contracapa.

Mas que parvo.

O que será que o anglófono está a fazer com estes livros estranhos?

Diz que esta é a minha biblioteca.

Sim, isso também é estranho. Porque é que ele os colocaria na tua biblioteca.

Há muitos livros aqui, não é como se ele pudesse saber quais se destacariam, me fariam querer olhar para dentro.

Sentiste-te atraído por aqueles dois, imediatamente. Quase como se estivessem iluminados.

Ah, estás a dar demasiada importância a isto. Ouve apenas:

Tu, também, podes tornar-te um perito em Hexing. Tudo o que precisas de fazer é perseverar. Primeiro, escolhe um sujeito em quem queiras colocar um feitiço.

Nota: os feitiços são coisas negativas. Não coloques um feitiço em alguém que amas (a não ser que seja uma relação de amor/ódio ou que te divirtas a ver alguém de quem gostas a sofrer).

Quando tiveres escolhido o teu sujeito, começa a recolher os seus artefactos pessoais. O cabelo de um pente ou escova, ou de uma almofada. As unhas das mãos. Unhas dos pés. (Nota: deita-as fora, por favor!) Anéis. Relógios. Não sejas óbvio. Lembra-te de os esconder num local seguro.

Nota especial: Pratica em frente a um espelho a tua resposta quando te perguntarem: "Viste o meu relógio?" Especialmente se não fores um bom mentiroso. Tem sempre uma resposta preparada. Um álibi. Prepara-te para lançar suspeitas.

Ribby tentou servir-te outro copo de champanhe: a garrafa estava vazia.

Introduz o dedo indicador na página onde tinha parado. A casa estava silenciosa, quase demasiado silenciosa para o seu gosto. Subiu as escadas como uma criança malcriada e meteu-se na cama completamente vestida.

Que peso leve.

✳ ✳ ✳

"ACORDA, RIBBY. ACORDA, RIBBY. É o Stephen. Acorda."

Ribby cobriu-se, esperando encontrar Estêvão, mas ele não estava lá.

Era um sonho. Tem pena.

A cabeça dela latejava. O suor escorreu-lhe da testa para a capa do livro. Com as pernas vacilantes, carregou-o pelo corredor até à casa de banho. A nódoa já se tinha fixado. Usa uma toalha de rosto para a limpar.

Puxa do secador de cabelo e concentra-se na zona húmida. Volta para o quarto e coloca o livro em cima da mesinha de cabeceira para secar.

Agora que já não tinha nada em que se concentrar, a náusea aumentou e fê-la balançar de um lado para o outro. Respira fundo, tentando lutar contra a vontade de vomitar, mas não consegue. Correu pelo corredor, conseguindo chegar a tempo. Sentiu-se um pouco melhor quando lavou a boca e escovou os dentes.

Como a cabeça ainda lhe latejava, voltou para o quarto. Volta a deitar-se na cama e puxa os cobertores para cima da cabeça.

CAPÍTULO 43

COMO NÃO CONSEGUE DORMIR na suite do motel, o anglófono fica obcecado com Ângela. Tinha muito que fazer e o tempo estava a passar. Primeiro, tinha de a anunciar ao mundo, como a sua nova bibliotecária e como a sua futura esposa. Ela já estava sob o seu feitiço, era fácil de conquistar e a sua necessidade por ela crescia diariamente.

Durante anos procurara uma parceira adequada: um anjo da terra. A sua Ângela encaixava no perfil. O seu altruísmo com as crianças do hospital, a sua ingenuidade em relação aos homens. Para não falar que era, sem dúvida, uma virgem de trinta e cinco anos. Praticamente inédita nos dias de hoje. Uma candidata perfeita para estudar para o seu novo livro. E, no entanto, depois de se casarem, depois... perguntava-se se ela não seria como todas as outras.

Ligou a televisão e passou o resto da noite a ver repetições de *Supernatural*.

CAPÍTULO 44

NA MANHã SEGUINTE, O bip do Stephen tocou. O Sr. Anglófono estava a chamá-lo. Estêvão ignorou um sinal sonoro, mas depois ouviu dois sinais sonoros longos e, finalmente, mais três sinais sonoros. Sabia por experiência própria que deixar o Sr. Anglófono à espera não era aconselhável.

"Apita!" O Sr. Anglófono estava a perder a paciência.

Estêvão gemeu. Não podia dar-se ao luxo de perder o emprego e tudo o resto.

"Oh, está bem", gritou Estêvão enquanto fechava a porta do motel atrás de si. Ao dobrar a esquina, encontra o Anglófono à sua espera ao lado da limusina.

"Senhor, desculpa ter-te feito esperar, senhor", disse Stephen.

"Despacha-te, não consegui dormir neste maldito motel e quero ir para casa dormir na minha própria cama. Anda lá. Não há mais nada que possamos fazer pela tua mãe."

Estêvão abre a porta ao anglófono. Espera que ele ponha o cinto de segurança, depois volta para o lugar do condutor. Liga o carro e arranca. Olha para o Anglófono pelo espelho retrovisor. "Telefonei para o hospital há uns momentos, a mãe parece estar a melhorar. Disseram-me que ela dormiu bem e que tomou o pequeno-almoço."

"Ela está a ser muito bem tratada", disse Teddy.

"Obrigado por ti."

"Não tens de quê, Stephen."

CAPÍTULO 45

P ASSARAM-SE SEMANAS QUE SE transformaram em meses.

O anglófono está ausente a maior parte do tempo. Quando ele e Ribby estavam juntos, ela pedia-lhe coisas, coisas que achava que iriam tornar a sua existência mais gratificante.

"Gostava de aprender a conduzir", pedia durante o jantar.

O anglófono limpava o canto da boca com um guardanapo. "Mas já tens um motorista à tua disposição.

"Ele está fora contigo a maior parte do tempo", faz beicinho.

Não lhe perguntes, diz-lhe. Diz que estamos aborrecidos. Diz que...

"Deixa-me pensar nisso", respondia ele. Nunca o faz.

Durante o dia, Ribby passava a maior parte do tempo na biblioteca. Mudava as coisas de lugar, reorganizava-as. Mas era um lugar calmo e solitário. Havia algo que a fazia sentir-se ainda mais só. Era demasiado calmo e ela ansiava pelos sons suaves da fonte de água em Toronto.

O Ribby não disse mais nada sobre aprender a conduzir. Da próxima vez que ele voltasse, ela tinha outros pedidos em mente.

"Gostava de encomendar algumas coisas para a biblioteca. Quero dizer, para a biblioteca principal", pergunta.

"O que quiseres", responde o anglófono.

"Quero comprar um computador, um portátil...".

"Não precisas. Podes usar o computador do gabinete do Tibbles." Toma um gole do seu café. "TIBBLES!" O teu criado chegou. "Deixa a menina Angela usar o computador do teu escritório sempre que quiser encomendar coisas para as bibliotecas."

"Sim, senhor", respondeu Tibbles. Olha de relance para Ribby, faz uma vénia e sai.

No dia seguinte, Ribby pediu para usar o computador e foi conduzido ao escritório de Tibbles. Ele ficou atrás dela o tempo todo e ela teve dificuldade em concentrar-se, quanto mais em pedir alguma coisa. No final, desiste da ideia.

Noutra ocasião, ao jantar, "gostava de reservar o carro para me levar ao Hospital Simcoe, para poder visitar as crianças doentes".

"É um hospital tão pequeno, nada parecido com o que estás habituada. Além disso, tens a biblioteca e as tuas responsabilidades vão aumentar à medida que nos preparamos para lançar a reabertura", responde o anglófono.

De qualquer modo, eu não queria ir para lá.

Triste quando ele estava fora e triste quando voltou.

A sua nova vida não era tudo o que se esperava.

CAPÍTULO 46

Tibbles estava à espera lá fora quando o anglófono regressou.

Depois de Stephen ter saído, o anglófono tentou retirar-se completamente vestido.

"Estou cheio de feijões, Tibbles."

"Claro que estás, mas porquê?"

"Oh, as coisas estão a melhorar. Depois conto-te tudo."

Tibbles insistiu em tirar as roupas do seu mestre. Substitui-o pelo pijama de cetim vermelho preferido do anglófono.

Assim que seu mestre se acomodou debaixo das cobertas, Tibbles colocou a caixa de música em ação. Um coro de "Lullaby" e "Goodnight" saiu do aparelho.

Cinco ventos devem bastar, pensou.

Tibbles pegou nas roupas de Anglófono e saiu do quarto. Olha para o seu relógio. A pedido do seu mestre, uma nova rapariga começaria dentro de algumas horas. Regressa ao seu quarto.

CAPÍTULO 47

RIBBY BOCEJOU E ESPREGUIÇOU-SE. Por cima dela, no teto, padrões de figuras fantasmagóricas andavam em círculos intermináveis. Observa-os com um sentimento de curiosidade.

Sentes-te em casa aqui, relaxada, mas tens de manter a guarda. Tem cuidado porque o Teddy não é o Príncipe Encantado. É mais como o avô encantado.

Isso é falta de educação e tu és paranoica.

Ribby cheirou-lhe os sovacos e depois foi para o duche. Já vestida e com o secador no cabelo, Ribby voltou a pensar na Martha.

Como é que podes ter saudades daquela velha mala?

Aconteça o que acontecer, ela continua a ser a minha mãe.

És demasiado confiante! E às vezes és um tolo sentimental.

Acho que lhe devia telefonar. Ela tinha a certeza de que as coisas iam dar para o torto.

Ela sabe onde estás; se precisar de ti, telefona.

Ribby regressou ao quarto e olhou pela janela. Vê o Stephen ao lado da limusina.

Uma batida na porta interrompe os seus pensamentos. "Quem é?"

"Queres tomar o pequeno-almoço no teu quarto esta manhã, menina?"

"O Sr. Anglófono ainda está fora?"

"Voltou, mas está indisposto. Já que vais jantar sozinha, preferes comer no jardim?"

Ribby abre a porta e encontra uma jovem de rosto simpático. "É uma óptima ideia. És nova, não és? Como é que te chamas?"

"Sim, sou. Chamo-me A-Abbey, menina. O meu nome é Abbey."

"Bem, Abbey, estou feliz por te conhecer", Ribby fez uma pausa quando ouviu alguém a aproximar-se. Era Tibbles.

"Posso ajudar-te?"

"Não, obrigado. A Abbey tem tudo sob controlo."

Tibbles olhou na direção de Abbey e a garota tremeu. Depois, despediu-se com uma vénia e desapareceu ao virar da esquina.

"É o meu primeiro dia. Obrigado, menina."

"Para quê?" Pergunta Ribby com um sorriso. "Já que somos ambos bastante novos por aqui - podemos aprender juntos", enquanto convidava a rapariga para o seu quarto.

"Vou preparar tudo, menina. Daqui a quinze minutos?" Abbey fez uma reverência. Os seus olhos sorriram quando Ribby voltou a falar.

"Sim, vou já para aí", disse Ribby, fechando a porta atrás de si. Convida Abbey a sentar-se e a juntar-se a ela.

Ela é a ajuda, Rib, não sejas ridícula.

"Mas, menina, não posso", disse a rapariga, com os olhos a moverem-se de um lado para o outro, como se esperasse que Tibbles aparecesse a qualquer momento.

"Nem que fosse uma ordem?" disse Ribby com uma piscadela de olho.

Estás a tentar fazer com que esta rapariga seja despedida?

"Menina, isso seria errado. O Tibbles é meu superior", sussurrou ela.

"Eu percebo. O que o Tibbles não sabe não o vai magoar, certo? Amanhã, traz o pequeno-almoço ao meu quarto, se o Sr. Anglófono não estiver a jantar."

"Será um prazer", disse Abbey, aliviada.

Não pedes aos empregados para comerem contigo. És um idiota. Eu também não suporto o Tibbles, mas ele é o braço direito do Anglófono.

Não me interessa.

O que estou a dizer é que o Teddy não vai gostar.

Passarei por essa ponte quando lá chegar.

CAPÍTULO 48

D EPOIS DE ALGUMAS HORAS de sono, o Anglófono chamou Tibbles.

"Uma festa! Esta noite. Toma. Hoje. Arranja o catering. Aqui tens a lista de convidados. Diz-lhes que têm de estar presentes... quero dizer, todos os que são alguém. Entrega os convites por correio ou em mão imediatamente. O meu motorista está ao teu serviço. Liga a estes dez convidados principais. Diz-lhes que têm de comparecer. Entendeste?"

"Sim, assim farás. Então, já decidiste que ela é a tal?"

"Tenho estado à espera do momento certo, e esta noite é a noite. Sinto-o nos meus ossos. Está na altura de contar a todos sobre a reabertura da Biblioteca. Ao mesmo tempo, apresentamos-te a nossa nova bibliotecária-chefe, a minha noiva."

"E a Menina Ângela, devo informá-la dos teus planos?"

"Ela está ciente da minha intenção de anunciar o seu novo cargo e o nosso noivado."

Tibbles afofou a almofada e colocou-a atrás da cabeça de Anglófona.

"Eu quero surpreendê-la com tudo isso. Diz à equipa de moda para estar aqui às 5 da tarde - nem mais cedo, nem mais tarde. A festa começa às 20 horas em ponto. Não será permitida a entrada aos que se atrasarem. Certifica-te de que compreendem que PROMPT significa PROMPT", disse Teddy. "Por agora, estou demasiado excitado e preciso de descansar. Por favor, deixa-me até às três horas. Nessa altura, prepara um Chá da Tarde para mim e para a Menina Angela no jardim."

"Sim, senhor," disse Tibbles com uma vénia. "Queres que eu dê corda à caixa de música, para te ajudar a adormecer?"

"Claro, claro, Tibbles. Obrigado, Tibbles. Três voltas devem bastar; afinal, é só uma sesta".

Depois de dar corda à caixa de música, Tibbles fez uma vénia e saiu do quarto. Resmungou para si próprio enquanto procurava pó no corrimão ao descer as escadas.

Não havia pó nenhum.

Tibbles sentou-se no hall de entrada e repassou os detalhes da festa. Já tinha marcado o catering. Estava tudo a compor-se.

ALGUM TEMPO DEPOIS, o anglófono estava a tentar dormir. A sua linha privada toca. Espera que o atendedor de chamadas entre em funcionamento. Quando isso não aconteceu, levanta-se da cama para atender.

"Olá, Teddy," disse a Martha. "Sei que disseste que só te devia ligar para esta linha se fosse uma emergência.

"Estou a ouvir-te."

"Preciso da tua ajuda."

"Como assim?" O Teddy perguntou-te.

"Estou na cadeia, acusado de ter assassinado a minha irmã e o homem que a violou. Juro-te que não fui eu. Juro-te."

"Compreendo, mas não sei como te posso ajudar. Precisas que eu contrate um advogado?" O anglófono anda de um lado para o outro. A sesta interrompida deixou-o irritado.

"Estou a ligar-te porque vou ser preso por isto. Declaro-me culpado e o meu advogado diz que não vai demorar muito até o juiz me condenar."

"Como é que a tua situação pode ter alguma coisa a ver comigo? Sou um homem ocupado."

"Há trinta e quatro anos, pegaste numa rapariga. Ela estava encharcada. Estava encalhada na estrada a altas horas da noite."

"Não, não tenho o hábito de apanhar passageiros na minha limusina."

"Estavas a conduzir. Oh, não te lembras. Mas eu lembro-me. Eras eu. Foste buscar-me e juntos... És o pai do Ribby.

O anglófono caiu de costas na cama, incrédulo. Dá voltas ao cérebro, tentando lembrar-se. Era um truque. Sabia que era um truque. "Que tipo de carro estava eu a conduzir?"

"Era um Mercedes Benz. Cinzento."

Era verdade.

"Naquela noite, salvaste-me a vida de mais de uma maneira. Tens de acreditar em mim. Preciso de saber que vais tomar conta dela. Ela é tua filha. Vais fazer isso por mim? E prometes-me que nunca lhe dirás que estou aqui?"

"Não sei o que dizer. Estou sem palavras." Anda de um lado para o outro. "Porquê admitir uma coisa que não fizeste? Porquê impedir a tua própria filha de te visitar?"

"É tudo o que te peço."

"Deixa isso comigo. Deixa-me pensar nisso. Se ela é minha filha..."

"És. Definitivamente." Ela fez uma pausa. "E obrigada."

O anglófono desligou o telefone.

Aquela cabra impertinente. Como é que ela se atreve a fazer-me isto?

Teddy não conseguia dormir. A cabeça latejava-lhe. Era propenso a enxaquecas em certas alturas do ano e as notícias de Martha tinham-lhe dado uma grande dor de cabeça.

Chama o Tibbles.

Tibbles apercebeu-se imediatamente do estado do seu mestre. "Pronto, pronto," disse ele, "tudo vai ficar melhor dentro de algumas horas." Oferece um copo de uísque e um comprimido para dormir. Anglófono bebeu de um só gole e depois empurrou o copo para o seu criado.

Quando Anglófono estava calmo e tranquilo, Tibbles deu corda à caixa de música e arrumou o quarto.

"Queres mais alguma coisa, Sir?"

Anglófono já estava a dormir.

Tibbles sorriu e fechou a porta atrás de si.

TIBBLES VERIFICOU DUAS VEZES *a lista de afazeres da festa enquanto pensava na sua mais nova funcionária, Abbey. Repara antes nas duas jovens mulheres a sussurrar. Isso poderia ser uma coisa boa ou uma coisa má. Sabia que não era popular e, no entanto, a sua dedicação à Anglófona não tinha limites.*

Abbey tinha vindo, com grandes recomendações de uma família da cidade. Uma rapariga local que ele esperava que vigiasse Miss Angela.

Quando a encontrou no jardim, ficou curioso e agitado. "Menina Ângela, como é que vieste tomar o pequeno-almoço no jardim hoje?"

A ideia foi minha", admitiu Abbey, interrompendo-o. "Está uma manhã tão bonita! "Está uma manhã tão bonita!"

Tibbles lançou-lhe um olhar atravessado e continuou a dirigir-se a Ribby. "O chá da tarde também vai ser no jardim. O Sr. Anglófono queria que fosse uma surpresa - por isso, por favor, faz de conta que estás surpreendido. Ele vai juntar-se a ti.

"Oh, perdoa-me. Não se pode jantar fora o suficiente quando o tempo está bom como hoje", disse Ribby piscando para Abbey.

"Muito bem, então", disse Tibbles enquanto se desculpava.

"Ufa! Foi por pouco", disse Abbey, limpando a testa.

"Não te preocupes, Abbey; eu consigo lidar com o velho Tibbles. Continua a ter ideias. Vou falar bem de ti ao Sr. Anglófono".

"Obrigada, minha senhora," disse ela, incapaz de esconder a emoção na sua voz.

"Não faças essas coisas de Menina ou Senhora Abbey, não quando estamos sozinhos. Afinal de contas, somos amigas."

"Amigas", disseram as duas raparigas em uníssono.

Amordaça-me com uma colher.

CAPÍTULO 49

O Anglófono acordou da sua sesta e invocou o Tibbles.

Num dia normal, Anglófono puxa a corda de invocação uma vez. Se for uma emergência, puxa a corda duas vezes. Hoje, puxa três vezes.

Tibbles tropeçou nos seus próprios pés enquanto corria pelo corredor. Deseja poder voar. Nos braços, leva todos os planos e confirmações para a festa da temporada. Tudo estava perfeito. Conseguiste mais do que aquilo a que te propuseste. Confirma que todos os convidados estão presentes. Mal podia esperar para contar os pormenores ao anglófono.

Tibbles bate à porta e entra. O anglófono ainda estava na cama. Os cobertores estavam puxados até ao pescoço e ele tinha uma pele branca e leitosa.

"Tibbles, não estou bem, não estou nada bem. A minha cabeça está a andar à roda e tenho medo..."

"Desculpe, senhor", interrompeu Tibbles, "posso trazer-te mais comprimidos?"

"Não, não, Tibbles. Não é o tipo de dor de cabeça que vai passar tão cedo. Não vou poder trabalhar durante o resto do dia. Quero ficar sozinho. No escuro."

"Mas hoje à noite, senhor", protestou Tibbles. "A festa."

"Cancela-a."

"Mas..."

"EU DISSE C-A-N-C-E-L-A!"

"Muito bem, senhor", disse Tibbles, mordendo a raiva em sua garganta enquanto fazia uma reverência para fora da sala. Fecha a porta e sai.

Tibbles ligou para Viveca Hartman no The Local Voice. Pede-lhe que o ajude a passar a palavra.

"Farei tudo o que puder para ajudar", disse Hartman.

"Obrigado", respondeu Tibbles.

CAPÍTULO 50

V IVECA TERMINOU A SUA chamada com o famoso servo de Theodore P. Anglophone, Tibbles. Correu para o escritório do editor da cidade, Frank Munson, e contou-lhe as últimas notícias.

"Então, queres dizer-me", disse o pesado Munson, fumando o seu charuto. "O evento de última hora do Anglófono foi cancelado?"

"O Anglófono está doente."

"Tenho-o visto pela cidade e está tão saudável como um cavalo. Diz-se que anda a curtir com uma rapariga que trouxe da cidade. Vive em casa dele. Só Deus sabe o que o Anglófono anda a tramar", disse Munson, depois soprou um anel de fumo e viu-o ondular.

"Bem, vamos ter de esperar para saber. E quando voltarem a marcar, eu vou lá e dou-te um furo de reportagem. Se calhar vou investigar a rapariga. Pergunto-me se ela conhece a história da Anglófona?"

"Ninguém conseguiu atribuir-lhe o homicídio do último, mas ele estava sob suspeita. Se não fosse o dinheiro dele, que pagava a toda a gente, tê-lo-iam acusado. Afinal de contas, a mulher foi assassinada nas suas instalações. Os dois eram os únicos que tinham as chaves da biblioteca. Ele também parecia muito culpado. Eu, pelo menos, gostaria de ver este caso desvendado e de fazer justiça à mulher."

"O meu pai achava que o anglófono estava definitivamente a esconder alguma coisa. A verdade provavelmente nunca será conhecida", diz Viveca com remorsos. "Não gosto desta rapariga nova que está lá em cima com ele."

"Coitada da rapariga!" Munson disse, não conseguindo mais esconder sua empolgação com essa nova informação. "Vamos entrar ali e ver o que conseguimos descobrir. Porque é que não começas a dar uma volta por ali, para ver se a consegues ver? Investiga a situação. Consegues fazer isso, Hartman?"

"Farei o que puder. Quero que sejas discreto", disse Viveca com convicção.

"Se alguém pode descobrir o que se está a passar, és tu", disse Munson enquanto apagava a parte acesa do charuto.

"A tua mulher ainda os está a racionar? Viveca perguntou com um sorriso.

"Sim, mas o que ela não sabe não lhe faz mal."

"Tens razão." Viveca dirigiu-se para a saída.

Munson colocou o charuto parcialmente fumado de volta no seu invólucro de celofane. "Ah, e me informa sobre isso uma vez por dia - vamos tentar pegar esse cara".

"Sim, senhor", Viveca fechou a porta atrás de si.

Sentia-se incrivelmente feliz com a sua conversa com Munson, porque ele tinha muita fé nas suas capacidades. Ela tinha surgido sem muita experiência, mas com contactos e um forte desejo de ser repórter. Tinha passado da revisão de provas para a página social, mas queria mais.

Esta é a minha oportunidade e não a vou desperdiçar!

Viveca, que vivia sozinha num prédio de apartamentos de dois andares em Port Dover, meteu-se no carro e foi para casa. Sobe as escadas, pensando em como estava contente por viver sozinha. Planeava passar uma noite tranquila em casa.

Foi inesperado para ela, chegar a casa e encontrar o pai à espera. O pai vive em Brantford, a quarenta e cinco minutos de distância.

"Olá pai", diz Viveca.

"Viv, que bom ver-te. Esperava que pudéssemos jantar hoje", disse Frank Hartman. Atrás das costas, revela um grande ramo de flores. "Pensei que estas pudessem alegrar a tua mesa."

"Hoje tens feijão na torrada, pai", disse Viveca. Ele levantou-se e ela deu-lhe um beijo no cimo da cabeça careca.

"Oh, então é uma refeição gourmet." Frank riu-se também e afastou-se para que a filha pudesse passar para destrancar a porta da frente. "Sabes, Viv, se arranjasses uma cópia da tua chave ao teu querido pai, eu podia cozinhar uma coisa gourmet para nós e fazer-te uma surpresa. Ovos mexidos com torradas."

Riram-se, felizes por estarem na companhia um do outro.

"Mas, pai," brincou Viveca, "e se eu estivesse num encontro? Ias sentir-te mal por te intrometeres e eu ia sentir-me tão culpada."

"Ah, se tivesses um encontro, eu ficaria feliz por te ver sair. Tenho orgulho em ti, Viv, mas acho que estás a ser desperdiçada naquela página da sociedade. Mereces mais."

"Eu sei, eu sei, pai", disse Viveca, enquanto punha os feijões cozidos num prato de micro-ondas e programava o temporizador para dois minutos. Coloca duas fatias de pão na torradeira e empurra a alavanca para baixo. "Dois minutos para o jantar. Queres um Cabernet Sauvignon? Ou preferes Chardonnay?" Quando os dois minutos se esgotaram, mexeu nos feijões e voltou a colocá-los no micro-ondas durante mais trinta segundos.

"Uma garrafa de cerveja serve-me muito bem. Frank abriu uma lata de cerveja para si. "Cerveja fresca e feijões cozidos numa torrada com molho HP à parte - não podes ser mais gourmet do que isso!"

Viveca untou as torradas com manteiga, depois deitou o feijão cozido sobre as fatias. Era um prato britânico, o preferido da sua mãe. Ela e o pai partilhavam-no frequentemente. Sem dizeres o nome dela, era como se a mãe estivesse sentada à mesa com eles.

Frank tirou os talheres da gaveta e sentaram-se para comer.

"Então, o que há de novo contigo?", perguntou ele.

"Nada de especial, para além do trabalho. Estou a trabalhar numa nova história. E tu, pai? O que há de novo contigo?"

"A minha vida é a mesma, a mesma, mas essa nova história parece-me interessante. Conta-me mais."

"Detesto falar de negócios contigo, pai. De certeza que tens algo interessante para me contar. O que é que se passa no teu jardim? A Velha Senhora Warner continua a perseguir-te pelo bairro?"

Frank pôs a faca e o garfo ao lado do prato. Bebeu uns goles de cerveja.

"Desculpa, agora envergonhei-te." Viveca deitou mais um pouco de vinho no copo e bebeu um gole. "Está bem, vamos falar de mim. Sobre o teu trabalho. A minha história é sobre o Theodore Anglófono."

"O que é que ele anda a tramar desta vez?"

"É engraçado dizeres isso. Ainda o vês muitas vezes, pai?

"Não ultimamente. Tem estado muito recluso desde o incidente na biblioteca. Vai para a cidade, onde não é muito conhecido. Ouvi dizer que tem outra rapariga a viver com ele, a Viv. É verdade?" Bebe mais um gole de cerveja, com os olhos fixos no rosto de Viv.

"É verdade, e o meu patrão pediu-me para saber mais sobre ela.

Frank engoliu em seco, quase se engasgando. "Bem, tu não queres ter o anglófono como inimigo, não nesta cidade, Viv. Por isso, vai com calma. Lembra-te que podes apanhar mais moscas com mel do que com vinagre. É um velho ditado, mas absolutamente verdadeiro". Tossiu para clarificar os seus pensamentos e depois voltou a encher a boca de comida.

"Eu sei, papá. Também não quero arriscar esta oportunidade. Como disseste, preciso de sair da página social e fazer outra coisa, algo mais desafiante. Algo mais ME." Mexeu na comida à volta do prato, os seus pensamentos perdidos na perspetiva de uma nova história que poderia mudar a sua vida.

"Eu ajudo-te no que puder. Mas sempre achei que a morte daquela mulher na biblioteca foi negligência da parte da Anglófona. Tinha de ter havido um encobrimento. Não faz sentido, porque é que alguém roubaria uma biblioteca e a amarraria. Talvez tenhamos feito mal a essa mulher ao deixá-lo dizer o que disse sobre ela. Nunca me senti bem com isso, apesar de eu e o Anglófono nos conhecermos há anos. Desde então, ele nunca mais foi ele próprio - corre para arranjar mulheres e trá-las de volta. Leva-as a sair, desfila com elas como cavalos de exposição. É mesmo vergonhoso", disse ele, fungando como se um mau cheiro lhe tivesse invadido as narinas.

"Eu sei, pai. Obrigado pelo conselho. Agora estou cansado e quero ir para a cama. Vais passar cá a noite?

"Depois de duas cervejas, não quero conduzir."

"Então fica no quarto de hóspedes. Deixa os pratos."

"Devias comprar uma máquina de lavar louça."

"Já tenho uma! Boa noite, pai", disse Viveca, enquanto dava um beijo na cara do pai.

"Boa noite, amor."

CAPÍTULO 51

QUANDO REGRESSAVA AO SEU quarto depois do pequeno-almoço, o telefone tocou no corredor e Ribby atendeu-o.

"Stephen?" Pausa na voz de uma mulher. "Stephen?"

Ribby abriu a boca, mas antes que pudesse dizer alguma coisa Tibbles arrancou-lhe o telefone da mão.

"Está lá?" Tibbles esperou. "Fala da residência anglófona." Alguém estava lá. Ele podia ouvir a respiração. "Miss Angela, não podes atender o telefone nesta casa. És uma, uma, residente, e nós somos os funcionários. Por favor, deixa-nos fazer o nosso trabalho."

"Desculpa-me, Tibbles."

Tibbles segurava o telefone na mão. "A pessoa do outro lado disse-te alguma coisa?

"Nada", disse Ribby enquanto se afastava.

"Se quiseres companhia, Miss, a Abbey está à tua disposição."

"Não, obrigada. Eu quero andar sozinha."

Depois que ela se foi, Tibbles colocou o telefone no ouvido novamente. Respira fundo. "Rosemary?"

"Sim."

"Eu disse-te para não ligares para aqui."

"Eu sei, mas estou desesperada. Tenho de sair deste lugar esquecido por Deus. Estou a enlouquecer."

Tibbles andava de um lado para o outro, falando o mais baixo que podia. "Tens de lhe pedir ajuda."

"Já pedi, e ele se ofereceu para me mandar alguns livros. Não preciso de livros para me distrair, preciso sair daqui. Posso ir para o estrangeiro. Ninguém me iria conhecer."

"Não te posso ajudar. Não te posso ajudar. Tenho de ir." Ele fez sinal para largares o telefone.

"Espera!" Rosemary exclamou.

Ele voltou a aproximar o telefone do ouvido. "Tu sabes, o que ele me fez."

Tibbles hesitou. "Eu tenho que ir. Não voltes a tocar aqui." Desliga o telefone.

Tibbles foi até a janela da frente e olhou para fora. Ribby estava sentado numa cadeira na varanda da frente. Vai para a cozinha.

Achas que devemos contar ao Stephen sobre o telefonema?

Não tenho a certeza.

Talvez a pessoa que te ligou também não goste do Tibbles.

Hm, podes ter razão nisso.

Ribby apontou na direção da limusina. Quando se aproximou, conseguiu ver Stephen a dormir ao volante, com o boné de motorista a tapar-lhe os olhos.

Ribby inclinou-se pela janela aberta.

Se temos de o acordar, pelo menos fá-lo com um beijo. Ninguém vai saber.

Ela limpou a garganta. Perdeste o juízo?

Mas olha para esses lábios. "Acorda, acorda", disse a Ângela quando o Estêvão se mexeu e tirou o chapéu da cara.

O Stephen olhou duas vezes para trás.

"Há uns momentos, uma mulher perguntou por ti ao telefone.

"Oh?"

"O Tibbles tirou-mo da mão. Deve ter desligado na altura.

Stephen agarrou o volante.

"Ela só disse o teu nome."

"Disseste-lhe que ela perguntou por mim?"

"Não."

"Obrigado por me dizeres." O braço dele roçou o cotovelo de Ribby. "Oh, desculpa."

"Não faz mal." Ela fez uma pausa e inclinou-se, com a curiosidade a levar a melhor: "Então, sabes quem era?"

"Sim, menina. Sabes quem era?" "Sim, menina. Era a minha mãe."

CAPÍTULO 52

A VERSÃO SEVERA E rígida de Tibbles de um sentido Aranha estava a formigar. Tinha a certeza de que Angela tinha mentido, mas porquê? Dirigiu-se para uma janela na sala da frente quando Angela se afastava. Continua a observá-la. Pára para conversar com o Stephen. Interessante. Quando é que eles se tornaram amigos? Ou será que se tornaram?

Depois apercebeu-se do que se passava. Quando a menina Angela atendeu o telefone, a Rosemary tinha falado. De facto, ela tinha falado o nome de Stephen e agora Miss Angela estava lá fora a transmitir esta mensagem. Mais interessante ainda.

Tibbles pensou que a melhor coisa a fazer era manter o rapaz ocupado. Decidiu atribuir uma tarefa a Estêvão.

O anglófono tinha sido muito claro. Ele não devia ser incomodado. Ele o informaria, no devido tempo. Elogia-o ou até mesmo dá-lhe uma recompensa monetária.

Tibbles continuou pela casa, encontrando Abbey trabalhando duro para limpar o pó. Pede-lhe que saia e faça companhia a Miss Angela durante o seu passeio.

"Se ela saiu sozinha, Sr. Tibbles, Miss Angela provavelmente quer ficar sozinha."

"Ela ordenou que não te juntasses a ela?" Tibbles insistiu para que ela largasse o pano de pó e tirasse o avental.

"Não, senhor", disse Abbey. Seus pés arrastavam-se enquanto ela seguia seu caminho.

Tibbles gritou: "Levanta os pés, sua menina tola".

Conduziu-a até à porta da frente e saiu.

"Sim, Mr. Tibbles", disse Abbey.

Não conseguindo ver Angela, pergunta a Stephen onde ela está.

Stephen apontou. "Acho que ela queria ficar sozinha."

"Foi o que eu disse ao Sr. Tibbles - ele insistiu."

Stephen riu-se.

TEPHEN VIU Abbey AFASTAR-SE, pensando em Tibbles.
Não admira que o pessoal da casa tivesse uma rotação tão elevada. Os outros não eram como ele. Outros não deviam tudo ao anglófono. Sem o Anglófono, nunca poderia manter a mãe num centro de cuidados tão caro.

O seu olhar seguiu Abbey enquanto ela se aproximava de Angela, que agora olhava para a água. Quando ela se aproxima da borda, um instinto protetor fá-lo preocupar-se com a possibilidade de ela cair.

O telemóvel tocou. Uma convocação de Tibbles. Entra no quarto.

"Stephen, preciso que vás buscar umas coisas", disse Tibbles, colocando-se em cima de Stephen para fazer valer a sua autoridade. "O Sr. Anglófono está indisposto. Aqui está a lista."

Tibbles entregou-a. Stephen olhou para a nota antes de a colocar no bolso do casaco.

"Vai dar-te algo para fazer, já que estás desocupado."

"Não tens de quê, Mr. Tibbles. Stephen saiu. Iria buscar as coisas e voltaria logo a seguir, depois de ver como estava a mãe.

CAPÍTULO 53

N O DIA SEGUINTE, VIVECA decide aventurar-se na zona anglófona. Toma o caminho panorâmico ao longo da orla marítima. Abre a janela e põe os óculos de sol. O sol está alto, as nuvens são poucas. As flores silvestres estão espalhadas ao longo da estrada, roxas, amarelas e azuis.

A viagem foi bastante agradável, com pouco trânsito. Quando vira a esquina para o local com a vista mais espetacular, repara numa jovem que nunca tinha visto antes.

Deve ser ela. Abranda até ficar em ponto morto.

Uma segunda rapariga junta-se à primeira. É mais nova. As duas abraçam-se e caminham ao longo do caminho.

Viveca encosta e estaciona o carro debaixo de um ácer muito frondoso. Percorre uma certa distância com os seus sapatos de salto alto, diminuindo a distância entre ela e as duas mulheres. Quando já estava suficientemente perto para que elas a ouvissem, grita: "Ai!" e desce.

Elas não a ouviram. Tenta de novo. "AJUDA-ME!"

As duas raparigas viram-se e dirigem-se para ela. Ela tira a mão da mala e carrega no botão de gravar. Muito bem, miúda, aí vêm elas, por isso é bom que faças isto bem. Esfrega o tornozelo com uma mão para fazer subir o sangue à superfície e escova as lágrimas de crocodilo com a outra.

"Precisas de uma ambulância?" perguntou Ribby.

"Oh, sou tão desastrada", diz Viveca. Tenta levantar-se. "O meu tornozelo, acho que está torcido. Estava a ter visões de ficar presa aqui fora a noite toda, com coiotes a uivar à minha volta, até que vos vi aos dois."

"Que imaginação", disse Ribby enquanto se baixava para dar uma olhadela.

Abbey fez o mesmo. Parecia um pouco vermelho.

"O meu nome é Viveca, Viveca Hartman, já agora." Estende a mão.

"Eu sou a Abbey, e esta é a Angela. Muito prazer em conhecer-te."

Uma gaivota voou à volta da cabeça de Viveca, irritando-a com um grasnido. Ela afasta-a.

"Oh, posso?" perguntou a Abbey.

Viveca acena com a cabeça.

Abbey baixou-se e massajou-a durante alguns segundos. "Pronto, estás melhor?"

"Sim, obrigada", disse Viveca.

"Onde está o teu carro?" pergunta Ribby.

"Estacionei-o ali, à sombra." A Abbey ajudou a Viveca a tentar pôr-se de pé. Quando já estava de pé, disse: "Sou jornalista, sabes, e estou a fazer uma reportagem sobre as Maravilhas Naturais. Ouvi dizer que a vista daqui de cima é espetacular".

"E é", disse Ribby. "Da próxima vez devias usar sapatos mais apropriados."

Sim, como fizeste quando voltaste a pé da biblioteca.

Cala-te.

Ajudaram a Viveca a chegar ao carro.

"Foi um prazer conhecer-te e muito obrigada por ajudares esta donzela em apuros. Aqui tens o meu cartão de visita, caso queiras entrar em contacto."

"Obrigado. Tens a certeza que consegues conduzir?" A Abbey perguntou-te.

"Sim, obrigada. Já que é aqui perto, queria saber se vocês sabem alguma coisa sobre a biblioteca. Ouvi dizer que pode voltar a abrir?"

"Não, não sabemos nada sobre isso", disse Ribby.

"Bem, esteve fechada durante anos. Em circunstâncias suspeitas. Faz-te pensar no novo bibliotecário."

"O que é que estás a insinuar?" perguntou Ribby.

"Só me pergunto se ela, quero dizer, a nova bibliotecária..."

"O que te faz pensar que o novo bibliotecário é uma mulher? perguntou Ribby.

"Oh, rumores. Eu gostava muito de falar com ela. Talvez até lhe dês uma entrevista para o jornal.

"Desculpa, mas não te podemos ajudar. Temos de regressar. Boa sorte com o teu artigo."

"Espero que o teu tornozelo melhore depressa", acrescentou Abbey.

"Ah, sim, obrigada pela tua ajuda. Espero voltar a ver-te um dia destes."

Quando Viveca entrou no carro, Abbey e Ribby foram-se embora.

"Muito estranho", disse Ribby, olhando para trás por cima do ombro.

"Eu não pensaria mais nisso", respondeu Abbey.

"Eu sei", disse Ribby com uma sobrancelha franzida. "Sinto que ela já sabia quem eu era. Como se estivesse a fazer uma expedição de pesca."

"Tens razão, mas ela já se foi embora. Além disso, aposto que o Tibbles está à espera de mim. Acho que ele não esperava que eu ficasse fora de casa tanto tempo."

"Oh, ele queria que me seguisses. És a sua pequena espia", disse Ribby enquanto punha o braço à volta do ombro de Abbey.

"Eu nunca faria isso", disse ela, horrorizada com a sugestão.

"Claro, mas ele não sabe que somos amigos."

"Bem, de certeza que não lhe vou contar nada sobre aquele jornalista.

"Eu digo ao Sr. Anglófono que a conhecemos aqui. Não é da conta do Tibbles."

Eles contornaram o caminho que levava à frente da mansão e entraram.

CAPÍTULO 54

ESTÊVÃO CHEGOU AO HOSPITAL e pediu para ver a sua mãe. O seu pedido foi recusado. Ficou agitado e fez uma cena.

Dois funcionários corpulentos, tipo seguranças, levantaram-no do chão por trás e retiraram-no das instalações.

"Chama o meu patrão, o Sr. Theodore Anglophone. Chama-o!"

"Claro, nós fazemos isso", disse o mais pequeno dos dois homens, enquanto o corpo de Stephen aterrava com um baque no asfalto.

Os seus pneus guincharam quando ele se afastou do hospital. Tinha feito todo o caminho de volta para a propriedade. Não se importava com o número de pedras que batiam no carro pelo caminho.

✳ ✳ ✳

VIVECA BATE COM AS mãos no volante. O seu plano não tinha corrido bem. Espera não ter deitado tudo a perder.

Tenho de avisar aquela rapariga, por isso tenho de falar com o pai e ver se ele me pode ajudar a pôr o pé na porta, pensou Viveca. Se continuo assim, nunca serei promovida.

Prepara o telemóvel para que as chamadas passem automaticamente para o altifalante. Aproxima-se mais do banco quando sai do lugar de estacionamento debaixo da árvore. Quase no fim do caminho, o telemóvel tocou e abriu a linha.

Uma limusina preta que se aproximava atravessou a linha central e entrou na sua faixa.

O condutor da limusina ficou com os olhos esbugalhados e carregou no volante ao mesmo tempo que ela. Os dois carros passaram a centímetros um do outro.

"Olha! Tem cuidado! Tu, maluco do caraças!" gritou Viveca.

"Espero bem que não estejas a falar comigo", disse Munson.

"Não, chefe, foi o motorista do Anglófono. Quase me matou!"

"O que é que se passa com ele?"

"Não faço ideia, mas ainda bem que estamos a ir em direcções opostas."

"Então, encontraste-a?"

"Encontrei."

"E?"

"Fiz um pouco de encenação. Fingi que tinha torcido o tornozelo."

"Oh, meu Deus. Ela acreditou?"

"Pareceu-me suficientemente convincente."

"E como é que ela era?"

"O seu nome é Angela. Parecia simpática, embora ingénua."

"Não és um alpinista social, então? Ou uma local?"

"Não, de todo. Ela é diferente. Acho que tem cerca de trinta e tal anos, é calada e de fala mansa. Espero não ter insistido demasiado e tê-la afastado."

"Bolas, Viveca, a tua formação em páginas sociais devia ensinar-te a lidar com situações difíceis. Espero que não tenhas estragado tudo e, se estragaste, CORRIGE-O."

"Claro, chefe", disse ela quando ele desligou. Vai para casa.

DE VOLTA A CASA, Estêvão decidiu ir diretamente para dentro e confessar ao Anglófono. Se ele enfrentasse a música, admitisse a sua indiscrição, então o anglófono seria compreensivo. O anglófono tinha um fraquinho pela tua mãe. Ajuda-o a resolver o problema.

Por outro lado, se ele mencionasse o telefonema, denunciaria a Menina Ângela; que ela tinha ido ter com ele e lhe tinha contado o telefonema.

Por isso, não posso mencionar o telefonema. Vou ter de lhe dizer que tive um pressentimento de que a mãe estava em perigo. O instinto de um filho. Tive de a ir ver ali mesmo. De certeza que o anglófono me vai perdoar.

Estêvão entrou. Não havia ninguém por perto. Volta ao seu posto.

CAPÍTULO 55

O ANGLÓFONO ACORDOU E gritou por Tibbles.

Tibbles estava na cozinha, a interrogar Abbey. O toque contínuo da campainha de Anglófono desviou a sua atenção.

Tibbles apontou o dedo para a cara de Abbey. "Ainda não acabámos! Não te mexas! Não te mexas! É uma ordem!"

Quando chegou à porta do Anglófono, algo duro bateu lá dentro. Tibbles abriu a porta e o que viu foi uma visão.

Um anglófono mais impaciente do que o habitual tinha tirado o aparelho de tocar a campainha do teto. Ali estava ele, com o rosto vermelho entre o gesso e os escombros.

Desculpa, Sir", disse Tibbles.

O anglófono olhou para ele e gritou. "Claro que lamentas, Tibbles. Pedes sempre desculpa, mas isso não vem ao caso. Agora diz-me porque é que o hospital me ligou pára o meu número privado para se queixar de um dos meus empregados?" Ele fez uma pausa para dar efeito e quando não houve reação de Tibbles.

"EU, EU..."

"Stephen causou um grande tumulto."

"EU, EU..."

"Tu, Tibbles, o que tens a dizer em tua defesa? Porque mandas o meu pessoal passear no meu tempo? Ou será que o meu motorista saiu das minhas instalações por sua própria vontade? Explica-te, homem!"

"Eu, nós precisávamos de algumas coisas para a casa. Tu estavas indisposta. O Stephen estava desocupado. Ele tinha instruções específicas. Não fazia ideia que ele iria abusar da minha confiança." Fez uma pausa. O suor escorria-lhe pela testa. "Da tua confiança. Ele é um impertinente...."

"Sim, é, mas tu, Tibbles, és um tolo desastrado! Agora repreende o Stephen. Põe-no a trabalhar a cortar relva durante os próximos quinze dias e arranja-me outro motorista para o substituir. E corta-lhe o salário. Ele vai receber menos cinquenta dólares e, como cúmplice dele, tu também. Traz alguém para aqui e arranja esta coisa... e não te esqueças dos comprimidos para dormir. Agora vai-te embora antes que eu faça cem!"

Algum tempo depois, Ribby estava a dormir profundamente no chão da biblioteca da casa, com livros abertos a emoldurar a sua forma.

Os comprimidos para dormir que o anglófono pedira a Tibbles para pôr no seu chá tinham sido eficazes. Tudo o que ele precisava era de alguns minutos para obter uma amostra enquanto arrumavam o seu quarto e então saberia se Angela era sua filha.

O anglófono estava em cima dela, a olhar para ela, desejando-a tanto que lhe doía. Ele não podia ser o pai desta rapariga. Era impossível. A simples ideia de que podia sentir-se atraído pela sua própria carne e sangue...

Enquanto olhava para ela, uma lembrança de Martha voltou. Ela tinha dito a verdade. Tinham-se encontrado antes. Porque é que, até ela o ter mencionado, ele não se tinha lembrado dela? As recordações eram assim à medida que envelhecias, iam e vinham sem razão.

Acaricia o cabelo de Ribby, perguntando-se. Continua a tocar nas costas da mão dela, enquanto arregaça a manga da blusa.

O frasco estava à espera e a agulha estava pronta.

Acorda, Ribby. Acorda! Acorda, Ribby. Acorda, Ribby. Acorda!

"Minha querida Angela", sussurrou o anglófono, enquanto espetava a ponta da agulha na veia dela. O sangue escorre para o frasco. Olha para a ferida e inclina-se sobre ela, lambendo a ferida aberta com a língua. O sangue tinha um sabor doce, como o de Angela. Ele sentia o endurecimento nas suas calças e sabia que tinha de sair dali. Detestava vê-la tão desconfortável no chão toda a noite.

Recolhe a amostra e coloca os rótulos no frasco. Pega no telemóvel dela que estava em cima da mesa.

Tibbles ficou do lado de fora da porta enquanto o anglófono saía. "O veículo que encomendaste está à espera de instruções."

"Um momento", Anglófono coloca as amostras no saco térmico. Entrega-as a Tibbles. "Diz ao motorista para ir diretamente para o laboratório. Já informei o meu contacto no laboratório que isto é de alta prioridade. Espero uma resposta imediata." Fez uma pausa. "Quando terminares, leva-a para o quarto dela. Ah, e", ele entregou o telefone a Tibbles. "Guarda-o num lugar seguro até que eu te diga o contrário."

Tibbles acenou com a cabeça: "Tenho-o escondido, de vez em quando, como me pediste, mas isto vai torná-lo mais permanente." Depois, dirige-se para a frente da casa.

O anglófono regressa ao seu quarto. Tinha fome, mas o chá da tarde no jardim resolveria o problema. Entretanto, não teria um momento de paz até ter a certeza de que estava apaixonado pela sua própria filha.

CAPÍTULO 56

CANSADO DE ESPERAR QUE o machado caísse, Stephen bateu a porta do carro e, depois de pegar no saco com as coisas que tinha comprado para Tibbles, entrou de rompante. Parou a meio do caminho quando encontrou Tibbles.

Tibbles gritou: "Estás aí, imbecil! Entra no meu gabinete, AGORA!"

"Agora não, seu palerma, sai da minha frente. Preciso de falar com o Anglófono."

Tibbles levantou a mão para dar uma bofetada na cara de Estêvão.

Estêvão bloqueou o golpe e os dois homens olharam-se. Stephen segurou a mão de Tibbles por alguns segundos e depois deixou-a cair.

Os dois homens ficaram frente a frente, com os narizes quase se tocando em uma batalha para ver quem cederia primeiro.

"Desculpa, Tibbles", disse Stephen.

"Eu deveria dizer isso. Desculpas aceites. Agora, vai para o meu gabinete e espera por mim. Tenho assuntos a tratar primeiro, depois podemos resolver isto."

Tibbles saiu de casa. Inclina-se para a janela aberta do carro que o espera, transmitindo as instruções do anglófono. O carro arrancou a toda a velocidade. Tibbles voltou ao seu escritório.

"Senta-te, Stephen, por favor." Tibbles andou de um lado para o outro durante alguns segundos antes de falar. "O Sr. Anglófono está extremamente agitado. Número um; ele está zangado comigo, porque eu deixei-te andar por aí no tempo dele. Segundo: está zangado contigo, porque o hospital se queixou da cena que causaste. Em que raio estavas a pensar?"

"Tinha a sensação de que a tua mãe não estava bem. Tive de ir ver. Para ver se ela estava bem."

"Mentiras, todas as mentiras", disse Tibbles sob a sua respiração. "Sei que Miss Angela te contou sobre o telefonema. Atreves-te a negá-lo?"

Stephen olhou para os seus pés.

"O teu comportamento diz tudo! Então, quando te pedi para ires buscar umas coisas, tinhas intenção de abusar da minha confiança."

"Desculpa, Tibbles. Desculpa, Tibbles, mas tinha de ir."

"Bem, o Sr. Anglófono suspendeu-te por duas semanas. Como depositei a minha confiança em ti, deduziu também o meu salário. Além disso, vais ser um corpo de cão por aqui - a cortar a relva, a fazer as tarefas que te forem atribuídas. Preciso de contratar outro motorista. Com alguma sorte, o novo homem não será tão impertinente como tu!"

"Lamento que o teu salário tenha sido cortado. Não me parece que seja justo. Posso falar com ele sobre isso".

"Não o farás."

"Não me pagues, mas por favor não me deixes sem carro. Deixa-me ir falar com ele. Vou pedir-te perdão.

"O Sr. Anglófono diz que não quer falar contigo durante quinze dias. Se o vires, continua a trabalhar. Mostra a tua dedicação. Mostra-lhe remorsos. Temos sorte por ele não nos ter despedido. Com o tempo, as coisas voltarão ao seu estado normal".

Tibbles pegou no telefone e ignorou a presença de Estêvão.

Stephen, sem saber o que fazer agora, colocou a cabeça entre as mãos. Tibbles conversava ao telefone. Desanimado, levanta-se e sai do escritório. Aventura-se lá fora com os punhos fechados nos bolsos.

Vagueia durante horas, apreciando as vistas e ponderando as coisas na sua mente.

Tinha de descobrir como tirar a mãe daquele sítio.

Tinha de encontrar uma forma de ser independente da Anglófona.

Tinha de assumir o controlo da sua vida. Se ao menos conseguisse descobrir como.

CAPÍTULO 57

R IBBY ABRE OS OLHOS. Ao princípio, não sabia onde estava. A última coisa de que se lembra é de estar a ler na biblioteca.

Tentou sentar-se, mas a cabeça doía-lhe e o quarto girava. Abraça-se e repara numa grande nódoa negra roxa no braço. Tenta lembrar-se de uma ocasião em que a nódoa negra possa ter ocorrido. Não conseguiu.

Ângela também não se lembrava de nada. Havia qualquer coisa que a incomodava. Uma memória ténue, inatingível.

Como é que isto pode ter acontecido?

Deves ter ido contra alguma coisa. Não seria a primeira vez.

É verdade, posso ser um desastrado.

Não te preocupes com isso. Tens peixes mais importantes para fritar.

Ribby sentiu o cheiro do aludido peixe a fritar e correu pelo corredor até à casa de banho para vomitar. Lava a cara e bebe uns goles de água.

Já estás melhor?

Acho que sim, obrigado.

Onde está o Teddy, afinal? Até parece que está a perder o interesse. Tiveste-o na palma da tua mão.

Ele é um homem ocupado.

O Ribby limpou-se e lavou os dentes.

Além disso, ele não tem estado bem.

Algo ainda incomodava Angela. Algo que ela estava quase a lembrar-se, mas que depois lhe escapou.

Mas ele é um homem e tens de o manter interessado. Namorisca um pouco. Acrescenta um pouco de sex appeal. Mantém-no a adivinhar e com esperança. Não estou a sugerir que vás até ao fim tão cedo. Faz-te a ele.

Não tenho muita experiência no departamento masculino.

Acho que no fundo ele é um velho excitado.

Quer que alguém esteja lá para ele. Alguém com quem possa contar.

Ele podia escolher com todo aquele dinheiro. Por isso, não estragues tudo, miúda, ou se o fizeres, faz com que conte!

És tão nojento.

"Menina Angela, menina Angela," chamou a Abbey enquanto batia à porta.

"O Sr. Anglófono está à tua espera no jardim."

"Entra, Abbey. Não me apetece tomar o chá da tarde."

"Tens de entrar."

Ribby sentou-se na cama com a cabeça entre as mãos.

"Por favor, diz ao Sr. Anglófono para ir ter comigo daqui a uma hora."

"Como queiras, Menina Ângela."

"Quando acabares, volta e ajuda-me a preparar-me.

"Claro que sim, Menina Ângela. Volto já."

Alguns instantes depois, Abbey volta ao quarto de Ribby.

"Espero que o Sr. Anglófono não tenha ficado zangado comigo", diz Ribby.

"Não, Menina Angela. Compreende que demoramos mais tempo a pôr-nos apresentáveis", disse ela com uma gargalhada. "Agora senta-te aqui e deixa-me ajudar-te." Abbey ficou a tagarelar, enquanto Ribby se deixava mimar. "Voilá", disse ela.

"Obrigada, Abbey."

"Estás maravilhosa!" disse Abbey enquanto seguiam pelo corredor e saíam para o jardim.

Ribby viu Teddy com o rosto escondido atrás de um jornal. Senta-se calmamente ao lado dele. Ele não a tinha ouvido. Sorri.

Tibbles dirigiu-se à mesa e anunciou: "Boa tarde, Miss Angela".

Teddy quase deixou cair o jornal quando se levantou. "Há quanto tempo estás aí sentado?"

"Na verdade, foram só uns momentos. Tiveste saudades minhas?" Ribby sussurrou, levando a mão dele para a dela.

O anglófono afastou a mão e disse: "Eu estava muito, muito doente".

A pele de Ribby ardeu.

O que estás a fazer?

"Mas pensei em ti muitas vezes."

"E o que é que pensaste de mim?

"Pensei em ti e na biblioteca."

"Exatamente, e tenho algumas ideias que quero discutir contigo."

"Onde é que o Tibbles se meteu? TIBBLES!"

Tibbles voltou. Abbey seguiu atrás de ti. Eles carregavam bandejas cheias de comida e bebidas. O prato de Anglophone logo ficou cheio de comida, enquanto Ribby escolheu uma xícara de chá forte.

"Estive a pensar", diz Ribby, mexendo o chá. "Gostava de ler e de atuar para as crianças na biblioteca. Gostava de fazer planos para um Dia da Criança".

"E o que é que isso implicaria?"

"Os autores poderiam fazer leituras de livros."

"Hmmm, interessante, interessante", disse o Teddy.

"Também gostava que doássemos livros a hospitais."

"Sim, gosto dessas ideias, meu Anjo, mas é preciso pensar um pouco, organizar um pouco. Por agora, devemos concentrar-nos na biblioteca. Quando estivermos a funcionar, talvez daqui a um ano ou dois, então poderás implementar essas outras ideias. Vai devagar, Ângela. Lembra-te que isto não é uma cidade grande. Estamos a falar de uma raça diferente de pessoas aqui."

"As famílias estão em todo o lado."

"Percebo o que queres dizer", disse Teddy, dando uma palmadinha na mão de Ribby como se fosse uma criança a quem ele precisasse de suplicar.

"Desculpa-me", disse um homem de boné na mão, vindo da entrada.

"Sim? Oh, estou a ver, és o novo motorista.

Tibbles entrou estalando os calcanhares. "Disse-te para esperares por mim na cozinha."

As minhas desculpas", disse o novo homem, inclinando o chapéu primeiro para o anglófono e depois para Tibbles. Saiu da sala.

"O Stephen está doente?

"Não, não está. Teddy deu uma mordida na quiche. "Abusou da minha confiança. Vai ficar na casota do cão durante os próximos quinze dias."

"Lamento ouvir isso." Toma um gole de chá. "Gostava de ligar à minha mãe, mas parece que perdi o telemóvel.

"Claro. Usa o telefone da entrada. Entretanto, vamos dar uma vista de olhos e ver se encontramos o teu telemóvel."

Ribby ficou tão contente que se levantou, deixando cair o guardanapo no chão, e correu para o Teddy. Voou para ele, cheia de paixão, pôs os braços à volta do seu pescoço e beijou-o nos lábios. Abre os olhos. Ele estava a olhar para ela. Fica frio como uma pedra.

Afasta-a e levanta-se. A tua cara estava vermelha.

Ribby saiu a correr do quarto e subiu as escadas. Atirou-se para a cama e chorou até adormecer.

Chamas a isso sexy?

CAPÍTULO 58

NA MANHÃ SEGUINTE, DEPOIS de abrir as portas da varanda, Ribby espreguiçou-se e bocejou. A luz do sol aqueceu-lhe a pele e ela sentiu um forte desejo de estar mais perto da orla marítima. Vestiu-se, tomou um duche, pôs o chapéu, apertou as bochechas e saiu da mansão.

No caminho, avistou Estêvão. Ele estava de costas para ela, mas ela conseguia ouvir o som das tesouras a cortar. Estava a aparar as roseiras.

"Stephen", disse Ribby.

Endireita as costas e levanta a mão no ar para proteger os olhos dos raios de sol.

"Queria saber se me podias levar a algum lado.

Ele não respondeu. Em vez disso, volta para trás e retoma as suas tarefas de jardinagem. Esperou que ela se afastasse, continuou a cortar e a aparar. Passado um momento ou dois, disse: "Porquê eu? Pergunta ao velhote. Não te posso ajudar. Não posso ajudar-te, nem a mim próprio".

"Mas eu não tenho ninguém, Stephen." Ela tocou-lhe no ombro. "Quero ir para casa.

Ele virou-se para ela abruptamente, quase a fazendo perder o equilíbrio. "Não te posso ajudar. Não te posso ajudar. Gostava de te ajudar, a sério que sim, mas eu... Há outras pessoas que dependem de mim. Não te posso ajudar. Agora vai-te embora!"

Ribby deu um passo atrás, lutando contra a vontade de chorar. "Eu só pensei... desculpa por te ter incomodado.

Estêvão deixou-a ir. Deixa-a afastar-se cada vez mais antes de gritar. Ribby ignorou-o. Corre atrás dela. Corre atrás dela.

"Olha, desculpa. Os olhos dele encontraram os dela. "É que fui despromovido e detesto jardinagem.

Ribby observou as suas feições suavizadas.

Olhou nervosamente para a casa quando um carro passou por eles a toda a velocidade. O condutor saiu e correu para as escadas, onde Tibbles abriu a porta. Poucos momentos depois, o carro passou por eles à saída.

Ribby aproximou-se de Stephen.

O Stephen aproximou-se do Ribby.

Encontraram-se algures no meio.

CAPÍTULO 59

T IBBLES ENTREGOU O ENVELOPE a Anglófono e depois voltou às suas tarefas.

O Anglófono estava à janela, a observar a sua filha e o seu filho, agora confirmados, enquanto faziam olhinhos de esguelha um para o outro. Conseguia sentir a química entre eles no seu quarto. Ri-se ao vê-los sussurrar e trocar olhares.

Toca a campainha e Tibbles regressa em segundos.

"Tibbles", disse Teddy, "vou à cidade hoje. Tenho algumas coisas para fazer lá. Avisa o motorista - eu volto amanhã.

"Entretanto, vigia o Estêvão e a Menina Ângela por mim. Vê o que eles andam a fazer, mas não os deixes saber que estás a ver." Toca no nariz com o dedo indicador. "Discrição, meu caro Tibbles, discrição."

"Claro, Sr. Anglófono." Tibbles fez uma reverência e saiu da sala.

CAPÍTULO 60

"**E**M QUE TE POSSO ajudar?" disse Stephen, levando Ribby para longe do caminho principal. "Como te disse, nem sequer me posso ajudar a mim próprio. Como eu disse, não posso nem ajudar a mim mesmo. Tenho responsabilidades.

Tibbles observou-os enquanto o anglófono se preparava para partir.

"Tem alguma coisa a ver com a tua mãe?"

"Não te posso dizer. Quanto menos souberes, melhor. Porque é que te queres ir embora? Ele fez-te alguma coisa?"

"Eu nem sei o que estou a fazer aqui", disse Ribby. "Quero dizer, porquê eu?"

A limusina afastou-se.

"Onde será que ele vai?"

"Tem um novo motorista."

"Eu sei, mas é apenas temporário", disse o Stephen. "Se precisas de fugir, fá-lo agora."

"Como é que posso? Não tenho carro."

Ribby, estás a entrar em pânico. Acalma-te.

"Deves conhecer alguém aqui em cima que possa ajudar."

"Conheci uma jornalista ontem, Viveca Something."

"Sim, liga-lhe. Pergunta-lhe."

"E se ela não quiser vir?"

"Confia em mim, ela virá", disse Stephen.

"Como é que sabes? Porque é que ela se preocuparia comigo?"

"Ela não te fez um monte de perguntas sobre o anglófono?"

"Nem por isso", disse Ribby. "Disse que estava a escrever uma história sobre maravilhas naturais."

"Podes pensar isso, mas acredita em mim, tu és a história. Além dos repórteres, podes garantir que a polícia também está de olho na situação."

"Não percebo. Porquê?"

"Tudo o que te posso dizer, menina, é para lhe ligares. Deixa o jornalista explicar. Mas não digas nada sobre mim, já tenho problemas que cheguem. E, por amor de Deus, não ligues de casa. Precisas de um telemóvel, ou melhor ainda, podes confiar na Abbey? Quero dizer, confias mesmo na Abbey?"

"Eu tinha um telemóvel, mas perdi-o. Quanto à Abbey, sim, acho que sim", disse Ribby. "Tenho a certeza de que lhe podia confiar a minha vida."

"Então usa-a. Pede-lhe para ir telefonar ao jornalista. Eu deixava-te fazer o meu, mas o Tibbles deve ter o telefone sob escuta. Faz isso hoje, menina."

"Obrigada", disse Ribby ao tocar-lhe na mão.

"Está bem, vejo-te por aí", disse Stephen. Olha para a janela e repara que as cortinas se mexem. Tibbles. Volta a podar as rosas.

Tens um rabo tão giro.

Nunca pensas em mais nada?

Stephen virou-se, olhou para Ribby e depois voltou ao trabalho.

O Ribby procurou a Abbey.

Quando quase colidiram no corredor principal, Abbey disse: "O Tibbles disse que eu tinha de te encontrar, IMEDIATAMENTE. Não sei qual é o motivo de tanto alarido. Só porque o Sr. Anglófono está fora por um dia ou dois."

"Sim, vi o carro dele agora mesmo."

"Vou ser a tua sombra."

Ribby e Abbey saíram pela porta e continuaram a andar. Quando já estavam suficientemente longe da mansão, Ribby disse: "Quero ir-me embora daqui e preciso da tua ajuda."

"Se o Tibbles descobre, vai ficar muito zangado. Até me pode despedir.

"Preciso que ligues a alguém. Aquela mulher que conhecemos ontem, sabes, a jornalista?" Abbey acenou com a cabeça. "Preciso que vás a um telefone, não aqui, em qualquer outro lugar que não seja aqui, e que lhe ligues. Marca uma hora para nos encontrarmos. Fazes isso?"

"Eu posso fazer isso", disse Abbey depois de alguma hesitação. "Na verdade, vou à quinta de Fairfield, ao fundo da estrada, comprar queijo. O motorista ia levar-me, mas agora tenho de ir a pé. Posso telefonar-lhe de lá".

"És uma estrela", disse Ribby. "Agora, vou voltar para dentro. Diverte-te na Quinta de Fairfield."

"Quando é que devo marcar? Refiro-me ao encontro entre ti e a Viveca?

"Acho que ela sabe o quanto isso pode ser difícil para mim. Mas diz-lhe que o Sr. Anglófono está fora, e que o mais depressa possível seria melhor."

"É um plano."

E m Fairfield Farm, a Abbey marcou o número de Viveca Hartman no jornal. "Olá, sou eu, a Abbey."

"Abbey quê?" Viveca disse, irritada. "Tens aqui a Viveca Hartman do The Local Times."

"Sim, eu sei, hã, como está o teu tornozelo?"

"O meu tornozelo? I..." Viveca percebeu. "Abbey, oh sim. O que posso fazer por ti? É a Angela? Estás bem?"

"Sim", disse Abbey, "e eu tenho estado muito preocupada contigo, por estares tão doente e depois torceres o tornozelo daquela maneira."

"Muito bem", disse Viveca, "está aí mais alguém, não é verdade?"

"Oh, sim", disse Abbey, "tens mesmo de ter calma e não te meteres nisso."

"Abbey," disse Viveca, "não sei o que queres nem como posso ajudar. Ela quer ver-me? A Angela quer que eu vá até lá?"

"Sim," disse Abbey, "o Sr. Anglófono está fora, na cidade. Seria melhor ires o mais depressa possível. Estou agora na quinta de Fairfield, a comprar queijo."

"Está bem, Abbey," disse Viveca, "e amanhã, entre as dez e as onze da manhã?"

"Vamos tentar fugir. Por favor, espera por nós na Quinta de Fairfield, mesmo que nos atrasemos."

"Espero", respondeu Viveca.

CAPÍTULO 61

À s 21 horas, a limusina do Anglófono dobra a esquina a caminho da casa de Martha. É a sua altura preferida do ano, quando ainda há luz à noite. É verdade que ela estava na prisão, mas ele queria ver se conseguia descobrir alguma coisa com os vizinhos. Ainda estava furioso por a Martha ter voltado a entrar na sua vida. Tinha aberto a sua biblioteca e o seu coração e agora...

A casa da Martha tinha desaparecido. Totalmente destruída. Tudo o que restava era um monte de escombros queimados. Saiu do carro para ver melhor. O motorista fica ao teu lado.

Uma mulher idosa passeia pelo passeio. Veste um roupão de casa de banho esfarrapado. Aproxima-se do anglófono. O motorista coloca o seu corpo entre ele e a mulher.

"Que pena", diz a mulher, tentando aproximar-se do anglófono. "Uma mulher tão boa e vai-se embora assim. É muito triste. E a tua pobre filha. Ninguém sabe onde ela está e agora, agora todo este escândalo.

Não sei. Não sei, não sei." Limpa os olhos com o canto da manga enquanto olha para a limusina.

"Estás a sugerir que a mulher que vivia aqui, a Martha, morreu?"

"Não, ela não morreu. A vizinha, a Sra. Engle, sentiu o cheiro a fumo. Ela tirou os corpos da Martha e do Scamp de lá. Salvou-lhes a vida, embora a Martha não quisesse viver. O Scamp foi adotado pela Sra. Engle." Ela apontou para a casa.

"O que queres dizer com ela não querer viver?"

"Ela estava cheia de comprimidos e bebida."

"Por favor, continua."

"A casa explodiu como uma caixa de fogo. Nunca fomos amigas. Aquela mulher tinha homens a entrar e a sair a toda a hora. Era como se a casa dela tivesse uma porta giratória." A mulher coçava-se, como se tivesse pulgas. "É melhor ir para dentro antes que me matem. Boa noite, Senhor." Afasta-se.

"Espera. Fica. Entra no meu carro e eu dou-te um gole de uísque para te aquecer", disse o anglófono.

A mulher parou. Vira-se para ele. Hesita e depois afasta-se.

"Agradecia muito a tua ajuda", diz o Anglófono. "Vou fazer com que valha a pena para ti."

"Uh, mas eu, eu não te conheço do Adam," disse a mulher. "Podes ser um dos amigos degenerados da Martha. Queres um pedaço disto." Acena com os braços e sorri, revelando um sorriso desdentado.

"Bem, eu sou Theodore Anglophone, um velho amigo de Martha. Conhecemo-nos há muito tempo." Coloca uma nota de vinte na palma da mão dela.

"Ela está na cadeia."

Acena-lhe com uma nota de cinquenta à frente da cara, que ela tenta agarrar.

"Acalma-te, amigo", disse o anglófono. "Diz-me alguma coisa que valha cinquenta dólares. Trabalha muito para o meu dinheiro".

"Posso contar-te coisas; coisas que te fariam girar a cabeça."

O anglófono aproximou-se e o cheiro pungente de couve fê-lo tapar o nariz com a mão. "A tua carruagem espera-te."

A mulher idosa riu-se quando o motorista lhe abriu a porta.

Quando entraram, Teddy encheu um copo de uísque e entregou-o à mulher. Ela devolveu-o ao copo. Ele enche-o de novo.

"Bem, a Martha e o Ribby viviam aqui, e a Martha era uma prostituta, embora, pelo que ouvi dizer, não fosse muito bem paga. Ela riu-se. "Nós sabíamos disso; todos os vizinhos dela sabiam. Fazíamos vista grossa. Desde que ela se mantivesse afastada dos nossos maridos, era viver e deixar viver. Depois, os jornais descobriram e vieram cá para investigar o bordel. A Ribby não andava por cá nessa altura, graças a Deus. Mas, coitadinha. O que ela deve ter visto com homens a entrar e a sair quando estava a crescer."

"Sim, vai direto ao assunto, para ganhar os cinquenta dólares", exigiu o anglófono.

"Quando a casa ardeu, encontraram... Uma coisa... No barracão... Mais tarde... Enquanto a Martha estava a recuperar no hospital..."

"Vai direto ao assunto."

A mulher estendeu o seu copo. Quando o copo estava cheio, continua. "Foi aí que a encontraram, uma faca."

"Oh, meu Deus", disse Teddy, inclinando-se para mais perto da mulher. Volta a encher-lhe o copo.

"Então, ali estava ela, a pobre Martha, sem a filha, sem uma alma, e acusaram-na de homicídio qualificado. Dois assassínios. A irmã dela e um dos seus Johns— acho que era o de quinta-feira. Estava em todos os jornais. Foi uma loucura por aqui."

"Thursday's?" Teddy disse num tom revoltado.

A mulher hesitou: "Gordo, muito, muito, gordo. Não o teu tipo normal de gordura. Não é o teu tipo de gordura normal. E casado também".

"Continua com a história. Então o que aconteceu?" perguntou Teddy com impaciência.

"Ele estava morto. Apunhalado nas costas. Os jornais dizem que as irmãs discutiram por causa dele." A mulher cacarejou como uma galinha a pôr um ovo perante o espanto de mulheres a lutarem por um prémio destes.

"Está na penitenciária à espera que o juiz a condene. Acham que ela matou o homem e a irmã. Depois atirou-os de um penhasco. Encontraram a faca e um dos seus vestidos cobertos de sangue do Carl Wheeler enterrados no barracão das traseiras." Pára e espera, na esperança de que a sua história tenha sido suficiente para ganhar os cinquenta.

"Foste muito útil. Aqui estão mais cem pelo teu tempo, e podes levar o resto da garrafa contigo também."

Quando a mulher não pareceu interessada em sair, o motorista abriu a porta. O anglófono deu-lhe um pequeno empurrão.

"Não precisavas de empurrar! Tu, tu!", exclama a mulher, enquanto se afasta do carro.

"Continua", disse o Sr. Anglófono ao condutor quando este regressou ao seu lugar. "Leva-me à Penitenciária."

"Sim, Sr. Anglófono."

Teddy recostou-se e fechou os olhos.

CAPÍTULO 62

NA MANHÃ SEGUINTE, RIBBY e Abbey foram ter com Viveca a Fairfield Farm.

"Estás sensacional!" disse a Abbey.

"Obrigada, Ang", disse Viveca. "Estou suficientemente bem para subir para um daqueles cavalos e ir dar uma volta. Desde que escolhas uma alma gentil, a equitação é o ideal para mim."

"A Abbey conhece todos os nossos cavalos", disse a Sra. Fairfield. "Detesto ter de sair à pressa, mas tenho algumas tarefas para fazer na cidade. Por isso, fica à vontade. Sirvam-se de tudo o que precisarem. Devo estar de volta à hora do almoço, se quiseres ficar?"

"Não, obrigado", disse o trio em uníssono.

"Ocupado, ocupado, ocupado", disse Ribby, e Abbey e Viveca acenaram com a cabeça em sinal de concordância.

Depois de a Sra. Fairfield ter saído de casa, Viveca perguntou: "O que é que se passa?"

A Abbey disse: "Vou dar uma volta enquanto vocês conversam."

"Obrigada, Abbey. És uma joia", disse Ribby enquanto via Abbey fechar a porta atrás de si. Ribby concentrou então a sua atenção em Viveca, que parecia tão ansiosa como ela.

"Em que te posso ajudar? pergunta Viveca.

"Primeiro, obrigada por teres vindo tão em cima da hora. Estou a passar um mau bocado na casa com o Sr. Anglófono. Quero ir para casa."

"E ele não te deixa? Estás prisioneira?

"Não exatamente. Tem sido simpático comigo, até há uns dias atrás - apesar de eu me sentir muito isolada, uma vez que ele está sempre fora em trabalho. Há uns dias atrás, oh, não sei como explicar, a não ser que me queria ir embora. Para além disso, o meu telemóvel desapareceu. Sei que ele quer que eu fique e abra a Biblioteca, mas desconfio que me está a esconder alguma coisa. Não sei porque é que ele precisa que eu seja a bibliotecária. Quero dizer, eu especificamente. Não é que eu tenha respondido a um anúncio para o cargo. Sinceramente, estou assustada."

"Primeiro, diz-me o que sabes."

"Acho que é melhor começares pelo princípio."

"O anglófono tem uma reputação com as mulheres. Para simplificar, imagina-se a si próprio. Com todo esse dinheiro, para não falar do poder que detém, consegue fazer coisas que um homem normal não conseguiria fazer. Por exemplo, tem vários membros do Conselho no bolso de trás. É um facto conhecido, ele dá graxa às palmas das mãos, mas é tão poderoso que ninguém consegue arranjar provas contra ele. Como o *que aconteceu na Biblioteca. Quero dizer, a mãe do Stephen foi amarrada e deixada para morrer."*

"Aquela mulher era a mãe do Stephen?"

Mas a mãe do Estêvão não está morta...

"Queres dizer que sabes o que aconteceu antes na biblioteca?"

"Sim, li sobre isso na internet antes de vir para cá."

"Mas nos jornais, não contaram a história toda. Por exemplo, quando os repórteres chegaram primeiro e a encontraram, ela estava num estado bastante grave. Os repórteres falam e bem, dizem que ela estava nua, amarrada a uma cadeira, com queimaduras no corpo e muito sangue. A equipa forense descobriu mais tarde que se tratava de sangue animal. Há quem diga que a anglófona gostava de magia negra. Coisas estranhas".

O Ribby lembrou-se do homem em silhueta na contracapa do livro sobre magia.

Isto não faz sentido. O Stephen visita-a.

E ela telefonou-lhe.

Viveca continuou: "Sim, mas há mais. Há quem diga que ela era amante do Anglófono. Foi sem dúvida a única pessoa a quem ele confiou a sua biblioteca."

Isto está a ficar cada vez mais estranho.

"O meu pai tem uma longa história com Anglófono, e Estêvão viveu lá desde que era um rapaz.

"Então, comigo, porquê eu?"

"Não sei, mas não te censuro por quereres ir para casa. Não tens família?

"Sim", diz Ribby, "a minha mãe está na cidade. Preciso de lhe telefonar. Vou ligar-lhe daqui agora mesmo." Ribby pegou no telefone.

"Lamento, mas o número para o qual estás a ligar já não está disponível. Por favor, desliga e volta a ligar."

Ribby voltou a ligar, com o mesmo resultado.

"Talvez eu possa contactá-la por ti? Fazer com que ela te venha buscar com reforços, ou seja, polícias. Como é que ela se chama?"

"Martha, Martha Balustrade."

"Oh, meu Deus!" exclamou Viveca. "Tu não és a filha da Martha Balustrada!"

Oh, oh, o que é que a mamã querida fez agora?

CAPÍTULO 63

O TEDDY CHEGOU à Penitenciária. A Martha estava detida na solitária. Exige vê-la. Finge que é o advogado dela.

A mulher que estava à secretária estava a mexer em papéis. O anglófono bate com o punho na secretária, reiterando as suas exigências. "Liga ao Frederick Schmidt. Liga ao Presidente da Câmara Brown. Eles conhecem-me. Eles vão permitir-me ver o meu cliente, IMEDIATAMENTE", gritou o Anglófono.

Foram feitos telefonemas. Mesmo assim, o Anglófono esperou durante horas.

"Posso oferecer-te uma chávena de chá?"

"Não, obrigado", disse o Anglófono, "só quero ver o meu cliente".

CAPÍTULO 64

"**C**ONHECES A MINHA MãE?"

"Ele tem-te mantido isolada", disse Viveca. "Toda a gente sabe da tua mãe, com toda a imprensa que tem havido ultimamente. Quer dizer, quando alguém confessa o homicídio de duas pessoas, incluindo a sua própria irmã, é notícia - mesmo aqui fora. Já para não falar das suas outras travessuras. Faz primeira página na cidade, Angela!" Vê como a cara do Ribby fica branca como um lençol. "Desculpa, mas ela é tua mãe, afinal de contas."

"Uma assassina? Deves estar enganada." Faz uma pausa. "Já agora, o meu nome verdadeiro é Ribby Balustrade."

"Então porquê?"

"É uma coisa anglófona."

"Ele obrigou-te a mudar de nome?"

"Não, Ângela é mais bonita do que Ribby."

"Viveca também não é muito comum nem bonita, por isso percebo o que queres dizer. Mas voltemos à tua mãe e aos homicídios. Não achas que foi ela?"

Sabemos que não foi ela porque fomos nós.

Nós cometemos um; o outro foi suicídio.

O Ribby não disse nada.

"Olha, eu sei que o Anglófono te tem mantido isolado aqui em baixo. Era de esperar que ele tivesse pelo menos a decência de te contar que a tua mãe está na prisão."

"Tenho passado todo o meu tempo a ler e a arranjar a biblioteca. Entretanto, a minha mãe tem estado... Oh meu Deus, tenho de ir ter com ela, agora. Podes levar-me? Tens de me ajudar. Tens mesmo de ir!"

A Abbey deu a volta à esquina e ouviu o apelo do Ribby. "O que é que se passa? Porque é que ela está tão perturbada? Ângela, o que é que se passa? Parece que viste um fantasma!"

"Preciso de ir à cidade, hoje. Agora. A Viveca vai levar-me."

"O meu pai deve conseguir meter-nos num avião e chegamos lá num instante. Só um segundo, vou ligar-lhe e explicar. Ele é bem versado em questões legais, por isso vou ver se ele se pode juntar a nós."

"Tens um aeroporto aqui perto? Então porque é que o Teddy não voa para Toronto? De certeza que tem dinheiro para isso?"

"Tem medo de andar de avião", diz Viveca, quando o pai atende o telefone do outro lado. Explica-lhe tudo. Ele concordou em ir ter com elas ao aeroporto. "Muito bem, meninas, então vamos lá!"

"Espera", disse o Ribby, "também podemos ir buscar o Estêvão? Eu gostava que ele lá estivesse."

"Claro, nós passamos por lá e se ele quiser vir, quanto mais melhor. E tu, Abbey? Vais juntar-te a nós?"

"Não, não me posso dar ao luxo de perder o meu emprego neste momento. O Tibbles ia-se passar se eu desaparecesse o dia todo." Abbey olhou para o relógio e começou a ficar ansiosa. "Já estou fora há demasiado tempo."

"Entra e eu dou-te boleia."

"Mas, e o Tibbles?" perguntou Abbey. "Se ele me perguntar alguma coisa? Não sou uma boa mentirosa."

"Então não diz nada. Precisamos de ir andando, de nos adiantarmos."

"Está bem, vamos embora", disse Ribby. Estava fora de si de preocupação com a Martha. Pergunta a si própria como é que isto pode ter acontecido. Sentia-se tão culpada.

Em casa, Stephen entrou no banco de trás do carro e eles arrancaram, deixando Abbey numa nuvem de pó.

CAPÍTULO 65

N A SALA DE ESPERA fria e húmida, Teddy andava de um lado para o outro como um pai expetante. O seu temperamento aumentava a cada momento que o obrigavam a esperar. Sessenta minutos. Noventa minutos. Cento e vinte minutos. Não há sinal dela. Não encontras ninguém.

Horas mais tarde, Teddy ouviu um barulho de tilintar quando a guardiã das chaves se aproximou da porta. "Desculpa", disse ele bruscamente quando a mulher passou por ele, "estou aqui à espera há horas".

"Sr. uh, anglófono. A teu pedido, pedi uma exceção. Foi-te negada. Segue-me, que eu levo-te de volta à receção."

Ele ficou todo arreliado e disse: "O que queres dizer com foi negado?"

"A Sra. Balustrade está à espera de ser sentenciada", bufou ela. "Agora, sou uma mulher ocupada e já é tarde, por isso segue-me, por favor."

Ele fez o que lhe foi pedido, mas não ficou contente com isso.

O TEDDY AINDA ESTAVA furioso quando entrou na limusina. Telefonou para o Four Seasons Hotel e reservou uma suite, depois ordenou ao motorista que o levasse lá.

No caminho, liga rapidamente para o Tibbles.

"Tibbles! Preciso que ponhas a Angela em linha e já!"

"Saiu para dar um passeio com a Abbey. Espera um momento." Tibbles colocou a mão sobre o telefone quando viu Abbey entrar. Pergunta-lhe sobre o paradeiro de Angela. Abbey disse que ela e Angela se tinham separado há horas.

"Sr. Anglófono, parece que a menina Angela ainda não voltou."

"Então encontra-a. Liga-me assim que souberes o seu paradeiro." Ele desligou.

"Podes pedir ao Stephen para vir a Abbey? Podes pedir ao Stephen para vir à Abbey? É urgente." Tibbles disse.

"Não vi o Stephen."

"Dá uma olhada na propriedade. Diz-lhe para se apresentar a mim imediatamente."

Abbey procurou nas áreas comuns da casa. Vagueia, perdendo tempo, dentro e fora de casa. Meia hora depois, volta sem Stephen. A essa altura, Tibbles estava prestes a explodir.

"Onde é que ele está?"

"Procurei por todo o lado. Não o encontras em lado nenhum".

"Faz tudo sozinho. Faz tudo sozinho", murmurou Tibbles. O ombro dele se cruzou com o dela enquanto ele passava. "Se eu o encontrar lá fora, vou descontar cinquenta dólares do teu salário e da próxima vez vais procurar quando eu te pedir!"

"Mas, senhor," Abbey começou a dizer mais, mas Tibbles bateu a porta atrás de si.

Tibbles também olhou para todos os lados. Não encontra Stephen. Nenhum sinal de Miss Angela. Volta para a casa e chama o anglófono.

"Tibbles?"

"Sim, senhor, sou eu. Não consigo encontrar o Estêvão nem a Menina Ângela."

"Eles estão juntos?"

"Não faço ideia."

"Mas certamente aquela rapariga saberia. Disseste-me que ela era para ser a sombra da Angela. Põe-na ao telefone."

"Ela não está à mão."

"Para que é que te estou a pagar? Encontra-a e passa-lhe o maldito telefone." Tibbles soltou o telefone e levou-o consigo. Quando ouviu um movimento lá em cima, subiu as escadas.

Abbey estava arrumando a mesa de cabeceira de Miss Angela. Pega um livro com uma figura sombria no verso.

Tibbles entrou e empurrou o telemóvel para a mão de Abbey. Ela deixou cair o livro e este caiu no chão.

"Olá", disse ela timidamente.

"Abbey", disse o anglófono, "preciso da tua ajuda para encontrar Miss Angela. Preciso da tua ajuda para encontrar a menina Ângela. É um assunto urgente. Onde é que ela está?"

"Deixei-a a passear há pouco. Ela queria estar sozinha."

"E o Estêvão. Viste o Estêvão?

"Ele estava a aparar as roseiras antes." As mãos dela estavam a tremer e a voz também.

"Põe o Tibbles de volta", exigiu o anglófono.

"Ela está a mentir", disse Anglófono a Tibbles. "Descobre o que ela sabe e liga-me de volta."

"Mas como?"

"Não me interessa como. Faz o que quiseres. Descobre e AGORA!" gritou o anglófono na linha.

Tibbles cerrou os punhos e levantou-se. Atravessa o chão e, quando está frente a frente com Abbey, dá-lhe uma palmada nas costas.

O golpe inesperado fez Abbey voar para trás e ela caiu na cama de Ribby. Ele subiu para cima dela, montando-a e segurando-lhe as mãos e as pernas. O verniz preto das suas botas arranhava o edredão.

"Diz-me!", gritou ele na cara dela. Quando ela não respondeu, ele encostou-lhe a almofada à cara e deixou-a debater-se. Levantou-a de novo. Os teus olhos. Suaves, como os de uma corça. "Conta-me!" Empurra a almofada para baixo outra vez e ela debate-se. Quando ele levantou a almofada, ela finalmente confessou, e ele deixou-a sentar-se e recuperar o fôlego.

Liga para o anglófono, que solta um grito de alegria do outro lado do telefone. "Muito bem, Tibbles. A tua lealdade será recompensada."

Tibbles desligou o telefone e virou-se para encarar a jovem.

Abbey permaneceu na cama, olhando para ele com aqueles olhos. "Pára de olhar para mim!", gritou ele enquanto empurrava a almofada para a cara dela. Ela debateu-se um pouco no início, mas depois rendeu-se. Mantém a almofada enfiada enquanto o tempo pára.

Quando a retirou, os olhos da rapariga estavam bem abertos. Parecia tranquila. Como um anjo.

Tibbles começou a tremer. Agarrou a mesa de cabeceira e viu um livro no chão. Pega-o e imediatamente reconhece os olhos da figura sombria no verso. Eles pertenciam ao seu mestre. Por um momento, sentou-se, olhando para a capa de Tudo o que sempre quiseste saber sobre magia negra (mas tinhas medo de perguntar).

Tibbles abriu a chaminé e acendeu o fogo. Atira o livro lá para dentro e vê-o arder.

Enrolou Abbey no edredom de Ribby, pendurou-a no ombro e carregou o corpo para o jardim. Cava uma cova rasa debaixo das roseiras. Depois de ela ter sido enterrada, voltou a pôr as roseiras onde estavam e regou o jardim com um pouco de água. Era um belo lugar para descansar.

De volta a casa, Tibbles tomou banho e arrumou-se. Depois, ocupou-se com o quarto de Miss Angela. Refaz a cama com lençóis, fronhas e edredom novos. Está perfeito.

Quando terminou todas as suas tarefas, o silêncio tornou-se ensurdecedor. Até os seus próprios passos ecoam nos seus ouvidos.

Passado algum tempo, já não suportava o som da sua própria respiração. Parecia tão alto, tão ruidoso.

Volta ao quarto e veste o roupão que o anglófono lhe tinha dado. Vai à gaveta do fundo e tira uma pistola.

Sentado na sua cadeira preferida, com o seu casaco de fumar preferido, rebenta com os miolos.

Não estava ninguém em casa para ouvir o tiro.

Só os pássaros se assustaram com o som não natural.

CAPÍTULO 66

Rosemary Franklin, a mãe de Stephen, já tinha partido há muito tempo. Ela tinha imaginado fugir do sanatório, tinha sonhado com isso tantas vezes. Quando a oportunidade se apresentou, ela aproveitou-a e subiu para a parte de trás da carrinha Clean-it-4-U. Eram 4 da manhã e ela estava a caminho.

A carrinha andou durante algum tempo com ela escondida na parte de trás. Assim que saem dos portões do hospital, veste uma roupa que tinha roubado. Leva também um anel de diamantes e algumas moedas.

Na sua primeira paragem, Gus, o condutor, saiu. Rosemary observou-o enquanto ele entrava no restaurante. Quando a costa ficou livre, abriu a porta e correu. Esconde-se junto à parede exterior entre os edifícios. De lá, podia ver Gus a alimentar a cara e esperar que ele se fosse embora. Sentiu o cheiro agradável do café fresco a fazer e do bacon a cozer lá dentro. Só de pensar nisso, ela ficou com água na boca. É muito mais tentador do que o mau cheiro da comida do hospital a que se tinha habituado.

Uma porta rangeu e ela estremeceu quando o sol começou a subir no céu. Gus entrou na carrinha, mexeu no rádio, pôs os óculos de sol e arrancou.

Rosemary ficou escondida por mais alguns momentos. É melhor prevenir do que remediar. Quando a carrinha estava claramente fora de vista, Rosemary escovou o cabelo com os dedos. Entrou no restaurante, pediu uma chávena de café e bebeu-a. O sabor do café acabado de fazer à beira da estrada era nada menos do que divinal. A empregada de mesa veio imediatamente encher a chávena. Saboreia a segunda chávena.

Quando estava pronta para ir embora, Rosemary deixou cair algumas moedas em cima da mesa. Sabia que não tinha o suficiente, mas esperava que a empregada lhe desse um desconto. Rosemary desatou a chorar, soluçando descontroladamente na sua mão.

A empregada regressou: "Está tudo bem, querida?"

Rosemary mentiu. "O meu marido bate-me. Fugi de casa. Esta mudança é tudo o que tenho. Preciso de desaparecer. Se ele me encontrar, arrasta-me de volta."

A empregada entrega-lhe um lenço de papel. "Tens algum sítio seguro para onde ir? Ou queres que chame a polícia?"

"Sim, tenho um filho, o Stephen. Tudo o que preciso de fazer é ir ter com ele. Se pudesses chamar um táxi e explicar a situação, eu agradecia. Preciso de ajuda para fugir."

"Porque é que não te dou o meu telefone e podes ser tu a ligar?"

"Porque o meu marido vai ligar para todas as empresas de táxis da província. Se souberem o meu nome, encontra-me." Volta a chorar no lenço.

A empregada disse-lhe que tinha chamado um táxi e que este vinha já.

"Posso pedir-te mais um favor?" Quando a rapariga acenou com a cabeça, Rosemary pediu um par de cigarros e um maço de fósforos. Com um sorriso, a rapariga agradeceu.

Quando o táxi chegou, Rosemary agradeceu à empregada. "Um dia trago cá o meu filho para te conhecer, querida." A jovem sorriu e acenou, o que Rosemary retribuiu.

"Para onde, minha senhora?", pergunta o motorista.

"Para a propriedade de Theodore Anglophone."

Ele olhou para ela pelo espelho retrovisor e acenou com a cabeça.

"Pelo caminho, será que me podias levar a uma loja de penhores? Tenho uma coisa que gostava de vender. Claro que podes manter o taxímetro ligado", disse Rosemary.

"O dinheiro é teu, senhora. Há uma loja de penhores aqui perto, a cerca de vinte minutos de distância. Eu deixo-te lá e vou buscar uma chávena de chá e uma fatia de tarte de cereja à la mode."

"Muito obrigada, Jimmy", disse ela, depois de olhar para o seu bilhete de identidade com fotografia que estava no painel de instrumentos.

Jimmy olha de novo para o espelho retrovisor. Quando ela virou o cabelo para trás, a luz do sol reflectiu-se na pedra do seu dedo. Desvia-se para evitar um carro em sentido contrário. "Tens aí uma bela pedra, menina."

"Obrigada", disse Rosemary enquanto olhava para a distância.

"Estamos aqui", disse ele.

CAPÍTULO 67

EM BREVE O AVIÃO chegou a Toronto.

"Preciso de ver a minha mãe", disse Ribby.

Viveca telefonou para a penitenciária, explicando que tinha a filha de Martha Balustrade com ela.

O acesso foi-lhe negado.

"A sentença vai ser proferida amanhã no tribunal. Vamos reservar um hotel e dormir uma boa noite", sugere Viveca.

"Porque é que não me deixam vê-la?

"Só me disseram que a prisioneira não podia receber visitas esta noite", disse Viveca. "Qual é o hotel mais próximo do tribunal?", perguntou ao motorista.

"O Hilton fica a uma curta distância."

Viveca telefonou e reservou três quartos. "Vou usar a minha conta de despesas", disse ela.

Registaram-se no hotel e combinaram encontrar-se no átrio. De lá, iriam juntos para o tribunal.

NA MANHÃ SEGUINTE, O Estêvão e a Viveca tentaram fazer com que o Ribby comesse alguma coisa. Conseguiram dar-lhe uma chávena de chá, mas nada mais.

"Ainda bem que vieste dar o teu apoio moral, Estêvão", disse Ribby.

A Ângela piscou-lhe o olho.

Viveca encolheu-se perante a inadequação do comportamento de Ribby. Repara que isso deixa Stephen desconfortável. Paga a conta e saem do edifício. O barulho na rua era ensurdecedor.

"O trânsito está um caos. Ainda bem que podes ir a pé. Bem-vindo à cidade", disse Estêvão.

Dirigiram-se para o tribunal.

CAPÍTULO 68

ANGLÓFONO TINHA PASSADO UMA noite agitada sem Tibbles para o controlar. Na sua ausência, Anglófono telefonou para a casa. Já tinha feito isso muitas vezes. Tibbles ficou muito feliz em ajudar, dando corda à caixa de música e segurando-a junto ao telefone. Desta vez, porém, ele não atendeu.

Quando o visse da próxima vez, era melhor que Tibbles tivesse uma boa explicação pronta. Ele gostava do homem, mas ele podia ser irritantemente negligente às vezes.

Enquanto ficava acordado durante horas, perguntava-se pelo seu filho e pela sua filha. Onde é que eles estavam? Devem estar algures na cidade. Lembra-se dos dois a olharem um para o outro com olhos de corça. Sem saber que eram irmãos. Também ele se tinha sentido atraído pela sua própria filha - antes de saber quem ela era, claro.

Por um momento, o anglófono imaginou confessar a sua paternidade à sua descendência. Foi mais longe, imaginou casamentos, depois netos a correrem pela casa, a gritarem, a perseguirem-no. Detestava crianças. Gastando todo o seu dinheiro. Abanou a cabeça, pegou no candeeiro feio que estava ao lado da cama no quarto de hotel e atirou-o à parede. Partiu-se, a lâmpada fez faísca e depois morreu. Não havia maneira nenhuma de eles ouvirem aquilo. Pelo menos, não dos teus lábios. Ele não era um homem de família. Nunca o serias. Os laços familiares só criavam complicações.

Considera a situação de Martha. Ela tinha pedido a sua ajuda.

De manhã, toma o pequeno-almoço no seu quarto. O café não era saboroso. Chama o seu motorista e dirigem-se para o tribunal.

CAPÍTULO 69

 A ROSEMARY PENHOROU O anel. Depois, vai a uma papelaria onde compra uma caneta, papel e um envelope. No caminho para a propriedade do Anglófono, escreve uma carta. Quando terminou, selou o envelope e escreveu na frente: "Para Stephen Franklin. Privado e confidencial". Não incluiu o endereço de retorno.

Na mansão do Anglófono, Rosemary pediu a Jimmy que colocasse o envelope na caixa do correio. Não queria correr o risco de encontrar Tibbles.

"Para onde vais agora, senhora?"

"Para a biblioteca. Quero dizer, a biblioteca da Anglófona. Sabes onde fica?"

Ele virou a cabeça. "Posso levar-te lá."

"Obrigado.

Chegaram à biblioteca pouco tempo depois. No início, Rosemary ficou no banco de trás do táxi, com o taxímetro a correr, sem se conseguir mexer.

Jimmy perguntou-te: "Está tudo bem?"

Rosemary fechou os braços à volta de si própria, com medo de sair. Tem medo de voltar. Tem medo do que tencionava fazer. "Estou bem", disse ela.

Jimmy ligou o rádio. Canta ao som de Elvis.

Rosemary abriu-lhe a porta. Pôs-lhe algumas notas nas mãos: "Obrigada, Jimmy. Tens sido maravilhoso - e também tens uma voz muito boa para cantar."

"Obrigado a ti, nunca haverá outro Elvis." Voltou a entrar no táxi e arrancou a toda a velocidade.

Assim que ele desapareceu de vista, Rosemary viu a biblioteca por completo. Em tempos, tinha sido o seu lugar preferido. O seu santuário. E o ar lá fora ainda cheirava maravilhosamente. Os pinheiros, oh, os pinheiros. Sentia-se finalmente livre.

Essa sensação não durou muito tempo. Em breve, as más recordações começaram a girar novamente na sua cabeça. O anglófono em cima dela. Tortura-a. A magia negra. Derrama sangue de animal sobre ela. Tudo por causa daquele maldito livro.

As mãos tremem-lhe quando mete a mão no bolso e tira um cigarro dobrado. A empregada tinha sido muito simpática ao dar-lho. Acende-o e dá uma longa tragada. Tossiu, mas continuou a dar mais tragos até as suas mãos se acalmarem novamente.

Mais recordações vieram à tona. As memórias de que se tinha escondido foram despoletadas como uma tempestade de verão. O anglófono a usá-la como cobaia. Ela a ameaçar ir à polícia. Ele a ameaçar matar o filho deles. Tinha de acabar, a tortura dele sobre ela. Ela a ameaçar contar ao Estêvão quem ele era.

Foi então que se formou um plano. Um compromisso. A Rosemary desapareceria para todos os efeitos e seria emitida uma certidão de óbito. Como tinham casado em segredo, ninguém sabia que ela tinha mudado de nome. Stephen teria um emprego para toda a vida, mas nunca saberia quem era o seu pai. Nunca saberia que era herdeiro da fortuna da Anglófona. Em troca, a Rosemary receberia os cuidados de que precisava. As suas queimaduras curar-se-iam e todas as despesas seriam cobertas. Para proteger o filho, concordou em ficar presa para o resto da vida. Na altura, em teoria, parecia exequível.

Depois de ter pedido ao Anglófono que a libertasse e ele ter recusado, não teve outra alternativa senão fugir. Além disso, Stephen merecia saber a verdade. Tinha de ser a Rosemary a contar-lhe. Sentou-se nos degraus entre as arcadas da biblioteca e imaginou o filho a encontrar a carta e a lê-la. A sua intuição de mãe dizia-lhe que estava a fazer a coisa certa.

Rosemary levantou-se e deixou cair o cigarro no chão. Passa algum tempo a reunir materiais. Troncos, paus, qualquer coisa inflamável que encontrasse. Tudo o que pudesse transportar. Coloca os gravetos na entrada da casa e acende-os, depois junta os pedaços maiores. Fica entre os arcos de madeira com os braços bem abertos e espera que as chamas a engulam.

O fumo teria sido visível durante quilómetros e quilómetros, mas todos os que poderiam ter sido incomodados o suficiente para reparar estavam longe ou mortos.

Os arcos de madeira cederam antes de o fogo chegar a Rosemary. Enquanto as chamas dançavam na sua visão periférica, as pesadas vigas que caíam esmagavam-lhe o crânio. Acabou-se o sofrimento. Acabou-se a dor.

CAPÍTULO 70

N O TRIBUNAL, VIVECA USOU o seu passe de imprensa para os colocar perto da frente, apesar de a sala de audiências estar apinhada de gente. No caminho para os seus lugares, Ribby repara em algumas caras conhecidas, incluindo vizinhos. Detestava a ideia de a mãe estar a ser julgada, quanto mais ir para a prisão.

Vamos lá para fora fumar um cigarro.

Não, a tua mãe está quase a chegar.

Não te preocupes. Ela não vai a lado nenhum.

Não vais a lado nenhum. Não te preocupes.

A atmosfera na sala de audiências estava fora de controlo. Os coscuvilheiros estavam a coscuvilhar. Aqueles que não tinham nada de significativo para dizer, acrescentavam os seus dois cêntimos. Quando Martha foi trazida, todos pararam e olharam.

A prisioneira estava despenteada. O fato cinzento que veste não a favorece. Emagreceu. O Ribby achava que o seu rosto marcado pelas chamas parecia um cadáver ambulante.

Caramba, até eu tenho pena dela.

soluçou Ribby.

Martha olhou para a filha e quase sorriu, mas depois desviou o olhar.

"Levanta-te", disse o oficial de justiça. "O Tribunal desta Província está agora em sessão. Preside o Meritíssimo Juiz Delvecchio."

O Juiz agradece a todos os presentes e senta-se. O oficial de justiça indica que todos na sala de audiências devem fazer o mesmo.

Ribby olhou para a mulher que tinha nas mãos o destino da sua mãe. Ela tinha olhos bondosos, mesmo a essa distância, e Ribby esperava que a mulher tivesse misericórdia.

"Martha Balustrade, considero-te culpada de todas as acusações."

Houve um pandemónio na sala de audiências.

A juíza Delvecchio levantou-se e gritou: "Silêncio!" Recosta-se no seu lugar. "Estou pronta para te dar a sentença agora." Faz uma pausa. Todos os presentes sustiveram a respiração.

"Martha Balustrade, és condenada a vinte anos de prisão."

Martha ficou em silêncio.

Ribby levantou-se e disse: "Mas não foi ela."

"Põe ordem, põe ordem!" Delvecchio disse enquanto batia com o martelo. "Põe ordem ou eu esvazio esta sala de audiências!"

Cala-te, Ribby! Cala-te!

Quando se fez silêncio, a juíza dirigiu-se ao Ribby. "E quem és tu?"

Por amor de Deus, Ribby cala a boca.

"Meritíssimo, o meu nome é Rebecca Balustrade, mas toda a gente me chama Ribby. Sou a filha da Martha.

As vozes soaram. Mais caos. A juíza ameaça esvaziar a sala mais uma vez. Faz sinal para que Ribby continue.

Entra o anglófono.

"A minha mãe está inocente e eu sei que isso é verdade."

Ribby, por favor.

"E como é que sabes?" O juiz Delvecchio perguntou-te.

Fez-se silêncio por um momento ou dois, enquanto Ribby fechava e fechava os punhos, tal como Angela lhe tinha ensinado.

Ribby desapareceu e Angela assumiu o controlo. Revira a mala, tira um cigarro e acende-o. Dá uma passa, deixa cair o cigarro. Dá uma passa, deixa cair o cigarro no chão e apaga-o. Olha na direção do juiz Delvecchio.

"Ela, Ribby, não sabe nada. É tão imatura que me criou - o seu amigo imaginário - e está na casa dos trinta. Já teve de lidar com muita coisa na vida, incluindo viver com aquela pobre desculpa de mãe." A Ângela virou-se e apontou para a Marta.

As lágrimas rolaram pelas faces de Martha.

Angela. Não.

Angela continuou: "Então, eu fiz as coisas que ela não era capaz de fazer. Todas elas."

Todos se inclinaram para a frente. Ela tinha toda a atenção deles. O público estava atento a todas as suas palavras. Sentia-se com poder, como se estivesse numa peça de Shakespeare a fazer um solilóquio. Nunca tinha sido fã do Bardo, mas o Ribby lia-o. Ele aborrecia-a até às lágrimas. "Quanto à pessoa Wheeler, ele estava a violar a tia Tizzy. Eu não tinha escolha. Tinha de o tirar de cima dela. Ele estava a matá-la.

A Ângela parou de falar. Vira o olhar primeiro para o anglófono, depois para Martha, antes de se voltar para o juiz.

A sua audiência já tinha esperado tempo suficiente. "Decidi livrar-me do corpo. O plano era atirá-lo do penhasco na sua carrinha. Livra-te dele. Ele não valia mais nada. Era suposto a Tizzy ter saltado da carrinha antes de ela cair, mas não o fez. Também caiu.

Martha levantou-se. Tentou falar, mas o advogado silenciou-a e puxou-a de volta para o seu lugar.

"Pede! Ordena!" Gritou o juiz Delvecchio. "Vou esvaziar esta sala de audiências se não se calarem todos."

Angela dirigiu-se à mesa de Martha. Serve-se de um copo de água. Bebeu um gole e olhou para o juiz, que disse: "Estamos à espera."

"Não costumo falar muito", diz Angela. "Não em voz alta, pelo menos. É um trabalho que dá sede."

Houve algumas gargalhadas na sala de audiências. A juíza Delvecchio, impaciente, bateu com o martelo várias vezes. Levanta-se e abre a boca....

Angela interrompe. "Também confesso o assassínio de um segurança do outro lado da cidade. Em legítima defesa, matei-o porque ele tentou violar-me."

O que é que disseste? Angela? Não sabes nada, Ribby.

Tu não sabes nada, Ribby.

Angela fez uma pausa. "Então, aqui estou eu perante ti. Culpada de tudo. Não te digo mentiras. Eu fiz estas coisas, mas a Rebecca, quer dizer, o Ribby Balustrade, está inocente. Sabes, desde muito cedo que eu a conseguia bloquear. Podia dominá-la completamente. Por isso, se queres processar alguém, tens de me processar a mim. O que se passa é que eu nem sequer existo. Não sou o Ribby. Eu sou a Angela".

O anglófono levantou-se.

Ângela diz: "Ela até perdeu a virgindade sem saber. Continua a não saber.

Ribby gritou.

O anglófono empurra a sua fila, sai e entra no corredor central. Levanta a bengala para o ar e é imediatamente desarmado e atirado ao chão. Enquanto era arrastado para fora dos procedimentos, gritou: "Eu sou Theodore Anglophone!"

Ninguém se importa.

"Põe ordem no tribunal! Eu disse ordem!" A juíza Delvecchio gritou enquanto batia várias vezes com o martelo. Quando todos se calaram, disse: "À luz desta nova informação, o caso está encerrado. Martha Balustrade, podes ir. Um novo julgamento terá início imediatamente após uma avaliação psiquiátrica. Agentes, por favor, levem a Sra. Balustrade para a prisão, enquanto se aguarda uma investigação mais aprofundada."

Martha levantou-se com as lágrimas a correrem-lhe pela cara: "Mas eu declaro-me culpada. Aceito a sentença. Prende-me, por favor. Deixa a minha filha ir."

"Tarde de mais, querida mamã."

O martelo voltou a ser batido e o juiz disse: "Isto é um tribunal e aqui julgamos assassinos, não más mães. Posso acusar-te de desrespeito ao tribunal. Podia multar-te por desperdiçares o tempo do tribunal. Por perjúrio. Por dares guarida a um assassino. Por obstruir a justiça. Percebeste a essência? Aconselho-te a seguires o teu caminho e deixares o tribunal fazer o que tem de ser feito. Esta sessão do tribunal está suspensa. Desimpeça a sala de audiências, oficial de justiça." A juíza Delvecchio levantou-se. Todos os outros a seguiram e observaram-na enquanto ela desaparecia nos seus aposentos.

Martha observou a filha enquanto os agentes a algemavam e a levavam embora. Angela olhou para Martha por cima do ombro e sorriu. Foi quase como se aquele olhar tivesse parado o coração de Martha, ou foi assim que contaram a história mais tarde. Martha caiu no chão e morreu antes que a ambulância tivesse tempo de chegar.

CAPÍTULO 71

Martha Balustrade foi enterrada com a presença da filha. Ribby foi guardada por dois oficiais e vestida com o seu traje prisional cinzento, com as mãos e os pés atados. Os guardas colocaram-lhe algumas flores nas mãos. Atira-as para cima do caixão enquanto dá o último adeus.

Não é a limusina do Anglófono?

Sim. Pergunto-me porque é que ele não sai.

Depois da sua atuação no tribunal, é surpreendente que ele esteja aqui.

Ele mal conhecia a minha mãe.

Ainda não faço ideia do que ele estava a tentar fazer.

Teve sorte em não o matarem.

O anglófono estava lá, mas preferiu ficar na sua limusina. Pensou em sair algumas vezes e apresentar os seus respeitos. Também pensou em confessar tudo. Em vez de enfrentar a situação, ordena ao motorista que o leve a casa.

Dormiu um pouco no caminho e, quando o carro se aproximou da frente da casa, reparou num envelope cor de laranja vivo que estava na caixa do correio. Depois de o ler, rasga-o em pedaços.

O anglófono volta a chamar o motorista. "Leva-me à biblioteca."

Quando Anglófono chega, o fogo já se tinha extinguido.

Anglófono olha para os escombros enegrecidos. Tudo o que restava de Rosemary. Percebeu que era por isso que Estêvão não tinha sido autorizado a ver a mãe. Porque é que ele tinha sido forçado a causar tanta confusão no hospital. Os idiotas tinham-na deixado escapar. Quase se sentiu mal por lhe ter descontado o ordenado. Quase. Teria de telefonar para o hospital, para que viessem cá recolher os bocados dela. Eles encobririam o caso, já que ele era o seu maior doador. Mantém-no fora dos jornais. Nunca ninguém saberia de nada. Afinal de contas, a Rosemary já estava morta. Ao suicidar-se, ela tinha tornado impossível que Estêvão soubesse quem era o seu pai.

O anglófono ficou abalado quando o motorista o deixou em casa. Esperava que Tibbles estivesse lá, para o cumprimentar, para o confortar - mas não havia sinal do seu fiel criado.

"Tibbles!", gritou ele.

A sua voz ecoou por toda a casa, mas não obteve resposta. O anglófono estava demasiado exausto para o tentar encontrar. Vai para o seu quarto, dá corda à caixa de música e adormece um pouco.

Quando acordou, sentiu um terror a percorrer-lhe a alma e gritou por Tibbles. Puxou e puxou a campainha tantas vezes que ela voltou a cair do teto. Mesmo assim, não apareceu ninguém.

Sentia-se muito só, e estava mesmo.

Exceto Tibbles que estava morto no seu próprio quarto e Abbey que estava enterrada debaixo das rosas.

CAPÍTULO 72

DEPOIS DE UMA EXTENSA avaliação psiquiátrica, o julgamento de Ribby foi rápido. Foi condenada a vinte anos de prisão. Dez anos por cada assassínio, menos o tempo de serviço. A morte de Tizzy foi considerada suicídio.

Ribby chorou sem parar durante dias, que se transformaram em semanas. Não conseguia lidar com o ambiente hostil. Sobrevivia no limite.

"Volta a falar sozinha", diz a companheira de cela de Ribby, Shona. Shona tinha sido condenada pelo assassínio do marido e dos dois filhos.

O guarda prisional veio avaliar a situação. Vê Ribby a enroscar-se e a balançar na cama. Repreende Shona e diz-lhe para parar de gritar, senão põe-na na solitária.

"Ah, anda lá", disse a Shona. "Não fiz nada."

"Mais uma palavra e vais para a SHU", disse o guarda.

Shona pôs a língua de fora em desafio, enquanto o guarda virava as costas e se afastava. Ficou a observá-lo durante alguns segundos, antes de se virar e encarar Ribby. "Estou de olho em ti, cabra!"

Ribby vira a cara dela para a parede.

"Não me vires as costas, cabra!" disse Shona enquanto lhe dava um empurrão.

A Ângela levantou-se e agarrou a Shona pelo pescoço. Empurrou-a contra a parede mais distante com uma força que apanhou a companheira de cela de surpresa. A cabeça de Shona saltou para trás. Estalou ao chocar com os tijolos frios.

Com as mãos à volta do pescoço de Shona, disse: "Deixa-me esclarecer algumas coisas. Número um, não vais falar comigo. Número dois, não me vais tocar. E número três, se fizeres alguma das duas coisas que acabei de mencionar, eu mato-te".

Os olhos de Shona estavam a nadar nas órbitas. Tentou responder, mas só conseguia respirar ofegante. A mulher aquiesceu com um aceno de cabeça.

Angela voltou para a cama, mas antes de se deitar no colchão fino, pegou em água e atirou-a à cara de Shona. Esta ação fez com que a companheira de cela saísse do seu torpor.

Shona espalhou a palavra sobre Ribby. Ela era uma durona com quem não te devias meter. Algumas outras tentaram, mas a Ângela deitou-as abaixo. Já estava farta das lamúrias e da vitimização do Ribby para uma vida inteira.

Os anos foram passando. Os companheiros de cela iam e vinham.

Angela mantinha o controlo total. Era respeitada e temida. Com o tempo, tornou-se dona do lugar. A prisão agora era dela e ela tinha controlo sobre ela e sobre Ribby. A vida era vivível.

CAPÍTULO 73

Passados alguns anos, Anglófono faz uma visita inesperada à penitenciária. Não foi visitar Ribby. Em vez disso, encontra-se com o recém-nomeado diretor da prisão, J. B. Bedford. Bedford era neto de um velho conhecido que lhe devia um favor.

"Gostava de financiar uma biblioteca aqui", disse-lhe Anglófono. Anglófono já não tinha pêlos. O seu corpo estava sempre a tremer e não conseguia manter-se de pé durante muito tempo.

"É muito generoso da tua parte", respondeu Bedford. "Embora, para ser sincero, os reclusos precisassem de doações de muitos artigos. Quero dizer, antes dos livros."

O anglófono inclinou-se para perto de Bedford. "Faz uma lista e traz-ma. O dinheiro não é problema, mas uma biblioteca é imprescindível e depressa. Sou um homem velho."

"Claro que sim", disse Bedford. "Se tiveres o dinheiro, até lhe damos o teu nome."

"Não", disse o anglófono. "Não quero que me reconheças. No entanto, gostaria que envolvesses uma das reclusas. Ela pode ajudar-te na criação e manutenção da biblioteca. O seu nome é Ribby Balustrade. É uma bibliotecária qualificada. Claro que te vou doar caixas cheias de livros".

Bedford conhecia Ribby Balustrade. Ela era uma quebradora de bolas que, durante sua estada até então, havia subido ao topo como a nova rainha do bando de detentas. Bedford não fingiu surpresa quando disse: "Ela não parece ser do tipo bibliotecária".

"Ribby Balustrade é de facto o tipo de bibliotecário. Estás de acordo?

"Claro que sim", respondeu Bedford.

"Ah, e mais uma coisa", disse o anglófono. "Ela nunca deve saber do meu envolvimento. Quero dizer, nunca."

"Entendi", disse Bedford.

*** *** ***

Q UANDO A ÂNGELA OUVIU *a notícia sobre a nova biblioteca, não se divertiu. As bibliotecas e os livros eram foleiros. Tinha trabalhado muito na sua reputação. Queria manter o seu estatuto na prisão. Tinha de manter o seu perfil. Para manter o medo. Sem medo, perderia tudo aquilo por que tanto trabalhara. Não seria capaz de proteger o Ribby se andasse sempre a passear pela biblioteca.*

Ler é muito aborrecido e se queres que te proteja, então tenho de ser eu a mandar aqui.

Quando os prisioneiros tiverem uma biblioteca, terão algo para fazer. Vai melhorar.

Meu Deus, Ribby, podes ser assim tão estúpido? Achas mesmo?

Antes da ideia da biblioteca, a personalidade do Ribby tinha ficado em segundo plano. Agora, voltava a aparecer. Ribby sentiu-se quase feliz.

Vou poder ajudar os outros. Apresenta-lhes os livros. Além disso, como bónus, vou poder ler o que me apetecer.

Terás todo o tempo do mundo para te aborreceres a ti próprio e para te pores como um alvo nas costas.

Vai correr tudo bem. Eu sei que vai.

Acorda-me quando acabar.

R IBBY FICOU NO CENTRO da sala não utilizada. Em breve seria transformada em biblioteca. Era bastante espaçosa, mas as vigas de madeira nuas do teto eram feias. Tal como as paredes frias de tijolo e o chão de ardósia. Podias arranjar as paredes, cobrindo-as com estantes e o chão com carpete. O teto, porém, era outro problema.

Todos os dias chegam caixas, cheias de livros antigos e novos. Algumas das caixas tinham de ser abertas com um pé de cabra. Dentro das caixas, os livros estavam presos em categorias com cordas. Ribby encheu as prateleiras, pondo tudo em ordem.

Quando a nova biblioteca ficou pronta, Ribby ficou ao lado do diretor Bedford. Os reclusos juntaram-se para a grande inauguração. Houve uma cerimónia de corte da fita.

Os teus companheiros de prisão entraram em pequenos grupos. Ribby mostrou o local. Orgulha-se das mesas e cadeiras, dos tapetes. E os livros, tantos livros! Já para não falar das escadas de correr para facilitar o acesso. Mas uma coisa que não podiam mudar eram as vigas de madeira no teto. Continuavam a ser feias, mas a iluminação ajudava a escondê-las.

A maioria dos reclusos reagiu positivamente à biblioteca. Exceto a Angela.

Ribby, essas mulheres são extremamente perigosas. É só uma questão de tempo até virem atrás de nós outra vez.

Não sejas ridículo. Não sejas ridículo. Esta biblioteca é um divisor de águas.

A obsessão de Ribby pela nova biblioteca deu a Angela todas as razões para se afastar cada vez mais.

Uma tarde, Ribby falou com o diretor sobre a criação de um clube de leitura. Ele achou que era uma boa ideia, mas como só tinham um exemplar de cada livro, seria difícil organizar um clube de leitura tradicional. Ribby perguntou se podia contactar as livrarias locais e pedir mais exemplares. Bedford atirou-lhe algumas moedas para a cabine telefónica. Demorou alguns dias a obter um sim e depois chegou um donativo de vinte e cinco livros. O primeiro livro do clube de leitura da prisão seria Crime e Castigo, de Fyodor Dostoevsky.

Assim que os primeiros vinte e cinco exemplares foram disponibilizados, os reclusos falaram sobre o livro. Queriam lê-lo também. O conceito de clube de leitura mensal transformou-se num clube de leitura semanal. Os reclusos faziam fila para participar.

Quando é que nos vamos divertir?

Isto é divertido e estamos a fazer a diferença. Olha para os outros prisioneiros. Estás a fazer algo de bom aqui.

És tão bonzinho.

Obrigado.

Puseste o chato na palavra chato.

Então, vai-te embora. Não preciso mais de ti.

O diretor notou uma grande diferença no comportamento dos seus reclusos. Chama a Ribby ao seu gabinete. Agradece-lhe as sugestões. Como novo diretor, estava ansioso por deixar a sua marca e Ribby ajudou-o a destacar-se.

Pergunta-lhe se ela tem mais alguma ideia para melhorar as coisas para os seus companheiros de prisão. Ribby sugeriu-lhe leituras de autores. O diretor disse que conhecia alguém que conhecia um autor popular do Maine. Ribby enviou uma carta através do amigo do diretor, na qual mencionava que o Clube do Livro iria em breve ler Stand By Me. Em breve, autores de todo o mundo estavam a doar livros e a pedir para irem à prisão falar sobre os seus livros.

O diretor chamou novamente Ribby e perguntou-lhe se tinha outras ideias. Mencionou um Dia da Família em que os reclusos pudessem ler para os seus filhos. Vê muitas vezes as famílias reunidas na sala de reuniões, rodeadas de guardas prisionais. As crianças pareciam demasiado assustadas para falar. Esta situação era ineficaz para toda a família. Sugeriu que se isolasse uma parte da biblioteca, onde uma família de cada vez poderia ler em conjunto. O diretor achou que era uma excelente ideia e ofereceu-se para experimentar. O boca a boca trouxe mais doações de livrarias. Acrescentaram uma secção infantil.

A sugestão seguinte de Ribby: ensinar os reclusos que não sabiam ler a fazê-lo.

A seguir, pediu donativos para criar um "Job Corner". Os computadores chegaram e foram ligados ao WI-FI para que os reclusos pudessem trabalhar nos seus currículos antes de serem libertados.

A notícia espalhou-se por todo o sistema prisional. O diretor Bedford recebeu elogios e prémios. Nunca deixa de mencionar a contribuição de Ribby.

$$* * *$$

A INDA TENS DE DESEMPACOTAR uma caixa de livros. Ribby abre-a. Na contracapa, vê um homem em silhueta.

És anglófono.

Achas que foi ele que fez isto tudo? E porque é que não reparámos que era ele antes?

Não tenho a certeza, agora parece-me óbvio. Mas pergunto-me porquê, porque é que ele o fez?

Culpa? Remorsos?

Amas?

Ribby estava no cimo da escada, quando Angela apertou a corda à volta da viga de madeira. Fez um laço e colocou a cabeça nele. Quando estava pronta, começou a cantar:

Faz-me um favor, faz-me um favor!

O Ribby manteve-se firme. Tira a corda do pescoço. Não.

Angela esforçou-se para ganhar controlo, agarrando a corda e, mais uma vez, colocando a cabeça nela. Enquanto se empurrava para fora da escada, Ribby conseguiu segurar o degrau superior com uma mão. Com a corda ainda presa à volta do pescoço, Ribby agarrou-se com toda a força.

Ângela tentou empurrar-se de novo, ainda a cantarolar a música. A força do empurrão fez com que a mão de Ribby se soltasse.

Ribby e Ângela ficaram pendurados por um momento e depois pareceram voar em direção à luz. Mas a corda não era suficientemente longa. Eles pendularam e depois chocaram com a escada. A escada foi atirada para o lado e empurrada para a parede mais distante, onde aterrou com um baque.

A ambulância chegou demasiado tarde.

EPÍLOGO

Alguns anos mais tarde, chegou uma carta do advogado do Anglófono dirigida a Estêvão.

Nela, a verdade foi revelada: Estêvão era o filho e único herdeiro de Anglófono.

"Alguma coisa interessante?", pergunta a sua mulher, Viveca.

"Não, de todo", responde Estêvão, atirando a carta para o lume.

O feliz casal sentou-se no sofá enquanto a filha Rebeca lia um livro.

Cita

"A senhora prefeita queixou-se de que o guisado estava frio;

"E muito do teu paleio", disse ela.

"Mas, então, meu Deus, e se for?

Aguenta, se puderes, a tua conversa fiada, disse ele."

CHARLES COTTON

Palavra do autor

Caros leitores,

Obrigado por leres O Segredo do Ribby. Espero que tenhas gostado tanto de o ler como eu gostei de o escrever!

O Segredo do Ribby começou como uma história curta em 2011. A história terminou quando o Ribby cuspiu na bebida da Martha.

Não demorou muito até a Angela começar a falar comigo. Ignorei-a, dizendo que o projeto estava terminado, mas ela persistiu.

Depois apareceu o Theodore Anglophone.

Oito anos depois, aqui estamos.

Gostaria de agradecer aos meus revisores e leitores beta - ao longo dos anos foram muitos. Por último, mas não menos importante, agradeço às minhas editoras finais LF e MC - vocês são o máximo!

Obrigada também ao meu marido e ao meu filho, por estarem sempre ao meu lado.

Como sempre - Boa leitura!

Cathy

Sobre o autor

Cathy McGough, autora vencedora de vários prémios, vive e escreve em Ontário, no Canadá, com o marido, o filho, os dois gatos e um cão.

Se quiseres enviar um e-mail à Cathy, podes contactá-la aqui:

cathy@cathymcgough.com

Cathy adora ouvir os seus leitores.

Também por:

FICÇÃO
O filho de toda a gente
13 contos (que inclui:
O guarda-chuva e o vento
A Revelação de Margarida
O Vinho de Dente-de-Leão (FINALISTA DO PRÉMIO
DO LIVRO FAVORITO DOS LEITORES))
Entrevistas com escritores lendários do além
(2º LUGAR MELHOR REFERÊNCIA LITERÁRIA 2016
EDITORA METAMORPH)
Deusa de tamanho grande
NÃO-FICÇÃO
103 ideias de angariação de fundos para pais
voluntários com
Escolas e Equipas (3º LUGAR MELHOR REFERÊNCIA
LITERÁRIA 2016 EDITORA METAMORPH).
+ Livros para crianças e jovens adultos

www.ingramcontent.com/pod-product-compliance
Lightning Source LLC
Chambersburg PA
CBHW060426310726
48977CB00001B/63